神州纐纈城

国枝史郎

神州纐纈城

第一回

一

土屋庄三郎は邸を出てブラブラ条坊(まち)を彷徨(さまよ)った。

高坂(こうさか)邸、馬場邸、真田邸の前を通り、鍛冶(かじ)小路の方へ歩いて行く。時は朧(おぼ)ろの春の夜でもう時刻が遅かったので邸々は寂しかったが、「春の夜の艶(なまめ)かしさ、そこはかとなく匂ひこぼれ、人気(ひとけ)なけれど賑かに思はれ」で、陰気のところなどは少しもない。

「花を見るにはどっちがよかろう、伝奏(てんそう)屋敷か山県(やまがた)邸か」

鍛冶小路の辻まで来ると庄三郎は足を止めたが、「いっそ神明の宮社(やしろ)がよかろう」

こう呟くと南へ折れ、曽根の邸の裾を廻わった。

しかし、実際はどこへ行こうとも、またどこへ行かずとも、花はいくらでも見られるのであった。月に向かって夢見るような大輪の白い木蘭(もくらん)の花は小山田邸の塀越しに咲き下を通る人へ匂いをおくり、夜眼(よめ)にも黄色い連翹(れんぎょう)の花や雪のように白い梨の花は諸角(もろずみ)

邸の築地（ついじ）の周囲を靄（もや）のように暈（ぼか）している。桜の花に至っては、信玄公が好まれるだけに、躑躅（つつじ）ヶ崎のお館（やかた）を巡り左右前後に延びているこの甲府のいたるところに爛漫（らんまん）と咲いているのであったが、わけてもお館の中庭と伝奏屋敷と山県邸と神明の社地とに多かった。

「花を踏んで等しく惜しむ少年の春。灯（ともしび）に反（そむ）いて共に憐れむ深夜の月。……ああ夜桜はよいものだ」

小声で朗詠を吟じながら、境内まで来た庄三郎は、静かに社殿の前へ行き、合掌して叩頭（ぬかず）いたが、

「お館の隆盛、身の安泰、武運長久、文運長久」

こう祈って顔を上げて見ると、社殿の縁先狐格子（きつねごうし）の前に一人の老人が腰かけていた。朧ろ朧ろの月の光も屋根に遮（さえぎ）られてそこまでは届かず、婆娑（ばさ）として暗いその辺りを淡紅色にほのめかせて何やら老人は持っているらしい。

おおかた参詣の人でもあろう。――こう思って気にも止めず、庄三郎は足を返した。

と、うしろから呼ぶものがある。

「もし、お若いお侍様、どうぞちょっとお待ちくださいまし」

――それは嗄れた声である。

で、庄三郎は振り返った。

山袴を穿き、袖無しを着、短い刀を腰に帯び、畳んだ烏帽子を額に載せ、輝くばかりに美しい深紅の布を肩に掛けた、身長の高い老人が庄三郎の眼の前に立っている。

「老人、何か用事かな?」

庄三郎は訊いて見た。

「布をお買いくださいまし」

おずおずとして老人は云う。

「おお、お前は布売りか。いかさま紅い布を持っておるの」

「よい布でございます。どうぞお買いくださいまし」

「よい布か悪い布か、そういうことは俺には解らぬ」庄三郎は微笑したが、「俺はこれでも男だからな」

「お案じなさるには及びませぬ。布は上等でございます」

老人は執念く繰り返す。

「そうか、それではそういうことにしよう、よろしい布は上等だ。しかし、俺には用はないよ」

　云いすてて庄三郎は歩き出した。

　しかし布売りの老人は、そのまま断念しようとはせず、行手へ廻わってまた云うのであった。

「布をお買いくださいまし」

「見せろ！」

と庄三郎は我折れたように、とうとうこう云って手を出した。

「なるほど。むうう。美(よ)い色だな」

渡された布を月影に隙(す)かしつくづくと眺めた庄三郎は思わず感嘆したのであった。

「はい美い色でございます。そこがその布の値打ちのところで……」さもこそとばかりに老人は云った。

「若い女子(おなご)の喜びそうな色だ。なんと老人そうではないかな」

「はいさようでございます」

「ここら辺にはお邸も多い。若い女子も沢山いる。お邸方の奥向(おくむき)へ参って若い姫達のお目にかけたら喜んで飛び付いて参ろうぞ」

「今日も昨日も一昨日も、もうかれこれ十日余りも、お邸方へ参上致し、さまざまご贔負にあずかりましたが、この布ばかりは買っていただけず、一巻だけ残りましてございます」

「どなたの嗜好にも合わないと見えるな」

「皆様、恐らしいと申されます」

「なに恐らしい？」と不思議そうに、「はて何が恐いのか？」

「そのお色気でございます」

「色気と云っても、紅いだけではないか」

「人間の血で染めたような、燃え立つばかりの紅い色が、恐らしいそうでございます」

「アッハッハッハッ、馬鹿な事を。さすがは女子、臆病なものだな」

もう一度布を差し上げて、月の光に照らして見たが、庄三郎は思わず身顫いをした。

二

と、布売りの老人はあるかなしかに嘲笑ったが、

「お侍様、あなたまでが……」

「何！」

と庄三郎は振り返る。

「顫えておいでなされます」

「痴けた事を！」

と一喝したが「これ、この価なんぼうじゃ？」

「太鼓判一枚でございます」

「それ持ってけ！」

と抛り出した。チリンと鳴る金の音。屈んで拾う布売りの姿があたかも大蜘蛛の這ったように、地面に影を描き出したが、さっと吹いて来た夜嵐に桜の花がサラサラと散り、その影をさえ埋めようとする。

こういうことのあったのは永禄元年のことであるが、この夜買った紅巾の崇りで、土屋庄三郎の身の上には幾多の波瀾が重畳した。

しかし作者はその事に関して描写の筆を進める前に、土屋庄三郎その人について少しく説明しようと思う。

武田家において土屋といえば非常に立派な家柄であって、無論甲陽二十四将の一人、代々武功の士を出したが、別けても惣蔵昌恒は忠義無類として知られていた。

後年勝頼が四方に敗れ小山田信茂には裏切られ、天目山で自尽した時、諸将ほとんど離散した中に、惣蔵一人己が子を殺し、二心なきを現わした上、最後のお供仕ったほどで、この義烈には敵ながらも徳川家康が感心し、苦心して遺族を尋ね出し常陸土浦九万石に封じた。土屋子爵はその後胤である。家康もなかなか粋の事をする。もっとも家康は信玄のためにかつて三方ケ原で破られながらも甲州流の兵法には少なからず敬意を払っていたし、清和源氏の名門で甲斐源氏の棟梁たる武田家その物に対しても尊敬の念を持っていて、勝頼の首級に対しても、信長のように足蹴にはせず、君、武勇におかせられては父君にも勝らせ給えど、いまだ年若くおわせしため跡部長坂の小人を愛し武功の老臣を斥け給い、無謀の軍を起こされし果て今日の非運を見給うはまことに無残の限りであると、ちょっと首級桶を戴いてホロリと一滴こぼしたそうで、これを聞いた武田の遺臣ども、武骨者だけに感激するのも早く、我も我もと安い月給で徳川家に随身したそうであるが、これを今日の皮肉極まる歴史家どもに云わせると、「なあにそれも家康という狸爺のお芝居さ。勝頼の首級をいただいたところで別に資本がかかるのではなし、ホロリと一滴こぼしたところでそのため眼病になりもしない。一滴の涙が大効を奏し数度の戦いに心身を練った武田家の遺臣を傭うことが出来たら、こんなうまい商売はないよ」と唯物的に片付けてしまうが、治まれる御世の時代と戦国時代とは人心が異う。そう味もなく片付けては、歴史の花たる戦国武士に対し、ちと失礼ではあるまいか。

それはともかく土屋家なるものは、武田家にありては由緒ある名家で、一族の数も多かったが、信玄時代では惣蔵昌恒が、土屋宗家の当主であった。そうして「神州纐纈城」なるこの物語の主人公土屋庄三郎昌春は実に惣蔵の甥なのであった。

そうして庄三郎は孤児であった。

庄三郎本年二十歳。十六年前四歳の頃に、父母と別れてしまったのである。と云って父母は死んだのではない。行衛不明となったのである。

庄三郎の父は庄八郎と云って惣蔵のすぐの弟であったが、武勇にかけては一族の中でも並ぶもののない武士であって、有名な海口の戦では一番乗りをしたほどである。

天文五年十一月、武田信虎八千を率い信濃海口城を襲ったが城の大将平賀源心よく防いで容易に陥落ちない。十二月となって大雪降り、駈け引きほとんど困難となった。さすが猛将の信虎ではあったが、自然の威力には叶うべくもなく見す見す城を後にして一日軍を帰すことになったがもちろん心中は無念であった。この時晴信（信玄）十六歳、父に従って軍中にいたが自分の陣中へ帰って来ると腕を組んで考え込んだ。と、そこへ顔を出したのが土屋庄八郎昌猛である。庄八郎この時十九歳、晴信よりは三つ上であって、お側去らずの寵臣であった。

「殿、なんとなされましたな？」心配そうに訊いたものである。

「莫迦な話だ。退陣だそうな」晴信は顔を顰めたものだ。

「雪が深うございますからな」顔を見い見い庄八郎は云う。

「雪が深い？　それがどうした！　冬になれば雪も降るよ。降った雪なら積りもしようさ。莫迦な話だ」と益々不機嫌だ。

「寒さが厳しゅうございますからな」庄八郎はまた云った。顔を見い見い云うのである。

三

「何を申すか。つまらない事を」

晴信はギロリと庄八郎を睨む。

「敵とて人間でございます。やはり寒うございましょうよ」

この言葉には意味がある。で、晴信は黙っていた。

「甲州勢退くと見るや、城兵一時に安心し、凍えた身肌を暖めんものと甲を脱ぎ鎧を解き弓矢を捨て刀鎗を鞘にし……」

「わかった！」

と不意に晴信は庄八郎の言葉を遮った。

それから父の前へ出た。

「殿致しとうございます」こう晴信は云ったものである。すると信虎はカラカラと笑い、嘲けるようにこう云った。

「この大雪には城兵といえども、門をひらいて追っては来まい。追い縋る敵のないを知って殿を望むは卑怯であろうぞ」

しかし晴信は動じようともせず「殿いたしとうございます」とただ繰り返すばかりであった。

で、許されて陣中へ帰ると、すぐに晴信は庄八郎を呼んだ。ここで密談が行われる。それからの事は頼山陽が、作者（わたし）のような悪文でなく非常な名文で書いている。

以㆓兵三百㆒殿。後㆓大軍㆒数里。止舎。親警㆓其兵㆒曰。勿㆑釈㆑甲。勿㆑卸㆑鞍。食㆑於㆑馬而後食。五更即発。唯吾所㆑嚮是視。兵皆窃嗤㆑是曰。風雪如㆑此。何為警。五更。晴信即発。還向㆓海口㆒。与㆓三百騎㆒冒㆑雪馳。昧爽抵㆑城。源心已散㆓遣其兵㆒。独与㆓百人㆒留守。晴信分㆑兵為㆑三。自以㆓一隊㆒入㆑城。二隊揚㆓幟城外㆒。応㆑之。城兵不㆑測㆓其衆寡㆒。不㆑戦而潰。乃斬㆓源心㆒。以㆓其首㆒帰献。一軍大驚。云々。

これは驚くのが当然である。しかしてこの計を献じたのも、敵将源心を討ち取ったのも皆土屋庄八郎であった。

その後晴信は父を逐（お）い自ら甲斐の大守となったが、晴信をして父を逐わせたのも、庄八郎の献策からであった。

さすが寅歳の産れだけに信虎は豪勇の性格であり、その性格が役立って、甲斐国内の豪族ども、すなわち都留郡の小山田氏、東郡の栗原氏、河内の穴山、逸見の逸見氏、また西郡の大井氏なぞを権威をもって抑え付け、悉く臣下としたばかりか、隣国信濃では平賀、諏訪、また小笠原氏、村上氏、木曽氏などとも兵を構えて甲斐武者の威を輝かせたが、永正十七年飯田河原で遠州の大兵を破って以来、すっかり天狗の鼻を高め、暴戻の振る舞いが多くなりむやみと家来を手討ちにした。累代の四臣と云われたところの馬場虎貞、山県虎清、工藤虎豊、内藤虎資、四人ながら手討ちになり、この他硬骨の士五十人、刀の錆となったのであった。

そこへ起こったのが家督問題で、森厳沈痛の晴信よりも颯爽軽快の次子信繁の方が、信虎の性質に合うところから、それを家督に据えようとした。

驚いたのは老臣どもで憤慨したのは晴信である。そうして妙策を献じたのは土屋庄八郎昌猛であった。

「殿、ご心配には及びませぬ。今川をお頼みなさいまし」

当時今川義元と云えば駿遠参の大管領で匹儔のない武将であったが、信虎の一女を貰っていたので晴信にとっては姉婿に当たり日頃から二人は仲がよかった。

「なるほど、これはよい勘考(かんがえ)だ」晴信は嬉しそうに頷いたが、「大事な智恵をこれで二度まで俺はお前に借りている。疎(おろそ)かには思わぬぞよ」

庄八郎の手を取って押し戴いたということである。信虎は間もなく騙(かた)られて、今川家へ幽囚され、甲斐の国は何んの波瀾もなく晴信の物となったのであった。

土屋庄八郎昌猛はこれほど勝れた人物であったが家庭的には不幸の人で、高坂(こうさか)弾正の娘であり己が妻であるお妙(たえ)の方を信ずることが出来なかった。お妙の方には恋人があった。娘時代からの恋人で行々(ゆくゆく)はその人の妻となり楽しい家庭を作ろうものと堅く信じていたらしい。その恋人は他ならぬ庄八郎の実の弟の土屋主水昌季(まさすえ)であった。

主水は兄の庄八郎やまた長兄の惣蔵が武勇一図の人間であるのと大いに趣きを異にしてきわめて文雅(ぶんが)の人物であった。容貌も秀麗、風姿も典雅、和歌詩文にも長(た)けていて、今日信玄の作として世に知られている和歌の多くはまことは主水の作であった。

甲州一の宮浅間神社に詠進(えいしん)したる短冊の和歌「うつし植うる初瀬の花のしらゆふをかけてぞ祈る神のまにまに」も、文字こそ信玄の真蹟(しんせき)であれ歌は主水の作なのである。この他彼の秀逸としては、

いはと山緑も深き榊葉（さかきば）をさしてぞ祈る君が代のため
君を祈る賀茂の社（やしろ）のゆふたすきかけて幾代か我も仕へん
うきものを寝覚の床の曙（あけぼの）に涙ほしあへぬ鳥の声かな

四

これらの和歌でも想像されるように、主水は敬虔の心を持った柔和な人物であったので、恋人を兄に横取りされても執拗（しつこ）く怨むような事もなくむしろ諦めていたのであった。そうして恋人お妙の方も、穏（おとな）しい真面目の女性だったので、既にその恋が破られてあらぬ人の妻になってからは、努めて良人に貞節を尽くし、主水との恋は心の墓場に潔（いさぎ）く葬ることにした。しかし主水と庄八郎とは血を分けた真実（まこと）の兄弟である。それこそ二人は毎日のように顔を合わせなければならなかった。自然お妙とも顔を合わせる。木石でない男女だ。血の騒ぐのは当然である。それが庄八郎には不快である。

息苦しい恋の三角関係！　それが五年間続いたのであった。そうして庄三郎の四つの時、突然主水の姿が消えた。ややあってお妙が行衛不明となり続いて庄八郎が身を隠した。爾来今日まで杳として三人の行衛は知れないのである。

孤子となった庄三郎は、同族土屋右衛門が、快く引き取って養育したが、父母のない子はどこか寂しくどこか偏したものであって文にも秀で、武にも勝れ母に似て容姿も美しく天晴れ優美な若武士であったが、いわゆる詩人的気稟とでも云おうか、憂鬱であってしかも快活、真面目であってしかも滑稽、そうしていつも瞑想的で現実の事を好まなかった。

庄三郎はよく云った。

「……ね、俺はこう思うのだ。俺の両親は活きているよ。しかし一緒には住んでいまい。自由に別々に住んでいるだろう。父は父らしい活方でね。母は母らしい活方でさ。そうして主水叔父さんも云うまでもなく活きているのさ。ああ俺には主水叔父さんがどんなに懐しく思われるだろう！　歌人だったというのだからね。しかし無論父や母はそれにも増して恋しいよ。どうぞ一度逢いたいものだ。俺は堅く信じているよ。いずれはきっと逢えるものだとね。見るがいい美しいあの雲を！　夕陽に輝いているじゃないか。あの雲の奥にいるのだよ。父と母と叔父とがね」

土屋庄三郎昌春は、翌朝早く眼を醒ますと枕上へ眼をやった。紅巾がちゃんと置いである。

「うむ、夢ではなかったか」

呟きながら起き上がると、紅巾を持って縁へ出た。顔を出したばかりの朝の陽が夢見山の頂きからお館の屋根を輝かせ、庭の木立の隙を潜り泉水へ落ちる筧の水を黄金色に染め上げてカッと縁まで射していたが、そのすがすがしい光の中へ、つと紅巾を差し出すと綴目の糸をブツリと切り、解きほぐしたり裏返したり陽に照らして打ち眺めたが、

「はてな」

と云って首を捻った。

それからさらに改めて、打ち返し打ち返し眺めたが、

「見えぬ！」

と不思議そうに呟いた。で、じっと考え込む。

その時、サラサラと音を立てて老人の下僕が主屋の方から落花を掃きながら近寄って来たが、

「若様、お早うございます」と掃く手を止めて挨拶した。

「おお甚兵衛か。早起きだな」庄三郎は挨拶を返しそのままじっと考え込んだ。

花を踏み踏み幾十羽の小鳥が庭の木立で蹄いている。声を涸らした老鶯が白い杏の花の間で間延びに経を読んでいる。山国の春の最中らしい。

「甚兵衛」

と不意に庄三郎は呼んだ。「まあちょっとここへ来い」

「はい、ご用でございますかな」

「何んと綺麗な布ではないか」

云いながら紅巾を差し出した。

「や、これはこれはお綺麗お綺麗。眼が覚めるようでござりますなあ。どこでお需めになりましたな？」

「うん、少しく訳があって、計らず手に入れた紅巾だが、これ甚兵衛よく見てくれ。そこらに文字が書いてないかな？」

「は？」と甚兵衛は訊き返す。「あの、文字とおっしゃいますと？」

「この布に文字が書いてある筈だ」

「へへえ、さようでございますかな。どれそれではもう一度」

こう云いながら甚兵衛は繰り返し布を調べて見たが、文字は愚か傷さえもない。

「今年私は六十五。眼も駄目になりましょうよ。何んにも見えませんでございます」

「ふうん、お前にも見えないかな」

「はい、そうして若様には？」

「実は俺にも見えないのだ」

「さてはお嬲(なぶ)りなされましたな」

「しかし昨夜はよく見えた」

五

「それは本当でございますかな」

「俺は思わず顫えたものだ」

「何んと書かれてございましたな」

「月の光に黒々と、冒頭(はじめ)に『謹製』と書かれてあった」

「謹製？　ははあ、謹製とな？　――それから何んとありましたな？」

「『土屋庄八郎昌猛』と、こう鮮かに書いてあったぞ！」

上衣に裁っても下衣に裁っても十分用に足りるだけの幅も長もあったけれど、不思議のことにはその紅巾は蟬の羽根のように薄いところから、掌の中へ握られるほどにまた小さくもなるのであった。しかし何よりも驚くべきはその美しい色艶で、燃え立つばかりに紅かったが、単に上辺だけの紅さではなく、底に一抹の黒さを湛えた小気味の悪いような紅さであり、ちょうど人間の血の色が、日光の加減で碧くも見えまたある時は黄色くも見えまた黒くも見えるように、その紅巾も日光の加減で様々の色に見えるのであった。

「うむ、まるで玉虫のようだ」

庄三郎はこう思いながら、その気味の悪い紅巾に次第に愛着を覚えるようになった。

「とにかく一度でも俺の眼に父上の御名の現れた布だ。多少の縁がないとは云えまい」

こうも思って紅巾を肌身放さず持つ事にした。

やがて桜が散り山吹が散った。芒の芽が延びて来た。春が倏忽と逝ったのである。五月雨、木下闇、蚊の呻り、こうして夏が来たのである。

甲斐の盆地の夏景色は、何んともいえず涼々しく、釜無河原には常夏が咲き夢見山に石楠花が咲き、そうしてお館の木深い庭を蛍が明滅して飛ぶようになった。

ある夜、信玄は十数人の家来と、中曲輪の密房で、一枚の地図を中にしてひそかに軍議に更けっていた。

第一の寵臣高坂弾正、兵法知りの山本道鬼、勇武絶倫の馬場、山県、弟信繁、子息義信、伊那の郡代四郎勝頼、土屋惣蔵は云うまでもなく、特別をもって庄三郎も軍議の場所に列せられ、尚他に諸角豊後、穴山梅雪、武田逍遥軒、板垣駿河、長坂釣閑、真田弾正同じく昌幸、円座を作って居流れた様は、堂々として由々しかった。

名に負う永禄元年と云えば、上杉謙信を相手とし、信州更級川中島で三回寄せ合った合戦の中、二回目を終えた翌年のことで武田家にとっては栄華の絶頂、士気の盛んな時代であった。

「庄三郎」

と、信玄は、深味のある声でふと呼んだ。

「はっ」と云って手を仕える。

「そなたの父を思い出すぞよ」太い眉を動かしたが、「庄八郎は勇士であったぞ。また思料にも富んでいた。思案に余った折々は、俺はいつも思い出すぞよ」

「有難いお言葉に存じます」

「そなたも父に肖らずばなるまい」

「努めてはおりますなれど……」

「不肖の子と云われるなよ」

「恐れ入ってございます」

「浮世の事、一切力だ！　力を養わずばなるまいぞ」

「お言葉有難く存じます」

「よいよい」


と云って信玄は、素絹の袖を左右に張ると、トンと軍扇を膝に突いた。

再び軍議に入ったのである。

衆人の前で父の事をこうあからさまに褒められて、庄三郎は嬉しくもありまた晴れがましくも思われたかポッと顔を上気させ、恍惚とした眼使いで地図の面を無心に見た。と、その地図の真中へ、ポタリ、ポタリ、ポタリ、ポタリと、上の方から血が滴って来た。驚いて天井を見上げると、桧の板を深紅に染めて生血が四角に染み出している。

「あっ」と口の中で叫びながら再び地図へ眼をやると、依然として落ちて来る血の滴で、地図は深紅に染まったが、不思議のことに誰一人としてそれに気が付くものがない。

「む」と思わず呼吸を呑み、再び天井を見上げたとたん、四角に染み出していた板の血がヒラヒラと剝げて落ちて来た。と、宙でクルリと廻わりそのまま空間に浮いたかと思うと静かに左右に揺れ出した。

血でなくてそれは紅巾であった。

庄三郎は顔色を変え素早く懐中へ手を入れたがあるべき筈の紅巾がない。

庄三郎は場所柄を忘れ思わずすっくと立ち上がった。一度に座中の視線が向く。はっと気が付いて坐ろうとすると、あたかも庄三郎を誘うように空に浮かんだ紅巾が、戸口の方へ舞って行った。

厳重に鎖ざされた戸口の扉が、その時忽然と内側から開き、長い廊下が現われた。

その廊下を焰のようにまた紅の鳥のように飄々と紅巾は舞って行く。

吾を忘れて庄三郎は紅巾の後を追ったのである。

六

人は城人は石垣人は濠情(なさけ)は味方あだは敵なり

これは信玄の歌であるが、どうやら代作ではなさそうである。拙(つたな)いのがその証拠だ。芸術として見る時は目鼻のつかない代物(しろもの)ではあるが、しかし信玄の心持ちはよくこの一首に現わされている。

躑躅(つつじ)ヶ崎の信玄の館は文字通り館で城ではなかった。面積東西百五十六間。そうして南北は百六間。一丈ばかりの土手を巡らし一重の湟(ほり)が掘られてある。要害といえばこれだけで区内(なか)に三つの曲輪(くるわ)があって、東曲輪、西曲輪、中曲輪と称されていた。

東曲輪の大きさは、二十四間に六十間で、三つのうちで最も小さく、中曲輪は信玄の居所、築山泉水毘沙門(びしゃもん)堂など多少風致を備えていた。西曲輪は姫嬪(きひん)の住坊(すまい)、人質曲輪とも呼ばれていた。

館を囲繞(いにょう)しやや南寄りに甲府の条坊(まち)が出来ていた。東西五百三十間南北九百二間というのがすなわち条坊の総面積で、諸将の邸宅もここにあった。城屋町には真田弾正、甘利備前守、山県三郎兵衛、城織部もここにいた。柳町通りには高坂弾正、穴山梅雪、馬場美濃守、曽根下野守、小山田備中守、諸角豊後守が住んでいた。また増山の通りには内藤修理亮、板垣駿河守、三枝勘解由、多田淡路守、典厩武田信繁もいた。一条小路には小山田大学、土屋右衛門、蘆田下野守、原加賀守、長坂釣閑、大熊備前守、山本勘助、初鹿源五郎、跡部大炊介、今沢石見、小幡尾張守、下条民部、栗原左衛門、保科弾正、一条右衛門。尚館の東北には横田備中守の邸がありまた館の北側には武田逍遥軒が控えていた。

　曲輪を抜け湟を飛び越え、若い一人の侍が、森然と更けた町々を流星のように駈け抜けた時、折悪く道で邂逅った人はどんなに驚いたか知れなかったであろう。

　その侍こそ庄三郎で、飛行する紅巾に誘われ、何処とも知れず走るのであった。

　闇の夜にもかかわらず、庄三郎の鼻先から一間余の空間をちょうど燃えている焔のように、飄々と紅巾は飛んで行った。捕らえよう捕らえようと手を延ばして幾度摑んだか知れなかったがそのつど紅巾は手から遁がれて先へ先へと飛ぶのであった。

　しかしそれでもようやくのことで彼は紅巾を引っ摑んだ。

「さあ捕らまえたぞ！」と嬉しそうに、狂人のように笑ったとたん、グラグラと眼が廻わった。そのまま庄三郎は気を失い、闇の中に倒れたのである。

「もし、お若いお侍様！」

こういう呼び声が聞えたので庄三郎は眼を開けた。

陽がカンカンと当たっている。青々とした高原が眼路（めじ）の限りひらけている。そうして全身をあらわした藍色をした富士山が、庄三郎の眼前に聳（そび）えていた。

「あっ」と驚いて起き上がった時、

「どうなさいましたお侍様」と、優しく尋ねる声がした。見ると老人が立っている。

「老人」と庄三郎はまず云った。「ここはいったい何んという所だ？」

「富士の裾野でございます」老人の答えは平凡である。杣夫（そま）と見えて木を背負っている。

「富士の裾野は解っている。その他には名はないかな？」

「三道の辻と申します」

「三道の辻？　妙な地名だな」

「ここに辻がございます。路が三本分れております」

「いかにも三本路がある」

「東へ行けば富士のお山、西へ辿(たど)れば本栖(もとす)の湖、北へ帰れば人界でございます」

「いや人界とは面白い。それでは他は魔界かな」

庄三郎は笑いながら云った。

「はい、魔界でございますとも」

老人の言葉は真面目である。

庄三郎が驚いて思わずその眼を見張った刹那(せつな)、人馬の音が聞こえて来た。次第にこっちへ近付いて来る。

第二回

一

パッパッパッパッパッ……蹄(ひづめ)の音。

チャンチャンチャンチャンと金具を響かせ二三十騎の騎馬武者がどうやらこっちへ来るらしい。にわかに老人は周章(あわ)て出した。

「さあ大変だ。隠れなければならない。こっちへこっちへ」

と云いながら庄三郎の袖を引き山査子(さんざし)の茂みへ引っ張り込んだ。庄三郎は胆を潰し、

「これ何をする。どうするのだ」

「叱(しっ)」

と老人は眼で叱り、「経帷子(きょうかたびら)がお通りになる。そうだ血染めの経帷子がな。声を立てて見付けられたら私もそなたも命がない。黙って黙って」

と囁(ささや)くのである。

チャンチャンチャンチャンと互いに触れ合う甲冑物具鐙の音がその間も次第に近寄って来た。

遠寄せかそれとも武者押しか？

何者がどこへ行くのであろう？——不審に思いながら庄三郎は老人の側へ蹲居り、山査子の藪の隙間からじっと向こうをすかして見た。眼路の限りは広々とした夏の最中の裾野原で、覗いている庄三郎の鼻先から丸くなだらかに延びている。

野の涯に雲が浮かんでいる。真昼の日光に裏漉しされたのか絹のように輝いて見える。野面は寂しく人気なく、落葉松、山榛の混合林が諸所に飛び飛びに立っているのが老人の歯が抜けたようだ。毒卯木の花が生白く咲き山葡萄の蔓が縦横に延び、雪崩の跡が断層を作し赤茶けた地肌を現わしているのが、荒涼たる光景を二倍にする。

老人は側で顫えていた。そうして右手を指差した。そっち——から騎馬武士は来るらしい。砂煙が濛々と上がっている。と、砂煙は竜巻のように虚空に渦を巻きながらドンドンこっちへやって来たが、近付くままによく見れば砂煙ばかりが壁のように一町余も立ち続いているが人の姿はどこにも見えない。

「はてな？」と思う暇もなく蹄の音は駈け抜けようとしたが、とたんに砂煙の壁をもれてニュッと馬の顔が現われた。それから馬の尻尾があらわれ鎧の片袖が洩れて見えたが忽然はっきり一人の武士が砂煙を抜いて半身を見せた。甲を冠り鎧を着、薙刀を小脇に掻い込んでいるその風采には不思議はないが、鎧の上に羽織っている血紅色の経帷子が日光を受けて燦然と輝き四辺にあたかも虹のような陸離たる光彩を描き出したのは——庄三郎にとっては驚異であった。

それもほんの一瞬間で、武士の姿は砂煙に包まれ、そのまま彼方へ駈け抜けたらしい。砂煙の壁もやがて消えた。間もなく蹄の音も絶えた。後は森然と静かである。老鶯が不意に啼き出した。

ホチヨカケタカ！　ホトトトトと、杜鵑も藪地で唄い出した。長閑な世界となったのである。

富士は玲瓏と澄み返り彼らの左方に聳えていた。肌は咲き初めた紫陽花のように、濃い紺青や赤紫やまたは瑠璃色やまたは樺や、地味地層の異うに連れて所斑らに色も変わり諸所に峨々たる巌も聳え曲がり蜒った山骨さえ露骨に、遠く離れて望んだと違い醜い所も窺われたが、尚類なく美しかった。すんなりとした円錐形が空と境いを限ったためクッキリと浮き出た山際の線が張り切れそうな弾力を持って丸々と高く延し上がった態は、肉附きのよい若い娘の臀部の弧形を連想させ、正しく富士は男性ではなくて女性であることをうなずかせる。

「白雲もいゆきはばかり」と詠われた峰のあたりに一所白く寒々として眼に見えるのは谿に残った万年雪でもあろう。少し下がった左の肩に昼の月が浮かんでいる。

しかし、老人も庄三郎も富士に心を曳かれようとはせず、今は聞こえない蹄の音が遠く消え去ったその方角へ眼と耳とを働かせていた。

長い間二人は黙っていた。

と、庄二郎が呟いた。「血紅色の経帷子！」

それから袂へ手を入れて例の紅巾を取り出した。

「同じ色だ！　ちっとも違わない！」

「人狩りに行かれたのだ！　人狩りにな！」

呻くような声で老人は云った。

「あいつらいったい何者かな？」

庄三郎は声を掛けた。

「水城の人達でございますよ」

「なに水城？　どこにあるのか？」

「本栖湖の中にございますそうで」

「なるほど、そうして人狩りとは？」

「人狩りは人狩りでございますよ……。ああ恐ろしい恐ろしい！　うかうかそんな事云おうものならそれこそこっちの命があぶない。さあお暇だ。ごめんなさいよ。……早くあなたもお逃げなさるがよい」

老いたる樵夫はこう云い捨てると背負った薪を揺り上げ麓の方へ走り下った。

その様子があわただしくいかにも恐怖に充ちていたので庄三郎も気味悪くなった。

「ともかく甲府へ帰ることにしよう」

――で、庄三郎は歩き出した。

二

庄三郎は足を早め裾野をさして下って行った。

上るに苦しく下るには易い。これは山登りの常法ではあるが富士は一層その感が深く、殊に戦国のこの時代には道らしい道などはなかったので、登山の困難は想像にも及ばずわずかに不退転の心を抱いて深山幽谷を跋渉する、役ノ優婆塞の亜流ぐらいが時々参詣するぐらいであったが、それが、一旦下りとなり砂走りの中へでも踏み入ろうものなら一刻の間に流砂と共に裾野まで一のしにのしたものである。——これ須走りの語源である。もっともそれは東口駿河の国に向いた方のある一所に限られたことで、庄三郎が下りつつある北口吉田方面には、そういう所はないのであった。で、裾野へ下りようとするには一歩ずつ歩かなければならなかった。

庄三郎は足を早め裾野をさして下って行く。

彼の歩いているその辺はどうやら富士も五合目らしく、その証拠には木という木がほとんど地面へ獅噛み付いている。そうしてその木の種類といえば石楠花、苔桃の類である。山の傾斜もかなり急で歩くに油断が出来なかった。……ひょっこり雷鳥が子を連れて灌木から顔を出したりした。

庄三郎は走るように下る。

と眼の下に森林があたかも行手を遮るように長く一筋延びていたが、すなわちそこから四合目の森林帯が始まるのであった。

四方カラリと吹き払われ空の蒼さや雲の徂徠まで自由に見られた。灌木帯と違い、森林の中は暗かった。槲、落葉松、桧などの、斧の味を知らぬ大木が幾万本となく繁り合い光を遮っているからである。

庄三郎の汗に濡れた肌も森林の中へはいると共に一時に清々しく乾いて来た。彼は随分疲労れていたので、

「どれ一休息」と呟きながら腐木の株へ腰をかけた。それから四辺を見廻わした。青々と茂っている羊歯の間から矢車草の白い花が潮に浮かんだ泡沫のようにそこにもここにも見えているのも高原雀が幾百羽となく木の間を縫って翔けているのも、鼻を刺す高い木の馨も、一所劃然と林が途切れそこに湛られた池の水が蒼空が落ちて融けたかのように物凄いまでに碧いのも、そうしてこれと云って姿は見えずまた声も聞こえないながら窃かに逼って来る一種の鬼気！　こう云ったものが庄三郎には珍らしくも尊くも思われた。

休息みたいだけ休んだので庄三郎は元気付いた。でドンドン走り下った。

甲府の城下へ着いたのはその翌日の夕方であったが躑躅ケ崎のお館の白い石垣を眺めた時にはさすがにホッと安心した。

自家と云っても同族の土屋右衛門の邸であったが、そこへ帰って来た庄三郎は、人達から驚異の眼で見られた。

一夜のうちに富士のお山の五合目あたりまで行くということは、この時代としてはあり得べからざることで、驚く方が当然であった。

「恐らく神隠しに会ったのであろう」「いや天狗に攫われたのであろう」——などと人達は云い合ったが、これまた云う方が理であった。

弁解すれば弁解するほど益々疑いを増すばかりだと、こう思い付いた庄三郎は、何んと誰から訊かれても、自分の奇異な経験について物語ろうとしなかった。

しばらく館への出仕も止め家にばかり籠っていた。そうして時々例の紅巾を、窃り取り出して眺めてはわずかに心を慰めていた。

土用の明けた翌日からいつも武田家では曝涼をした。

今年は七月の八日というのがちょうどその日に当っていた。

新羅三郎義光以来連綿と続いて来た武田家である。その間およそ五百年。珍器も集まろうというものだ。

中曲輪三分の一が曝涼の場所（にわ）にあてられた。

楯無しの鎧。日の丸の旗。諏訪神号の旗。孫子の旗。渡唐天神像。不動像（信玄自身を刻んだもの）。朱地に黒く武田菱を三つ染め出した本陣の旗。先祖代々の古文と古書。二尺六寸国長の刀。二尺五寸景光の刀。五寸五分倫光の短刀。三日月正宗。郷義弘。国次の刀。左文字の刀。信虎使用虎の朱印。……信玄軍陣の守本尊刀八毘沙門と勝軍地蔵も宝物の中に加えられていた。手沢の茶椀同じく茶釜。武田家系図。諸祈願文。紺地金泥の法華経と笈（おい）。源義家神馬の鑣（くつわ）。新田義貞奉納鎧。諏訪法性の冑（かぶと）などは取り分け大切の宝物であった。

十日に渡った曝涼も十八日にめでたく終え家中一同館の中で信玄から酒肴を賜わった。

三

「遠慮は禁物だ。十分に飲め、そうして大いに酔うがいい」

こう云いながら信玄は自分も朱塗りの大盃で葡萄の酒をあおるのである。

ここは館（やかた）の広間であった。銀燭が華やかに瞬（またた）いている。一段高い床間には楯無しの鎧が飾ってある。——月数。日数。源太が産衣（うぶぎ）。八竜。沢瀉（おもだか）。薄金。膝丸。そこへ楯無しを一領加えて源氏八領と総称し、武門に連なる輩（ともがら）はあたかもそれが神威を持った犯すべからざる宝器かのように、尊ぶことに慣らされていたが、新羅殿以来楯無しだけは甲斐の武田が領して来た。

「快川長老どうなされた。一向酒を参らぬの。……給仕の者お注ぎ致せ」

信玄の言葉に「はっ」と返辞（いら）えて膝を進めたのは庄三郎であった。珍らしく今日は出仕して、真田源五郎、三枝（さえぐさ）宗二、曽根孫二郎というような日頃仲のいい同僚と共に座中の斡旋をしていたのである。

「さあさあ山盛りに注いでおくれ。散ります散ります。おっと結構」

いつも気剖（きさく）な快川長老はこんな冗談を云いながら注がれた盃をグッと干したが、

「ところで土屋庄三郎殿、面白いことがあったそうだの。一夜で富士の五合目まで行かれたという噂だが。……」

「はい。参りましてございます」

「富士は扶桑第一の霊山。しかし険しさも日本一だよ。よく登山出来ましたな。神のお誘導きがあったからであろう」

「神のお誘導きでございましょうか？　悪魔の誘惑ではございますまいか？」庄三郎は憂鬱に、

「私をお山へ誘導きましたのは、神でも仏でもございませぬ。紅巾なのでございます」

「その噂なら聞いておる」長老は優しく微笑したが、「その紅巾お持ちかな？」

「肌身放さず持っております」

「ちょっと見せてはくださるまいか」

「いと易いことでございます」

庄三郎は懐中からスルリと紅巾を引き出した。

乾徳山恵林寺の住職、大通智勝国師快川は、信玄帰依の名僧であって、信玄は就いて禅法を学びまた就いて兵法を修めた。

彼の有名な孫子の旗へ、疾如レ風、徐如レ林、侵掠如レ火、不レ動如レ山と、大文字を揮毫ったのも、信玄のために、機山という面白い法号を選んだのも、皆快川長老であった。後年織田の軍勢が甲府城下へ征め込んだ時、安禅不三必須二山水一、滅二却心頭一

「火自涼と、おもむろに偈を唱えながら楼門の上に佇んで焚死して節義を全うし英雄の名を擅にした。

いわゆる、戦国式臨済僧であった。

紅巾を受け取り膝の上へ載せじっと見ていた長老はにわかにその眼を顰ませた。首を捻って考え込む。

紅巾が座中に現われた時から、宴に侍っていた人々の眼は、期せずしてそれに集まったが、今長老が首を捻ったので彼らも一斉に首を捻った。楯無しの鎧を背後にして動かざること山の如く端然と坐っていた信玄も少からず好奇心を湧かせたと見えて、長老の様子を眺めている。

不意に長老は顔を上げ、

「殿」

と信玄を呼びかけた。

「殿には学問を好ませられ、多くの書物もご覧のことゆえ、宇治拾遺物語などは疾に承知でございましょうな？」

「さよう……」

と信玄は審しそうに、

「それが何んとか致したかな？」

「宇治拾遺物語の百六十七節に『慈覚大師纐纈城に入り給ふ事』こういう項目がございます」

「纐纈城の物語？　おお、あれなら覚えておるよ」

「恐ろしい物語でございましたな？」

「さよう無残な物語であったな」

「山間に鉄の城がある。無数の人間が捕えられている。彼らは天井へ釣るされて締木で生血を絞られる。その血で布が染められる。……その城の名は纐纈城。その布の名は纐纈である。殿！　こうでございましたな？　ところでここにあるこの紅巾、これこそ纐纈にござります！」

快川長老はこう云いながら、膝の上の紅巾を手に取り上げた、そうして高く頭上へ捧げた。

と、部屋内の灯が、一時に光を失ったかのように、四辺朦朧と小暗くなり、捧げられた深紅の纐纈ばかりが虹のように燦然と輝いた。

ここで物語は一変する。富士の裾野へ移らなければならない。

四

古来富士山の美については多くの墨客騒人が競って絵に描き詩歌に作ったが、しかし誰一人その富士山の物騒な方面を説いたものはない。

戦国時代の富士ときてはかなり物騒なものであった。至る所に猛獣毒蛇魑魅魍魎が横行跋扈(ばっこ)し、野武士邪教徒剽盗(ひょうとう)の類が巣を構えて住んでいた。

そうしてこの頃の富士山は全然休火山とも云えなかった。時々焔を吹き出した。四時煙りを上げていた。

天応元年七月六日。富士山下㆓雨灰㆒、灰之所㆑及、木葉凋落(ちょうらく)。
延暦十九年六月六日。富士山巓(さんてん)自焼。
延暦二十一年正月八日。昼夜炬燎(きょりょう)、砂礫(されき)如㆓霰(あられ)者㆒
貞観六年五月二十五日。大火山其勢甚熾(さかん)。
寛平七年十一月。神火埋㆓水海㆒。

長保元年三月七日。富士山焚（ふん）。
長元五年十二月十六日。富士山焚。
永保三年二月二十八日。富士山焼燃焉。
永正八年。富士山鎌岩焚。
宝永四年十一月二十三日。富士山東偏炎上、砂灰を吹出し、関東諸国の田園皆埋没す。

以上記した十個の記録が、歴史あって以来富士に関する最も有名の爆発であるが、尚西教史による時は、慶長十二年富士焚とあり、また甲信譜による時は、享禄以降元亀天正まで富士不断に煙りを揚ぐと、こうはっきり記されてある。享禄以降天正までと云えばいわゆる戦国の真っ最中で武田信玄の全盛期である。

富士の裾野、鍵手ヶ原のこんもりとした森の中に一宇の屋敷が立っていた。

昔はさこそと思われる書院造りの屋台ではあるが、風雨年月に蝕（むしば）まれ見る影もなく荒れている。

越後国、春日山の城主、上杉謙信の旧家臣、直江蔵人（くらんど）の隠遁所（かくれが）である。

今、廃園に佇みながら若い男女が話している。蔵人の娘松虫と、松虫にとって従兄にある直江主水氏康とである。

「……どんなにお待ちしたでしょう。ようこそおいでくださいました。……けれどすぐにお厭になってお帰りになるのではありますまいか。そうなりましたらまた妾は寂しい身の上になることでしょう。どうぞどうぞいつまでもご逗留なされてくださいまし。でもここには面白いものなどは何んにもないのでございます。森と林と山と荒野、ただそれだけでございます。……あのお頭が悪いそうで、大変お悪いのでございますか？　あのお痛みになりますので？　チクチク針で刺されるように？　そういうご病人にはこの裾野はかえってよろしいかも知れませぬ。いつまでもおいでくださいますよう……まあ妾はあなた様のことをどんなに昔から思っていたでしょう。そうして妾はあなた様のことを――どうぞお笑いくださいますな。……もっともっと怖らしいお方に考えていたのでございます。……そう考えるのは無理でしょうか？　ちっとも無理ではございませんわ。これまであなた様はただの一度も寂しく暮らしている妾達をお訪ねくださらないではございませぬか。ですもの妾はあなた様のことを人情のない怖らしい、意地の悪いお方に相違ないと思っていたのでございます。――でもこうしてお目にかかり、しみじみお話しいたしました今は、妾の考えておりましたことが間違いであったということを鮮明知る事が出来ました。妾は幸福でございますわ」松虫の声は美しくはあったが、しかし物寂しく憐れ気で、この荒涼たる裾野の景色と相応しいように思われた。

「……伯父様はどこにおられます？　お姿が見えないではございませぬか。お目にかかってご挨拶を申し上げたいと存じます」主水は静かにこう云った。まだ旅装さえ脱いでいない。

「はい父でございますか。父は先ほど家を出て林の方へ参りましたが、おっつけ帰ってまいりましょう。しばらくお待ちくださいますよう。……どうぞお上がりくださいまし。穢い廃屋ではございますが、庭よりはましでございます」しかし主水はこう進められても座敷へ上がろうとはしなかった。たとえ相手が従妹でも、娘一人の留守の所へは上がりにくく思ったからであろう。

「それでは父のおります方へ、妾ご案内致しましょうか？」

「どうぞお願い申します」

「こういでなさりませ」

松虫は主水の先に立って雑木林へ分け入った。

ちょうど砂金でも振り蒔いたような夕陽の光が木々の隙から斜に林へ射し込んでいた

が、歩いて行く二人の肩や背へ虎斑のような影を付けた。頭の上の木の枝では栗鼠が啼きながら遊んでいる。と、行手の草叢から真っ白いものが飛び出した。他ならぬ野性の兎である。その時忽然遥か行手から読経の声が聞こえて来た。数十人の男女の者が声を合わせて誦しているらしい。

「おお」と思わず主水は云った。そうしてそのまま立ち止まった。

富士の裾野の林の奥から読経の合唱が聞こえるのである！　これは驚くのが当然であろう。

しかしその声はやがて止んだ。後はしんと静かである。

「恐れることはございませぬ。不幸な人達なのでございます。……妾の父はその人達の唯一の友なのでございます。……さあ参ろうではございませぬか」

五

で、二人は歩き出した。間もなく林の底へ来た。四方は灌木や茨の壁で隙間もなく囲まれている。

「……向こうへ行くことは出来ませぬ。ここが境いでございます。……間もなく父も参りましょう。ここでお待ちくださいまし」

云いながら松虫は草を敷いてそのままそこへ坐り込んだ。主水も側へ坐った。永い夏の日も暮れたと見えて夕陽が名残りなく消えてしまった。林は闇に包まれた。二人はじっと坐っている。

その時眼前の藪地から灯火の光が射して来た。だんだんこっちへ近寄って来る。と、一人の老人が藪を分けて現われた。白髪、白衣、跣足、赧ら顔。……両手で灯火を捧げながら、二人の男女の前を通り反対の側の藪地の中へしずしずとして入って行った。ほんのわずかの間をおいて一列に並んだ男女の群が、老人の後を追うようにして老人の隠れた藪地の方へこれもそろそろと歩いて行く。彼らの顔は白布で隙間もなく包まれているのみならず、彼らの手も足も同じように白布で包まれている。

彼らの列は足音も立てずやがて藪地へ消えてしまった。

間もなく彼らの立ち去った方から読経の合唱が聞こえて来た。

夜は沈々と更けまさり林の中はざわめいた。夜風が梢を渡ったのである。

「何んという不思議な所だろう？　彼らはいったい何者だろう？」

思わず主水は咳いた。

「可哀そうな病人でございます。癩(らい)病、脱疽(だっそ)、労咳(ろうがい)、膈(かく)、到底癒(なお)る見込みのない病人達でございます」これが松虫の返辞であった。

「それにしてもこのような林の中で、しかもこのような闇の夜に何をしているのでございましょう?」

主水は不思議そうに訊くのであった。

「富士のお山のご神体木花咲耶姫(このはなさくやひめ)にお縋(すが)りして、その灼然(あらたか)のお力で少しでも躰のよくなりますようにと、お百度を踏んでおりますので。……そうして両手に灯火(あかり)を捧げ、先頭に立って歩いておりました白衣白髪の老人が神の使徒(つかい)でございます。そうしてそれこそ妾(わたし)の父直江蔵人でございます」

ここに俗に陶器師(すえものし)と呼ばれた奇妙な賊が住んでいた。今日のいわゆる胎内潜(たいないくぐ)り——その辺に巣食っていたのであって、名詮自性(みょうせんじしょう)表向きは陶器を焼いていた。年は三十七八歳、蒼白い顔色、調(ととの)った目鼻。一見素晴らしい美男子であったが、残忍の点に至っては比べるものがなかったそうである。

今日も陶器師は竈の前の筵の上に坐っていた。久しぶりでお山も晴れ、熱い夏の陽が広い裾野を黄金の色に輝かせている。

陶器師は大きな欠伸をした。それから鼻唄をうたい出した。鼻唄と云っても漢詩である。

春去夏来新樹辺、緑陰深処此留連、尋常性癖耽二閑談一、不レ愛二黄鶯一聞二杜鵑一

その時一人の旅人が——武者修行風の若い武士が、麓の方からやって来た。「竈師許せ」と行きずりの礼、ちょっと挨拶をして通り過ぎようとした。

と、ヌッと鎌首を上げ、陶器師は呼び止めた。

「肋、一本、置いてきなせえ！」

「何？」と武士は振り返る。ポンと陶器師は竈の蓋を物も云わずに持ち上げた。とたんににょきり現われたのは、素焼きの陶器であらばこそ蒸し焼きにした人間である。

「肋、一本、置いてきなせえ！」

陶器師はまた云った。金を置けという謎である。

「ははあさては貴様だな」若い武士は驚きもせず、パッと編笠をかなぐり捨てると、つかつかと竈の方へ近寄った。

「富士の裾野に陶器師と云う賊のいることは聞いていた。ははあさては貴様だな」

「おおさ俺が陶器師さ。ところでお前さんは何者だね？」

「ご覧の通りの旅侍さ」

「ちっとばかり骨がありそうだね」

「アッハッハッハッ、そう見えるかな」

「容易に金は置いてはゆくまい」

「お手の筋だ。さてそれから？」

「手数をかけたそのあげく、竈の中で往生かね」

「お前がか？　それともこの俺がか？」

「こりゃ面白え、いい度胸だ。……ひとつ宣り(なの)が聞きてえものだ」

「いと易いことだ。宣ってやろう。武田の家臣土屋庄三郎だ」

第三回

一

「武田の家臣で土屋庄三郎？　なるほど」

と云ったが陶器師は別に驚いた様子もない。

「では俺も改めて宣ろうか。三合目陶器師とは俺のことだ。肋を一本置いてきねえ」

——また肋を持って来る。これはもちろん符牒である。

「うん、お前が陶器師か。名だけは以前から聞いているよ」

庄三郎も驚かない。「肋は愚か指一本爪一片もやることはならぬ」で、クルリと方向を変え、裾野を突っ切って歩き出した。待て！　と呼ぶかと思ったところどうしたものか呼びかけもしない。不意に笑い声が聞えて来た。「ハハ」でもなければ「ヒヒ」でもない。その中間の笑い声である。

「南無三、笑った。あの笑いだな」庄三郎は膝を敷きピタリと大地へ跪座いた。とたんにピューッと何物か頭の上を飛び越したが、遥か前方の立ち木へ当たりパッと火花を迸しらせた。真っ赤に焼けた鉄槌である。

「武田の家臣で土屋庄三郎？　待てよ」

と云うと陶器師はにわかに何か考え込んだ。

庄三郎は油断をしない。刀の柄へ手を掛けながら相手の様子を窺った。――極悪非道の追剥としてまた素晴らしい手利きとして陶器師の名は聞いていた。昔は由縁ある武士であった。が、ある不可解の動機のために俄然性質が一変し、賊になったのだということや、土子土呂之介に剣を学び、天真正伝神道流では万夫不当だということや、利休好みの茶の十徳に同じ色の宗匠頭巾、白の革足袋に福草履、こういう穏しい風采をして、富士の裾野の三合目辺で陶器を焼きながら稼ぎをする……などということも聞いていた。わけても恐ろしいはその笑いで、中間性の陰々たる笑いが一度彼の口から出るや、相手の者は男女を問わずきっとやられるということなども、庄三郎は聞いていた。

ある日のこと、信玄公が「噂によれば北条内記、三合目陶器師と名を偽り裾野に住むということであるが、まことに人物経済上惜しみても余りある事ではある。とは云えきゃつは血吸鬼、剣に淫する一種の狂人、扶持することは出来難い」と嘆息したのを聞いたこともある。

「評判に違わぬ無双の手練、今投げた鉄槌の凄じさは何んと云ったらよかろうか。……きゃつの笑いの恐ろしさを噂に聞いていたればこそ、危く避けは避けたものの、そうでなかったらこの胴体二つに千切れたことであろう」

怖毛を揮う心持ち！　庄三郎は相手の様子を油断なくとっくりと窺った。

陶器師は眼をつむり寂然として控えている。零れ陽が一筋黄金色に肩の上に斑点を印し、白い蝶がさっきからそこへ止まって動こうともせず、時々顫わせる薄い羽根から白い粉が仄かに四方へ散る。パチパチと時々音のするのは、竈で刎ねる薪であろう。真珠色をした太い煙りがその口から立ち上る。緑の隧道の遥か彼方に大斜面が延びていたがすなわち富士の山骨であって、大森林、大谿谷、谷川、飛瀑を孕みながら空へ空へと延している。その中腹に雲が懸かり、雲を貫いて、八の峰が瑠璃色をなして聳えている。

静かに陶器師は眼を開けた。

「卒爾ながらお尋ね致す」言葉の様子が違って来た。「武田家の家人で土屋姓、土屋惣蔵昌恒殿のもしやお身内ではござらぬかな？」

「いかにも」と庄三郎は頷いた。「その惣蔵には甥でござる」

「ははあ」と陶器師はそれを聞くと一層言葉を改めたが、「しからばご貴殿のお父上というは庄八郎殿ではござらぬかな？」

「さよう」と云ったが庄三郎ちょっと言葉を云い渋った。

「こいつ何を云い出すことか。油断はならぬ」と思ったからである。

「おおさようでござったか」陶器師は軽く一揖したが、「そうとは存ぜずとんだ失礼、平にご用捨くだされい。実はな、拙者、庄八郎殿には数々ご恩を蒙ったものでござる。ご子息と聞いてお懐しい。失礼ながらご姓名は？」

「土屋庄三郎昌春と申す」

「まずまずここへお坐りなされ」

こう云うと敷いていた藺の円座を自分で払って押しやった。

断るも卑怯と思ったので庄三郎は座についた。二人しばらく無言である。

附近で虫が鳴いている。パチパチパチパチパチパチパチと、岩燕が群をなして颯と頭上を翔け過ぎた。それさえ所がら物寂しい。

また陶器師は眼を閉じた。じっと思案に更けっている。

庄三郎はその様子を真正面から見やったが、「はてな」と思わざるを得なかった。悪逆無慈悲の殺人鬼、その陶器師の面上に何んとも云えない寂しいもの——愛する主人を失った喪家の犬のような寂しいものが一抹漂っているからであった。良心の苦痛に耐えられず魂の帰趨をなくした人が、往々現わす悲惨な悩み、その悩みから絞り出された世にも陰惨たる寂寥の影……もっと平易に説明すれば悪人懺悔の心持ちが顔に現われているからであった。

二

庄三郎の心持ちはそれを見ると和んで来た。親しみをさえ感じて来た。「悪人と云っても鬼畜ではない。良心を消磨し尽くすことは容易のことでは出来ないと見える。……それに善と云い悪と云っても要するに絶対のものではない。所詮は心の波動に過ぎない。人を殺し物を取る。この行為は世を毒する。すなわち一つの悪行ではあるが、悪行の次に来るものは神のように尊い懺悔心だ。善悪不二。まことにさようだ」

この時、陶器師は眼をあけた。

「この物騒な富士の裾野を、お見受けすれば一人旅、どちらへおいでなされるな？」

「さよう、本栖の湖へ……」

「なに本栖の湖へ？　ふうむ、そうして何んのご用で？」

「人を尋ねて参るのでござる」

「人を尋ねて？　なるほどな。……何人をお尋ねなされるな？」

「父母と叔父を」と庄三郎は隠そうともせず打ち明けた。

「それはご無用になさるがよい」

「それはまた何故でござるかな？」

「本栖の湖は魔界でござる」

「それは疾より承知でござる」

「恐ろしい水城がござるのじゃ」

「その水城へ参るのでござるよ」庄三郎は平然と云った。

「水城へ参る？　殺されにかな？」

「いやいや父と逢うために」

「さようなお方はおりませぬ」

「おるかおらぬか確かめにともかくも参る考えでござる」

「仮面の城主がおるばかりじゃ」陶器師は云い切ったが、

「武道の嗜みござるかな？」

「さよう、いささか」

と云ったとたん、陶器師は立ち上がった、立った時にはもうその手に皓々たる白刃が握られていた。忽然起こる不思議な笑い！　はっと飛び退った庄三郎。抜き合わせる間もなかったが、バッチリ柄頭で受け止めた。バラバラと乱れる茶の柄紐。かなぐり捨てもせず抜き合わせた。青眼に付けてじっとなる。

陶器師は大上段。フフフフフフ、と陰性の中音、絶えず笑いを響かせながら、分を盗み寸を奪い、ジリジリと爪先で寄って来る。

飯篠長威斎直家の直門諸岡一羽の直門弟土子土呂之介に学んだ剣。殺気鬱々たる鋒子先、プンと血生臭く匂いそうだ。

しかし土屋庄三郎も、塚原卜伝唯一の門弟松岡兵庫之助に学んだ腕前。ジリジリと後へ引きながらも突いて出ようと隙を狙う。

と、陶器師の眉の辺、ピリピリと痙攣したかと思うと、ゆらり体形斜に流れサーッと大きく片手の袈裟（けさ）掛け！　逃げも反（そら）しも出来なかったか、庄三郎は突いて出た。わずかに位置が変わったばかり、突かれもせず切られもせず、二人はピッタリ構えている。

病葉（わくらば）がサラサラと降って来た。二本の剣の間を潜り、重り合って地へ散り敷く。

「待たれい！」

と陶器師は声を掛けた。構えたままで、後へ退がり、竈の前まで、ツッ――と行く。そこで初めて刀を下げ、パチンと鞘に納めたが、以前の場所へ端座した。その時大きな音を立てて真っ赤に燃えた太い薪が竈の口から飛び出した。

「あぶない、あぶない」

と呟きながら陶器師は火箸を取り上げた。「恐ろしいものは剣ばかりではない。こういう不意打ちこそ恐るべし」

薪を摘んで竈へくべそれから初めて振り返った。

「天晴れの腕前。まずは安心。……」軽く意味深く微笑したが、

「拙者と太刀を合わせたもの貴殿以外には一人もござらぬ。大概一太刀でやっつけ申した。……まずともかくここへおいでなされ」

庄三郎はこの時まで構えの姿勢を崩さなかったが、相手に殺意がないと見てとり静かに刀を鞘へ納めた。それから両腕を、トントン打った。凝りが全身に行き渡っている。云われるままに元の円座へ庄三郎は座を組んだが、ややしばらくは物を云わない。

「それほどのお腕前ある以上はどこへ参られても大丈夫でござる。本栖の湖へ参る途中も幾多の艱難にお逢いなさるであろう。しかしそれとて大丈夫でござる。……それに致してもお父上庄八郎殿のおり場所を本栖湖の水城に相違ないと目星をつけられたその理由を、お話しくださることとなりますまいかな?」

こう云った陶器師の声の中には人情的の響きがあった。好意と危惧とが籠っていた。

しかし庄三郎は黙っていた。云う必要がないからであろう。とは云え甲府の城下を去り、ここ裾野へ来るについては来るだけの理由があったのである。

二人は黙って顔を見合わせている。

涼しい風が吹き込んで来た。竈から焔がヒラヒラとなびい、い、先刻の蝶が翅を焼かれたか枯草の上を転げ廻っている。

「さては拙者を胡散と見て、その理由お話しくだされぬそうな。やむを得ぬ事」

と云いながら、陶器師はまたも眼をとじたが、

「貴殿は父母をお尋ねになり魔界へ踏込み行かれようとなさる。それに反してこの拙者は、求めるものを求めかね、物に狂い心を取り外し、一日といえども人の血を見ねば活きておられぬ狂者となり、悶え悶えておるのでござるよ。……ああこの腕がムズムズする！　踠き苦しむ人間の声を一声なりと聞きたいものじゃ。フフフフ、フフフフフフ」

突然太刀を左手に引き付け右足をトンと踏み出したが、「いや貴殿を討つことはならぬ。貴殿の父上庄八郎殿には日頃からご恩を蒙っておる」

云うとそのままくったりと坐り竈の火口をじっと見る。

「何を求めておられますな？」

庄三郎は静かに訊いた。

「『不義』と『裏切り』この二つこそ拙者の求めるものでござるよ」

「捕えた暁にはどうなさるな？」

「一刀両断！　刃の錆じゃ」

「この浮世には不義も裏切りもいくらもあるのではござらぬかな」庄三郎は冷やかに訊く。

「直接この身に関係ある不義よ」

陶器師の言葉も冷やかであった。それから静かに手を振った。

「用はござらぬ。お通りなされ。今日も日が暮れる。富士が曇って来た。どれ一休み」

と云ったかと思うと竈の前へゴロリと寝た。と、その顔に浮かんだのは見るも悲痛の苦悶であり、寂しい寂しい懺悔であった。

庄三郎は呟いた。

「主君の言葉に偽りはない。血吸鬼！　殺人狂！」

庄三郎は立ち上がった。それから裾野を横切った。間もなく姿は芒に隠れ、後は森然と静かである。

夕陽が華やかに野を照らした。富士が瑪瑙色に輝いて来た。物の蔭が紫になり、森や林の落とす影が見る間にズンズン延びて行く。

その時サーッと風の音がした。しかしそれは風ではない。丈なす菅草を踏み分けて麓の方から駈け上がって来る二騎の騎馬武者の音であった。腹巻の上に引き纏った紅の掛け布が斜陽に射られて血のように深紅に輝くのが荒涼たる曠野と相映じ一種の鬼気を呼び起こす。

「オ――イ！」

と一人の武士が呼ぶ。

「北条内記殿！　陶器師殿！」もう一人の武士が続いて呼んだ。

「オ——イ！」と陶器師は答えたが、刀を掴むと飛び起きて、身を翻えして行く。

「今日の獲物、いざお受け取り！」

声と一緒に一人の武士は鞍壺に縛えた小男を一振り振って投げ出した。

「忝けない！」と飛び交え、腰を捻ると真の居合い。抜いた時には斬っていた。左の耳の附け根から顎を割り咽喉を裂き脇の肋三枚を切り皮を残して真っ二つ……

「姦夫、覚えたか、天罰覿面！」

それから例の陰性中音、フフフと笑ったものである。

三

武士はひらりと馬から下りた。タラタラと繰り出す数丈の白絹。切り口に確と押しあてた。瞬時に染まる血紅色。手繰るに連れて一丈二丈唐紅の絹が延びる。

「いざ、お次！」ともう一人の武士は、これも結えた鞍壺の女を小脇に捥ぎ取り突き落とした。女は半ば死んでいた。手足を縮めて動こうともしない。

「姦婦！」

と陶器師は声を掛けた。それからブルッと血顫いをした。ケラケラケラと笑わんず気勢。ポンと蹴返して乳の下を諸手突きに一刀刺す。ヒーッという悲鳴。顫わせる指先。爪の色が見る見る灰色となり、握った指先に毟られたのは一本の桔梗の花であった。

くるりと陶器師は方向を変えた。竈の方へ帰って行く。血刀を下げ、足もと定まらず、ヒョロヒョロヒョロヒョロと歩いて行く。蒼白の顔色、動かぬ瞳、唇ばかりが益々赤く、幽霊のような姿である。

竈の前へ膝を突くとそのままぐったりと横になった。大小を左の小脇に抱え、堅く眼をとじて動こうともしない。眠ろうとしているのであろう。

と、浮かんで来る懺悔の表情。時々眼をあけて空を睨むのは容易に眠られないためでもあろう。

やがて宵闇が忍び寄って来た。星がキラキラと空で輝き、藪や曠野や林の中から鵜烏の啼く声が聞こえて来た。竈の口では青い火が鬼火のように燃えている。

四

この頃、土屋庄三郎は裾野を分けて歩いていた。

彼が甲府を抜け出して、再び裾野へやって来たのには、次のような事情があるのであった。

それは虫払いの夜であった。

紅巾を見ると快川長老は、

「これは纐纈だ」とこう云った。

「私は若い頃支那へ行った。さよう、三度も参ったかな。その頃あの地で纐纈を見た。この紅巾に違いない。……いや、待てよ、少し違う」

こう云って長老は改めて打ち返し打ち返し眺めたが、

「色も艶も酷似だ。しかしどうも織り方が違う」

「は？　織り方とおっしゃいますと」

「この紅巾は日本織りだ。決して支那の布ではない」

するとこの時信玄公が、

「長老、長老」と声を掛けた。「その纐纈が日本織りとすると、どう解釈したらよかろうな?」

「勝手な空想が許されますなら愚僧にはこのように考えられまする。この世を怨み憤る者が、どこか深山幽谷に隠れ、唐の故事をそっくりそのまま纐纈城を造り設け、そこで悪行を逞(たくま)しゅうし、この恐ろしい纐纈を作るのではござりますまいかと」

「うむ」と信玄は頷いた。「油売り松並荘九郎がともかくも美濃を平定し斎藤道三と宣(なの)る浮世だ。そういう不思議もないとは云われぬ」

「長老」と庄三郎は熱心に、「支那(シナ)にありました纐纈城の話、詳しくお聞かせくださいますよう」

「いやいや私が話すまでもない。宇治拾遺物語をご覧なされ」

それで庄三郎は邸へ帰ると宇治拾遺物語を取り出した。

「慈覚大師纐纈城に入り給ふ事」

「うむ、これだな」と頷きながら庄三郎は読んで行った。

「昔、慈覚大師仏法を習ひ伝へんとて、唐土へ渡り給ひておはしける程に、会昌年中に、唐の武宗、仏法を亡して、堂塔を毀(こぼ)ち僧尼を捕へて失ひ、或は還俗(げんぞく)せしめ給ふ乱に逢ひ給へり。大師をも捕へんとしけるほどに、逃げて或堂の内へ入り給ひぬ。その使、堂へ入りて捜しける間、大師すべき方なくして、仏の中に逃げ入りて不動を念じ給ひける程に、使求めけるに、新しき不動尊仏の御中におはしけり。それ怪しがりて抱き下ろして見るに、大師もとの姿になり給ひぬ。使驚きて帝にこの由奏す。帝、仰せられけるは、他国の聖（ひじり）なり、速（すみやか）に追ひ放つべしと仰せければ、放ちつ。大師喜びて他国へ逃げ給ふに、遥なる山を隔（へだ）てゝ人の家あり築地高く築きめぐらして一の門あり、其処に人立てり。悦をなして、問ひ給ふに、これは一人の長者の家なり、わ僧は何人（たれ）ぞと問ふ。答へていはく、日本国より仏法習ひ伝へんとて渡れる僧なり、しかるにかく浅間敷（あさまし）き乱に逢ひて、暫く隠れてあらんと思ふなりといふに、これはおぼろけに人の来たらぬ所なり、暫く此処におはして、世しづまりて後出（いで）て仏法も習ひ給へといへば、大師よろこびをなして内へ入ぬれば、門を鎖（とざ）しかためて奥の方に入るに、後に立ちて行きて見れば、様々の屋ども造り続けて人多く騒がし。傍（かたわら）に据ゑつ。さて仏法習ひつべき所やあると見歩き給ふに、仏、経、僧侶等すべて見えず。後の方山によりて一の家あり、寄りて聞けば人のうめく声あまたす。怪しくて垣の隙より見給へば、人を縛りて上より釣り下げて、下に壺どもを据ゑて血を垂し入る。あさましくて故を問へども答もせず。大に怪しくて又他所を聞けば、同じく呻く声す。覗きて見れば、色あさましう青びれたる者共の痩せ損じたる数多く臥せり。一人を招き寄せて、これは如何なることぞ、かやうに堪へ難気には如何であるぞと問へば、木の切を持ちて、細き肘(かいな)さし出で、書くを見れば、これは纐纈城なり、これへ来たる人には、まづ物云はぬ薬を喰はせて次に肥ゆる薬を喰はす。さて其後高き所に釣り下げて所々を刺し切りて、血を出して、その血にて纐纈を染めて、売り侍(はべ)るなり。これを知らずしてかゝる目を見るなり。食物の中に、胡麻(ごま)のやうに黒みたる物あり、それは物云はぬ薬なり、さる物参らせたらば、食ふ真似をして捨てたまへ、さて人の物申さば、呻きのみ呻き給へ、さて後に、いかにもして逃ぐべき支度をして逃げ給へ、門を堅く鎖しておぼろけにて、逃ぐべきやうなしと、委(くわ)しく教へければ、ありつる居所に帰り給ひぬ。さる程に人食物を持ちて来たり。教へつるやうに、胡麻のやうなる物中にあり、食ふやうにして、懐中に入れて後に捨てつ。人来たりて物を問へば、呻きて物もの給はず。今は仕了(しおお)せたりと思ひて、肥ゆべき薬を様々にして食はすれば、同じく喰ふ真似して食はず。人の立ち去りたる隙に、艮(うしとら)の方に向ひて、我山の三宝助け給へと、手を摺りて祈請し給ふに、大なる犬一匹出で来て、大師の御袖を喰ひて引く。やうありと覚えて、引く方に出で給ふに、思ひがけぬ水門のあるより引き出しつ。外に出でぬれば犬は失せぬ。今は斯うと思(おぼ)して、足の向きたる方へ走り給ふ。遥に山を越えて人里あり。人逢ひて、これは何方よりおはする人の斯くは走り給ふぞと問ひければ、かゝる所へ行きたりつるが、逃げて罷(まか)るなりとの給ふに、あはれ浅間敷(あさまし)かりけることかな、それは纐纈城なり、彼処(かしこ)に行きぬる人の帰ることなし。おぼろけの仏の御助ならでは出づべきやうなし、あはれ尊くおはしつる人かなとて、拝みて去りぬ。それより愈々(いよいよ)遁(に)げ退きて又都へ入りて忍びておはするに会昌六年に武宗崩じ給ひぬ。翌年大中元年、宣宗位に即き給ひて、仏法滅すること止みぬれば、思の如く仏法習ひ給ひて、十年といふに日本へ帰り給ひて、真言を弘め給ひけりとなん」

五

読んでしまうと庄三郎は深い疑いに落ちて行った。

「纐纈(こうけつ)城の来歴故事あらかたこれで想像出来る。……自分の持っている紅巾が真に日本出来の纐纈ならそれを製する纐纈城が日本のどこかになければならない。ではそれはどこにあるだろう？　自分は富士の中腹で不思議な騎馬武者の一団を見た。彼らは紅巾を纏っていた。自分の持っている紅巾と少しも違わぬ紅巾を……。自分の持っている紅巾がまことに日本出来の纐纈なら、彼らの纏っていた紅巾もやはり同じ纐纈であると認めることが出来そうだ。世に珍しい纐纈をああも無造作に着ていた彼ら！　あるいは彼らこそ纐纈城の兵達(つわものだち)ではあるまいか、ところで彼らの本城は本栖湖の水城(みずき)だということである。それでは本栖湖のその水城こそは纐纈城ではあるまいか？　……それに自分の持っているこの紅巾へ現々(ありあり)とかつて父上の御名があらわれ、しかも謹製と頭に大きく、土屋庄八郎昌猛とやや離れて記されてあったが、おおそれでは父上には世にも無惨な纐纈城へ捕われておられるのではあるまいか？」

　こう考えて来て庄三郎はいても立ってもいられなかった。

「行こう行こう本栖湖へ！」

　庄三郎は決心した。その夜ひそかに旅装を調え、誰にも告げず窃(こつそ)りと発足したのであった。

　庄三郎は歩いて行く。

　いつ道に迷ったものか、行っても行っても本栖湖へは出ない。星の光で道を求め疲労れた足を引きずり、引きずり先へ先へと歩いて行く。

その時、遥か行手にあたって、灯火の光が見えて来た。

「さては人家があると見える。陶器師などというような悪人の住家でなければよいが」

近付くままによく見れば、こんもりとした森に囲まれ書院造りの屋敷があった。まだ戸を閉めぬ窓を通して火影が闇へ射している。

庄三郎は立ち寄ったが何気なく窓から覗いて見た。

一人の若い侍が美しい娘を前に据えて何やら話しているらしい。庄三郎は安心した。悪人達でないことは二人の男女の人柄でも知れる。

庄三郎は改めて今宵の宿を無心しようと玄関の方へ廻わって行った。


その翌朝のことである。

直江主水氏康と娘松虫に送られて、土屋庄三郎昌春は蔵人の屋敷を出発した。土用明けの富士の裾野、鍵手ケ原は朝靄立ちこめ桔梗、女郎花、吾木香など、しとどに露に濡れている。

「いつまでお見送り願っても容易に名残りは尽きませぬ。どうぞお引き取りくださいますよう」

こう云って庄三郎が立ち止まったのは一里余りも来た頃であった。

「いよいよお別れでございますかな」

主水も云って立ち止まった。

「ご無事においでなさりませ」

松虫も云って立ち止まった。

「昨夜以来のご歓待なんとお礼を申してよいやら」改めて庄三郎は礼を云う。

「一樹の蔭一河の流れ、袖振り合うも他生（たしょう）の縁とやら、何んのお礼に及びましょうぞ」

こう云って松虫は微笑したが、その微笑（ほほえみ）は寂しそうであった。荒野に生い立ったこの娘は誰をでも懐しく思うのであろう。

「貴殿は武田方拙者は上杉。敵味方と別れてはいても今はお互いに放浪の身の上。同じ屋敷に一夜明かし、様々物語り致しましたこと、よい思い出となりましょう」主水はこう云って微笑したがやはり寂しい微笑であった。「拙者は柔弱。武道は未熟。わけても病気の身の上でござれば、いつ死ぬやら計られず。今日別れていつ逢うやら心細くも思われまする。……ただ一夜の語いながら文武に勝れたご貴殿が兄のようにも懐しく思われるのでござりまするよ」

「拙者とても同じ事」庄三郎もしんみりと、「お二人の厚いお志、永久忘れは致しませぬ。昨日の昼頃、陶器師という恐ろしい賊に遭遇（めぐりあ）いあらかた胸を冷しましたが、打って代って夜になってからは、人の情けをいやしみじみと感じましてござりますよ」

次第に靄が晴れて来た。カラリと裾野が見渡される。

やがて別れの時が来た。

「さらば」「おさらば」と声を掛け、庄三郎は麓を指し、二人の者は屋敷の方へ露を分けて帰って行った。

庄三郎は元気よくスタスタ裾野を下へ下る。

六

「あの二人は余りに寂しい。悪い運命に逢わねばよいが」庄三郎は歩きながら、主水と松虫の身の上を思いやらざるを得なかった。

「日本の文学古典には驚くばかり精通し若いに似合わぬ学者ではあるが、武術に至っては農夫にも劣り、槍にも太刀にも用がないとは、この乱れた戦国の世にはどうにも向かない不具者。上杉家中で直江と云えば天晴れ名門であるべきに、主水殿のあの有様ではただ歯痒いと云わなければならない」

などと思いもするのであった。

陽は次第に高く上り、やがて昼となり午後となった。その時またも道に迷い、あらぬ方面へ来たことに庄三郎は気が付いた。

「困った事だ」と呟いて野の上へ思わず突っ立ったが、しかし茫然り立っていたところで別に妙案が浮かびそうもない、でまた、スタスタ歩き出した。鬱々とした森がある。それを突っ切ると杉の小山。その小山の裾を巡り、ふと行手を眺めると野が眼の前で尽きていた。尽きた所に大岩壁。連々として数里に渡りとこう形容をしたところで、全然誇張とは思われないような、長く長く左右に延び拡がった高い険しい岩壁であった。むしろ岩壁というよりも城壁とでも云うべきか。風雨年月の洗礼を受け城壁のような岩の壁は暗褐色に色を変え、所々に灌木が生えている。

「自然の城砦とはこの事であろう」

庄三郎は感にたえ岩壁の方へ寄って行ったが根もとに立って眺めればいよいよ高く思われる。

「この内側は野であろうか？　それとも岩続きの山であろうか？」

こんなことを思いながらしばらく佇んで見上げていたが、足も大分疲労れて来たので、

「どれ一休み」

と云いながらトンと岩壁へ背をもたせかけた。

とたんに岩がグルリと廻わり庄三郎はもんどりうって岩の内側へ投げ込まれた。ハッと驚いて起き上がった時には四方(あたり)は真の闇であった。

「周章(あわ)てはいけない」と心で云って庄三郎は胡坐(あぐら)をかいた。で、じっと心を静める。

「岩に開き戸があったと見える。うかうかそれへさわったと見える。で戸が開いてまた閉じた拍子に自分は内へ閉じ込められたのだ。……そうするとここはどこだろう？」

両手を左右へ延ばして見た。冷い岩が指にさわる。

「どうやら自分は岩に作られた洞穴の中にいるらしい」

ともかくもこれだけは見当がついた。

「どれ、戸口を調べて見よう」庄三郎は立ち上がり両手で岩を探りながら戸口と思われる方角へそろそろと足を運んで行った。間もなく岩へ衝突(つきあ)たったので、手探りで撫で廻

わした。押しても見たが動きそうにもしない。

「駄目だ」と云って考え込む。それからまたもそろそろと反対の側へ辿って行った。非常に深い洞穴と見え、行っても行っても涯がない。

「これは洞穴ではないらしい。どうやらこれは道らしい」

こういう考えの浮かんだのは十間余りも行った頃であった。庄三郎は元気づいた。十分足もとへ気を付けながらズンズン先へ歩いて行った。こうしてまたも十間余り。……すると遥かの行手から蒼然たる微光が射して来た。

「有難い。さては野へ出るな」

庄三郎は飛ぶように光の射す方へ走って行った。

次第に光は鮮かになる。

こうしてとうとう庄三郎は、夕暮れの光草に流れる美しい谷間へ出ることが出来た。

余りの嬉しさに庄三郎は物を云うことさえ出来なかった。ただ四辺を見廻わした。

桃源、巫山、蓬莱洲、いわゆる世界の別天地とはこんなものではあるまいか？　こう思われるほど四辺の光景は気高く美しい物であった。富士山！　そうだその富士の峰は眉に逼って指呼の間に浮かぶように懸かっている。なだらかな肩、素直な斜面、それが足もとまで流れている。

要するに素直なその斜面が一時岩壁で塞き止められ、そのため岩壁と斜面との間に一筋の谷が形成られ、その谷の一点に庄三郎が今茫然と佇んでいる。と云うのが目前の光景なのであった。

そうして谷はその一方では蜒々と連らなる岩壁によって他の裾野と境いを為しさらに一方は富士によってあらゆる外界と交通を断ち、全然別個の新世界をここに開拓しているのであった。

その新世界の谷国はどうやら非常に広いらしい。それは広いというよりもむしろ長いと云うべきであろうか、とにかく一方は岩壁に添い、そして他方では富士に添って先拡がりに長く長くどこまでも続いているらしい。

「眠い」

と庄三郎は呟いた。空気は甘く、花の香りは高く、木から草叢、草叢から岩と、飛びながら啼いている小鳥の歌にさえ聞く人の心を平和に誘う不思議な魅力がこもっているからだ。「眠い」と庄三郎はまた云った。そうしてゴロリと草へ寝た。と、遠くから梵鐘がゴーンと一つ響いて来た。

「どこかにお寺があると見える」

……すると、今度は大勢の男女が、声を合わせて歌うような幽幻な歌声が聞こえて来た。

「誰か大勢で歌っている」庄三郎は眠りながら夢の中で呟いた。

「ここはいったいどこだろう?」

ゴ――ンとまた鐘の音が虚空を渡って聞こえて来る。それにつづいて合唱の声が海の潮の騒ぐように、厳かに尊げに聞こえて来る。

ここはいったいどこだろう?

富士教団神秘境!

第四回

一

土屋右衛門はご前へ出ると恐る恐る言上した。

「土屋庄三郎事一昨夜家出致しましてござります」

「何?」

と信玄は頬をふくらませた。驚いた時の癖である。ただし滅多には驚かない。「庄三郎が家出したと? ふうむ、さようか。困った奴だ」

「困った馬鹿者にござります」

「理由は何かな? 家出した理由は?」

「それが一向解りませんので」

「何か不平でもあったのかな?」

「決して決してさような事は」

「で、見当は付いているのか？」

「は？　見当と仰せられますと？」

「逃げて行った見当よ」

「いえ、それが、どうも一向……」

「一向付いていないのか、お前も少し迂闊過ぎるの」

「赤面の至りにございます」

右衛門は額の汗を拭いた。信玄はそれをギロリと見たが、額に皺を寄せて黙り込んだ。


信玄の顔は大きかった。そうしてひどく下膨れであった。顎などは二重にくくれていた。眉は太くかつ長くピンと尻刎ねに刎ね上がっていた。眼はいわゆる尋常であったが、眼尻に恐ろしく皺があり、眼の上下にも皺があったので、老人染みて見えるのであった。鼻下に太い髯があったが先がベロリと垂れているのでどうも大いに景気が悪い。唇は厚くどす黒い。髯を取ると彼の顔は大分家康に似て来るのであった。もっとも似ているのは顔ばかりでなく、老獪の点もよく似ている。

顔が大きく肥えているように信玄の体も肥えていた。頸などは文字通り猪首である。

大黒様のように垂れた耳。剃髪しても頬髯だけは残し、大いに威厳を保っている。胸には濃い胸毛がある。全体の様子が胆汁質で、脂っこくて鈍重である。女に惚れられる玉ではない。諏訪家の姫を孕ませて絵にあるような美男の殿御勝頼様を産ませるような、そんな粋人には見えないのであった。

さすがは名家威厳はある。それも鬱々たる威厳であって、こう黙って考えていると陰々として凄いほどである。

「右衛門、追手は出したろうな？」

ややあって信玄はこう訊いた。

「四方八方手を分かち、追手を出しましてござります」

「俺からもすぐに追手を出そう」

「は、なにとぞよろしいように」

「国の掟だから止むを得ない」

「は、なにとぞよろしいように」

「俺は愚痴を云う人間ではない」暗然として信玄は云った。

「がそれにしても庄三郎は何故黙って他国したのだろう。この甲州の掟として、無断に国土を離れた者は草を分けても詮索し縛り首に処すということは、彼といえども知っている筈だ。それだのに無断で他国するとは」

「大馬鹿者にござります」

「大馬鹿者では済まないから困る。……庄三郎の父の庄八郎には俺は恩を受けている。庄三郎は俺にとっては可愛い大事な家来なのだ。他国させるのはいかにも残念、まして捕えて殺すのは情において忍びないが、この信玄の作った掟をこの信玄が破ることは出来ない。何んとそうではあるまいかな？」

「御意の通りにございます」

「もし許しておく時は、他国する者が増すであろう。他国したものは縁を求めて上杉、北条、織田などへ随身するに違いない。甲州の機密はそれらの口から自然敵方へ洩れなければならない。これは実に恐ろしいことだ」

「恐ろしいことにござります」

「そこで俺は涙を揮って庄三郎を捕えることにする」

「なにとぞ掟通りに遊ばすよう」

「しかし俺は悲しいのだ」

また信玄は暗然とした。

「甚太郎！」

と信玄は声を掛けた。

「はっ」

と云って辷り出たのは前髪立ちの小姓であった。

「そち追手に向かうよう」

信玄は厳然と命を下した。

「心得ましてござります」

十四歳の少年武士、高坂弾正の妾腹の息、高坂甚太郎はお受けをした。

「これよりすぐに打ち立つよう」

「かしこまってござります」

「去年の五月、端午の節句に、楯無しの鎧を盗み取ったような、素晴らしい機智を働かせて庄三郎を召し捕って参れよ」

「かしこまってござります」

一礼すると甚太郎は、スルスルとご前を辷り出たのである。

二

その日夕景、高坂邸から一人の鳥刺（とりさし）が旅立った。

変装した高坂甚太郎である。

それは可愛い鳥刺であった。頭には頭巾を冠っている。頭巾の色は緋無垢（ひむく）である。足には山袴（やまばかま）を穿（は）いていたが、それは樺（かば）色の鞣（なめ）し革（がわ）であった。亀甲形の葛（くず）の筒袖に萌黄（もえぎ）の袖無しを纏っている。腰に付けたは獲物袋でそれに黐筒（もちづつ）が添えてある。二間半の長黐（もち）棹（ざお）、継ぎ差し自在に出来ていて、予備の棹は背に背負っている。

色白で円顔で、鼻高く唇薄く臙脂（べに）を塗（つ）けたように真紅である。そうしてその眼は切れ長であったが、気味の悪い三白眼で、絶えず瞳の半分が上瞼（うわまぶた）に隠されている。

戦国時代の武士としてはむしろ小さかったが、クリクリと肥えていてさわらば物を刎ね返しそうである。弾力に富んでいるのであった。

お館の西側をグルリと廻わり跡部大炊の邸へ出、それを北へドンドン行くと突き当たったところに小山田邸、ここが条坊（まち）の外れである。

「さて、どっちへ行ったものかな」

甚太郎はしばらく考えたが、「こんな時には、棹占い、それがいい」

ポンポンと黐棹を往来（みち）へ立てた。

「おや、東南へ転びやがった。……東南といえば富士の方角、よしよしそれじゃ富士へ行こう」

きわめて簡単なものである。長い黐棹を肩に担ぎ、

いざ鳥刺が参って候
鳥はいぬかや大鳥は
ハアほいのホイ

当時流行（はや）った鳥刺唄。それを唄って元気よく、鍛冶屋街道を富士へ向けノッソリノッソリ歩き出した。

「へ、それにしてもとんだ身の上を。身を変えての追手役、召し捕る相手は俺の従兄、古い物語にでもありそうだ。それにしても信玄公、内の親玉は皮肉だね。去年の五月、端午の節句、楯無しの鎧を盗んだような、あの素晴らしい機智をもって召し捕って参れと云うのだからな。信玄公の坊主頭、あの時はよっぽど堪えたと見える。……チイチイどこかで啼いていやあがる。おや畜生山鳩だな」

見れば眼の前の大楠の木に灰色の山鳩が止まっている。

「へ、こいつはお生憎様だ。棹がちっとばかり届かねえ。よしそれでは投げ棹とやらかせ」

狙いも付けずヒューと投げた。繁った枝葉を巧みに縫い棹はあたかも征矢のように梢遥かに伸して行ったが、落ちて来た時にはその先に山鳩を黐で繋ぎ止めていた。捥ぎ取って首を捻ねる。口からタラタラと血の出るのを手甲にかけてニタリと笑い、

「生物を殺すっていいものさね。ピクピクと動く柔かい肌、生臭い血の暖か味、これじゃ殺生は止められねえ訳さ」

獲物袋へグイと押し込み、

「……いざ鳥刺が参って候。鳥はいぬかや大鳥は、……信玄公の坊主頭、あの時はよっぽど驚いたと見える」

去年と云うから弘治三年、端午の節句の夜であったが、家例によって楯無しを飾り、信玄は酒宴を催した。

その時信玄は楯無しについて一場の物語を物語った。

「寛正六年のことである。三代の祖先信昌公には、板垣三郎、下山五郎、この二人を先陣として叛臣跡部景家を夕狩沢にお征めなされた。この時景家は我が家の重宝楯無しの鎧を預かっていたが、それを纏い馬に騎り数千騎を率いて走り来るところを信昌公にはただ一騎樹蔭にかくれて待ちかけ給い、矢頃を計って切って放てばその矢誤たず胸にあたり、ついに叛将は殪したものの矢疵ありありと鎧に残り、楯無しの威霊を損じたため、重代の宝器に矢の立つこと家運の傾く兆しならんと、信昌公には嘆じられたが、よし自ら試みんものと、帰陣の後楯無しを着給い、善射の家臣武藤五郎七郎、小山田十郎、三枝式部、三人をして射させたところ、その矢悉く刎ね返ったと云う。何んと奇特ではあるまいかな。……つまり楯無しは武田家の守護神、武田の当主が持っていればこそその霊験は顕著ではあるが他人はこれへさわることさえならぬ。さわったが最後神罰を受けよう」

「あらたかな鎧にござります」家臣一同敬って申した。しかるに誰やら笑う者がある。声のする方を屹と見ると、高坂甚太郎が笑っている。で、信玄は不思議そうに、

「これ甚太郎、何が可笑しい？」

「私さわりましてござります。……幾度も幾度も手を触れました。しかし神罰下りませ

ぬと見え、この通り無事にござります」

「子供の癖に大胆千万、今に神罰が下ろうぞ」

するとは甚太郎はクスクスと笑い、

「もしお許しさえ出ましたなら、楯無しを盗んでお目にかけます」

「楯無しを盗む？　これは面白い。よし許す、盗んで見ろ」

「かしこまってござります」

三

で、甚太郎はご前を辷りそのまま姿を消してしまった。

「甚太郎めに何が出来る」信玄は侍臣を顧りみてニヤニヤ苦笑を洩らしたが、間もなく彼の心からはそんな約束をしたことも甚太郎のことも忘れられてしまった。

ところが武田家の家例として楯無しの鎧はその夜の中に——しかも深夜丑の刻に信玄親しく附き添って宝蔵へ納めなければならなかった。

で、規定の時刻が来るとやおら信玄は立ち上がった。楯無しの鎧は箱に入れられ大切に輿に乗せられた。四人の武士が担うのである。それも甲斐撫での武士ではない。日向大和、勝沼入道、今川伊勢、辺見左京、一騎当千というよりもいずれも堂々たる武将連である。その後から信玄が行き、またその後から信繁、義信、勝頼、逍遥軒の一族が行く。先駆としては馬場美濃守、輿の左右には小山田、甘利。まことに業々しい行列ではあるが、これが長々と廻廊を練り、宝物蔵まで行くのであった。一の曲輪と二の曲輪のその中間に宝蔵があったがそこまで行くと行列は粛々として立ち止まった。信玄自身鍵を取ってギーと宝蔵を開けたのである。と、行列は動き出したが、今度は信玄が先頭に立って蔵の中へ案内する。安置してしまうと行列は静かに蔵から外へ出る。この間少しも喋舌ることは出来ない。咳くことさえ憚るのである。この時信玄は殿として、最後に宝蔵から出て来たが、再び鍵を手に取って宝蔵の戸を閉じようとした。するとにわかに不安になった。

「どうも可笑しい」と呟いたものである。「誰か蔵の中にいるような気がする」

で、じっと隙かして見たが灯火のない宝蔵の内はいわゆる烏羽玉の闇であって、物の文色も解らない。信玄は背後を振り返って見た。規定の人数に欠けた者もない。「心の迷いだ」と口の中で云うと宝蔵の扉をギーと閉じた。それからビーンと錠を下したがその時幽(かす)かに蔵の中からただ一声ではあったけれど笑い声が聞こえて来た。——聞こえて来たように思われたのである。

信玄は心には掛かったけれど「空耳(あだみみ)」であろうと思い返し、スタスタと廻廊を引っ返した。

さて、その翌朝のことであるが、近習(きんじゅう)の真田源五郎が信玄の前へ端坐(かしこま)った。

「高坂甚太郎の伝言(ことづて)をお聞きに入れとう存じます」

「何んだ?」と信玄は審(いぶか)しそうに訊いた。

「昨夜甚太郎私に向かいこのようなことを申しました。——明朝宝蔵を開きますよう。楯無しの鎧は甚太郎めが盗み取りましてござりますと……」

「あっ」信玄は皆まで聞かず驚きの声を筒抜(つつぬ)かせた。この時初めて昨夜の約束を稲妻のように思い出したのである。信玄は足でも焼かれたように茵(しとね)を蹴って飛び上ったが、日頃の沈着も忘れたかのように宝蔵の方へ走って行った。

扉を開けるのももどかしく宝蔵の中へ踏ん込んで見ると、外光を受けて仄かに明るい蔵の奥所の一所(ひとところ)に、楯無しを納めた櫃(ひつ)があったがそれに体を倚(よ)せかけながら、手に火の点いた種ケ島を握り、大胆にも筒口を信玄へ向け、小気味の悪い三白眼をさも得意そうに光らせた高坂甚太郎が坐っていた。

「殿！」と甚太郎は声を掛けた。「種ケ島の強薬、鎧櫃にぶっ放しましたら楯無しは微塵に砕けましょう。殿に向かって打ち出しましたら殿のお生命もございますまい。私に力さえありましたら楯無しは持ち出したでございましょうよ」

「さりとはさりとは呆れた奴！　どこからはいった？　どうしてはいった？」

「私から見ますればお館などは、それこそ隙だらけでございますよ。ケ、ケ、ケ、ケ」

と笑い出したが、それは尋常の笑いではなく、すなわち変態性慾者かないしは先天的犯罪人が、時あって洩らす残忍の笑いで、さすが豪勇の信玄も竦然としたということである。


「信玄公の坊主頭、あの時はよっぽど驚いたと見える」

鍛冶屋街道を富士の方へ、甚太郎はスタスタ歩きながら、思い出し笑いをするのであった。

「何がこの世で面白いかと云って、盗人に上超すものはねえ。これこそ立派な仕事だからな。他人の物を取るんだからな。いいかえ、いいかえ、他人のものなんだ！　そいつを自分の物にする！　自他無差別さ。平等不二さ。……小判、大判、太鼓判と来ては、どいつもこいつも、血眼になって儲けよう、儲けようとするんだからな。儲けると今度はひし隠しにする。そうして自分だけよい目を見て他の奴らを馬鹿にしようとする。物持ち根性って云う奴さ。そいつを横からチョロリと出て、へえ有難うと持って行くんだ。……盗んだ時の気持ちよさ。盗むまでの面白さ。ああ何んとも云えねえなあ。……第一上品な仕事だあね。頭と手先の仕事だからな。……よしあいつを盗んでやろう！そこでとっくりと考える。ああでもねえ。こうでもねえ。それじゃこう行くか。ああ行くか。……頭一つで考えるんだからな。何んてマア上品な仕事だろう」

四

日はもういつかとっぷりと暮れて道芝には露がしっとりと下りた。

「が、それにしてもこの俺が盗みをするということをまだちっとも気が付かないとは、何んと云う間抜けな奴らだろう。……さすがに逝去ったお袋は、そこへゆくと偉かったよ。ちゃあアんと目星をつけていたからな。……ホイ、何んだ詰らねえ、そんな事を考えて何んになる。いざ鳥刺が参って候だ。はあホイのホイだ。……今夜はどこへ泊まろうかな？」

　甚太郎はスタスタ歩いて行く。

　特に信玄から授けられた武田家の割符を持っているので、甲州の地は気随気儘に通ることも出来れば泊まることも出来る。その夜甚太郎の泊まったのは笛吹川の川畔の下向山の駅路であったが、翌日は早く発足し滝川街道を古関の方へ例の調子で辿って行った。そうしてその夜は古関で泊まり、翌日未明に宿を出たがこれから先は道はなく、釈迦岳の山脈と王岳連山の山骨とが一時畳まれた深い谿が、通路と云えば云えもしようか、緑樹紅葉打ち雑り秋山の眺望は美しかったが旅人にとっては難場である。その難場の谿底路を甚太郎は先へと辿って行く。行くに従って谿底路は次第次第に爪先上がりとなり、松や楓が密生し溶岩の層は多くなり、随所に行手を遮るのである。

「ああもう歩くのが厭になった」さすがの甚太郎も嘆息して、思わず谿底へ立ち止まったが、いつまで立ってもいられないので勇を鼓して進んで行くと、やがて谿は行き尽くし鬱蒼たる森林へ現われた。すなわち今日の青木原である。

「まず有難い」と云いながら、甚太郎は流れる汗を拭い木の根へ腰を下ろした時、丈なす菅草を踏みしだき近寄って来る人影がある。

「地獄で仏という奴だな。……道でも尋ねることにしよう」

喜んで声を掛けようとしたが、何に驚いたか、「おや」と云うと、楓の木蔭へ身を隠した。

うち重なった葉蔭から、眼ばかり出して覗いていると次第に人影は近付いて来る。近付くままによく見ると、宗匠頭巾に十徳を着、長目の大小を落とし差しにした、茶人かと見れば茶人でもあり武士かと見れば武士でもある三十七八の男であったが、体が悪いのか酒に酔っているのか、踏む足さえ定まらず、古い形容ではあるけれど、あっちへ寄ったりこっちへ寄ったりよろよろとやって来た。

「何んて物凄い面だろう。ううむ、まるで幽霊のようだ」楓の蔭で甚太郎はこう思わずも呟いたが、まことにその男の容貌には一種異様なものがあった。

鼻高く眼長く、唇薄くその色赤く、眉は秀でて一文字に引かれ、まさしく美男には相違なかったが、それは人界の「美」ではなく黄泉の国の幽霊か、仮面を冠った人かのようで、精気もなければ血の気もない。透き通るような蒼い額からげっそりと削げた頰の辺手頼りない寂しい陰影があって、見る人をして悲しませる。据えた瞳を当所もなく茫然と前方へ注ぎながら何やら独言を云っている。

「……今日も斬った。三人をな。ハ、ハ、ハ、三人をな。……斬っても斬っても斬り足りない。俺はいったいどうすればいいのだ。斬っても斬っても斬り足りない。……待てよ」

と云うと立ち止まった。そうして四辺を見廻わしたが、じっと楓の木へ眼を付けた。

「ははあ人間が隠れているな」

こういうと共に血の色がスーと顔へ上って来た。水晶のように蒼白かった顔が、今はあたかも瑪瑙のように美しい桃色に一変したが、同時に姿勢もチャンと締まり、よろめいていた足も屹と据わった。

「出ろ小僧！」と叫んだものである。

「どうもいけねえ。眼付かったらしい」甚太郎は黐棹を握り締めたが、つと姿を現わした。

「お武家様、今日は」三白眼でニヤリと笑う。

「うん、鳥刺か。……どこへ行く」云いながらジリリと一足進んだ。甚太郎は一足退がったが、

「へい、富士へ参ります」

「ここは裾野だ。何しに来た」また一足ジリリと進む。甚太郎も一足退がり、

「鳥を刺しに参りやした」

「富士のお山には鳥は少ない。貴様、鳥刺は新参だな」

「仰せの通り新参で。……嚇しちゃいけねえ。恐い顔ですねえ」

「そんなに恐いか、俺の顔は？」

「活きている人とは見えませんねえ。おっといけねえ。寄っちゃいけねえ」

「鳥刺！」と武士はまた進み、「ここをどこだと思っているな？」

「富士の裾野でございましょうが」

「本栖湖の岸だ。青木原だ」

「へへえさようでございますかな」

五

「ふん」と武士は嘲笑ったが、「貴様何んにも知らないそうな。貴様噂を聞いていない

な」

「へい、何んにも聞いていません」

「本栖湖に水城（みずき）がある」

「へえ、さようでございますかな」

「お前のような若い男を水城の人達は欲しがっている」

「へえ、さようでございますかな」

「若い男には血が多いからな」

「へえさようでございますとも」

「絞（しぼ）ったら三升は取れるであろう」

「へ？」と甚太郎は訊き返した。

「恐らく色も鮮かであろう」

「へ？」と甚太郎はまた訊いた。

「貴様、死ぬのは恐くはないかな？」

「死ぬのは真っ平でございますよ」

「しかし所詮遁がれることは出来ぬ」

「なあに滅多に死ぬものですかい」

「いやいや所詮殺されねばならぬ」

「誰が私を殺すので？」

「水城の人達が殺すだろう」

「へえ、そうですかい、水城の人達がね」

「そうでなければ俺が殺す」

刀の柄へ手を掛けた。

「そうはいかねえ」

と云いながら、甚太郎は背後（うしろ）へ飛び退（しさ）ったが、黐棹をピタリと構えたものである。

「ううむ」

と武士は眼を見張った。「おお貴様、槍が出来るな」

「あたりめえよ！」と甚太郎、またその気味の悪い三白眼を木洩（こも）れ陽（び）にギラギラと輝かせたが、

「おお、お侍（さむらい）ふざけちゃいけねえ。ただの鳥刺とは鳥刺が違う。こう見えても侍だ。しかも武田の家臣だわえ！　鳥刺に姿を変（やつ）しているのは尋ねる人があるからさ。望みも

とげねえその前に生命を取られて堪るものか。……が、それにしても手前の面は随分気味の悪い面だなア。ナーニちっとも驚くものか。寄るな寄るな、寄っちゃいけねえ！　やい、この棹が眼に付かねえか。二間半の鞘棹だが俺が構えると槍になる。用心しろよ二つの眼を！　俺は眼ばかり狙うからな。もっとも時には足も狙う。だから足も気を付けるがいい。……やいやい抜け抜け！　さ、さ、さっさと抜け！　そうして景気よく斬り込んで来ねえ。太刀の筋目を見届けてやらあ。……おやおやどうしても抜かねえな。変に人焦しの野郎じゃねえか。……あ、柄から手を放しやがった」

「武田の家来で人を尋ねる？　いったい誰を尋ねるのだ？」気味の悪い武士は静かに聞いた。

「尋ねる相手は俺の従兄だ」

「心当たりがある。名は何んと云う？」

「名かえ、土屋庄三郎だ」

「ははあ、そうか、あの男か」

「それじゃお前さん知っていなさるか？」

甚太郎は眼を丸くした。

「うん知っている。邂逅った事がある」

「いつ？」と甚太郎は一歩進んだ。

「数日前に。ある所で」

「そうしてどっちへ行きやした」

「本栖の湖へ行くと云っていた」

「有難え！」と甚太郎は、それまで構えていた黐棹を、ひょいと肩へ担いだが、間一髪の際を狙って武士は抜き打ちに斬り込んで来た。反わす間もなければ開らく間もない。甚太郎はパッと転がった、切っ先届かず五分残ったのは甚太郎にとっては天祐でもあろうか、引く太刀に連れて飛び上り二の太刀を避けて横へ飛んだ。

熔岩の上へ突っ立ったのである。

「浮雲え！　馬鹿！」とこの時初めて甚太郎は憎さ気に罵ったが、さすがに呼吸は苦しそうである。しかし黐棹は握っていた。余裕のあった証拠である。熔岩の背後は絶壁である。前からは武士が追い逼って来る。黐棹を槍に構えたものの進退谷まったと云わなければならない。

武士は白歯を覗かせてニッとばかりに笑ったが左右なく上っても行かないのは黐棹の

先が渦巻き渦巻き両眼の間を迂乱（うろ）つくからで、心中窃（ひそ）かに驚いている。

「これは学んだ槍ではない。自己流の業（わざ）には相違ないが、それにしても恐ろしい奴だ。槍先が眼から離れようとはしない……武田の家来には変な奴がいる。土屋といいこいつと云い、不思議に武道の達人ばかりだ。エイ！」

と一つ気合を掛け、パッと槍先を刎（は）ね上げた。それからタッタッタッと追い上った。

「来やアがれ！」と云うと甚太郎、黐棹をしごいて突き出した。それが右眼へ矢のように飛ぶ。またポンと払い上げる。と、しごいて左眼へ来る。タッタッタッと後へ引き下がり、武士は構えざるを得なかった。

「おい、お侍、どうする気だよ。何とか早く形を付けてくれ。俺は本栖湖へ行かなけりゃならねえ」岩の上から甚太郎は焦立（いらだ）たしそうに声を掛けた。

「ゆっくりしろ」と、笑いながら、武士は岩へ腰をかけた。

「背後（うしろ）は絶壁下りることは出来ぬ。ただし本栖湖はその方角にある。前には俺が控えている。さあどこからでも下りて見ろ」

「おお本栖湖は絶壁の背後か。うん、よしきた、飛び下りて見せる」

甚太郎は黐棹を肩へ担ぐと谿（たに）の下口へ走って行った。

六

「小僧、そこから飛び下りる気か」武士は驚いて声をかけた。

「下は岩組、飛び下りたが最後、貴様の五体は砕けるぞ」

「いざ鳥刺が参って候……」甚太郎は鼻唄をうたい出したが、

「侍、それじゃまた逢おう！」

「あ、浮雲（あぶね）え！」

と叫んだ時には、甚太郎の姿は消えていた。

「無分別な奴だ」と罵（ののし）りながら、武士は岩の上へ駆け上り谿間をきっと見下した。初秋の夕陽が赤々と谿の木々に当っている。突兀（とっこつ）とした熔岩は角立った頂きを空へ向け、峨々累々（ががるいるい）と重なり合っている。そうして立ち初めた灰色の霧が、それらの岩々木々を包んで、次第にこっちへ立ち上って来る。

「可哀そうに死んだであろう」

呟いたとたんに谿底から歌唄う声が聞こえて来た。

「……鳥はいぬかや大鳥は……」

「や？」と武士は眼を見張った。「きゃつ怪我さえしなかったと見える」

「……ハアほいのホイ……」

歌声はだんだん遠ざかる。

「むう、まるで猿のような奴だ」

「いざ鳥刺が参って候……」

もう遠くへ行ったらしい。よく歌声が聞き取れない。

しばらく武士は唖然として熔岩の上に立っていたが、ふと気が付いて握っていた刀を腰の鞘へ納めようとした。と刀身に顔が写った。で、じッと見入ったものである。

「いかさま凄い顔である」呻くがように武士は云った。「これでは人も恐れる筈だ。むう、我ながら浅ましい」

ピタリと刀を鞘に納めると、憮然として佇んだが、「人穴へ行こう！　人穴へ行こう！　そうしてそこで……顔の手入れをしよう」

岩を下って歩き出す。今までの精気は跡形もなく、顔の血の気は名残りなく消え、足の運びさえ弛気である。据わった瞳を当てなしに注ぎ、右へよろめき、左へよろめき、西に向かって歩くのである。

今日の里数をもってすれば、本栖村から人穴村まではおよそ三里十町もあろうか、村には戸数三十戸あまり、富士登山の道もあり、夏は相当賑わうらしく、旅舎が二軒立っている。村の入口から左へ折れて、一町あまり歩いて行くとそこに有名な人穴があるが、今では奥行数十間、変哲もない岩穴であって、富士講開祖角行の墓や浅間神社の小さい祠や石塔などが立っているばかり、何が名所だと云いたくなるが、昔はどうしてこの人穴は非常に深かったものと見えて、東鑑にこう書いてある。

「将軍家（源頼家）駿河国富士の狩倉に渡御す。彼の山麓にまた大谷あり、之を人穴と名づく、其所を究見せしめむ為に、仁田四郎忠常主従六人を大れらる。忠常御剣を賜はり、人穴に入る、今日幕下に帰参せずに畢んぬ。（中略）巳の刻に、仁田四郎忠常、人穴より出でて帰参す、往還一日一夜を経たり、此洞狭うして踵を廻らす能はず、意のままに進み行かれず、又暗うして、心神を痛ましむ、主従各松明を取る、路次の始中終、水流れて足を浸し、蝙蝠顔を遮り飛ぶ、幾千万なるを知らず、其先途は大河也、逆浪流を漲らし、渡らむとするに拠を失ふ。唯迷惑の外なし、爰に火光、河の向に当つて、奇特を見るの間郎従四人忽ち死亡す、而るに忠常彼の霊の訓に依つて、恩賜の御剣を件の河に投入れ、命を全うして帰参すといふ。古老曰く是れ浅間大菩薩の御在所、往昔より以降、敢て其処を見るを得ず、今の次第尤も恐るべきかといふ」

以上は源家衰頽時代、建仁三年の出来事であるが、戦国時代にも人穴は、ほとんどそれと変りがなく、深い穴であったらしい。

ところで今日も存在する入り口に近い一条の横穴——富士講中の籠舎の附近に、その頃女の面作師が一人窃かに籠っていた。

打ち見たところ二十八九、容姿端麗の美婦であったが、身には純白の行衣を着、仄かに灯された獣油の灯火で、四季洞内に籠り詰め、カチカチカチカチと鑿を揮い、仮面を作るに余念なかった。

しかし作られるその仮面こそは、尋常一様の仮面ではなく、世にも奇怪な物であり、そうして面作師月子という女も、富士の裾野に巣食うところの魑魅魍魎の一人なのであったが、それは順を追って説くとして、さてある日の事である。面作師月子はいつものように、岩の腰掛けへ腰を掛け、鑿の運びに神をこめていた。

と、戸を叩く音がする。

「どなた?」

と月子は声を掛けた。

「俺だ俺だ。声でも解ろう」

月子はちょっと考えたが、

「解りました」と静かに云うと、戸の側へ行って閂（かんぬき）を取る。

「しばらくであったなあ」と云いながら、よろめくようにはいって来たのは、他ならぬ強盗陶器師（すえものし）であった。

第五回

一

「月子殿相変らず美しいの」

こう言いながら陶器師は傍らの円座へ腰をおろした。

「何をおっしゃるやら、来る早々。……」月子は笑いもしなかった。自分も円座へ坐ったが相手の顔をじっと見る。

陶器師はまぶしそうに、「見てはいけない。見てはいけない。お前に見られると身が縮む。……そう人の顔を見るものではない」

「厭なお顔に成られましたな。……これでは参らずにはおられますまい」

「……で、俺は今日来たのだ」

「あなたのお顔を見ておりますと、プーンと血の香が致しますよ」

「日に一人はきっと斬ったからな」陶器師は微笑んだ。それは血吸鬼の笑いである。

「商売はどうだな？　繁昌であろうな？」

「お蔭様でまず繁昌」月子の声は冷静である。

「本業の方か？　副業の方か？」

「副業の方でございます」

「世間には馬鹿が多いと見える」

「はい、そういうあなた様も」

「俺か？」と陶器師は顔を曇らせ、「俺は余儀ない必要からだ」

「余儀ない必要からでございますとも」女面作師は初めて笑い、

「お気の毒でございますな」

「憐れんで貰う必要はない！」陶器師は不機嫌である。

「まだお逢いになれませんか？」

「見当も付かない！　見当もな！」

「恐らく裾野にはおられないのでしょう」

「いや裾野にはきっといる。それだけは見当が付いている」陶器師はキッパリと云った。

「可哀そうな人達でございますこと。……」

ふと寂しそうに云ったものである。

「何？」と陶器師は聞き咎めた。「可哀そうだと？　きゃつらがか？」

「あなたのような恐ろしいお方に付け狙われるお二人様が」

「伴源之丞と園女がか？　ヒ、ヒ、ヒ、ヒ、何が可哀そうだ！　姦夫姦婦めが何が可哀そうだ！　気の毒なはこの俺よ！　あったら武士も廃(すた)れてしまった」咽(むせ)ぶがような声である。

「あなたもお可哀そうでございますよ」

「憐れんで貰う必要はない。もっとも……」と云うと膝行(いざ)り寄り、

「もっとも憐れんでくれるなら。……」ひょいと月子の手を握った。

「おお憐れんでくれるなら、この心を憐れんでくれ！　燃えている心だ！　焦(こが)れている心だ！」

しかし月子は微動さえしない。冷たくそうして静かである。

「妾(わたし)は恋を封じられております」それは凄然(せいぜん)たる声であった。

「お放しなさりませ。睨みましょうか」

「止せ！」と云うと陶器師は捉まえていた女の手を放した。

「睨まれるのはまだ早い。俺はもっと正気でいたい」陶器師はガックリ項垂れた。

「弱いお方でございますこと」

「弱い？」とグイと顔を上げ、「この陶器師を弱くするのは天下にお前だけだ」

「弱いお方でございますこと」

「うん、弱いとも。俺は弱者だ！」またガックリ項垂れた。肩を細く刻むのである。と欷歔の声がした。陶器師が泣いているのだ。……月子は静かに手を延ばしたが鑿と槌とを取り上げると、サク、サク、サクと刻りかけの仮面を、巧妙な手練で刻り出した。

プンと馨る楠の匂い、仮面材は年を経た楠の木なのである。パラパラと零れる木の屑は彫刻台の左右に雪のように散り、また蛾のように舞うのもある。

仮面は能面の重荷悪尉で、狭い額、円の眼、扁平の鼻、カッと開いた口、顎に垂らした白い髯、眼下の頬に畳まれた蜒々とした縦横の皺――すべて陰深たる悪人の相で、恋の重荷を負いながらその重量に耐えかねて、死んで女御に祟ったという、山科荘園の幽霊に、象り作った仮面である。

洞窟(いわや)の中は寒かった。氷のような冷たいものがひしひしと肌に逼(せま)って来る。洞窟の中は薄暗かった。岩を刳(く)り抜いて作られた龕(がん)から、獣油の灯が仄かに射し、石竹(せきちく)色の夢のような光明が、畳数にして二十畳敷きほどの、洞窟の内部(なか)を朦朧(もうろう)と烟(けむ)らせ、そこにあるほどの器具(うつわ)類を——岩壁に懸けられた円鏡や、同じく岩壁に懸け連ねられた三光尉、大飛出、小面、俊寛、大癋見(おおべしみ)、中将、般若(はんにゃ)、釈迦(しゃか)などの仮面や、隣室へ通う三つの戸口へこればかりは華美(はなやか)な物として垂れ掛けた金襴(きんらん)の垂れ布等(ぎぬ)を、幻想の国のお伽噺(とぎばなし)のように、模糊髣髴(もこほうふつ)と浮き出させている。

トコトコ、トコトコと聞こえているのは、岩から流れ落ちる清水であったが、洞窟の隅に石を畳んで、井戸のように湛えられてある。そこへ映る灯の光などは別して神秘的なものであった。

サク、サク、サクと鑿の音は、欷歔(すすりなき)の声を縫うようにして、その間も絶えず慎ましく小さい音を立てていた。

二

欷歔（すすりなき）の声は高くなったが不意にプッツリ断ち切れた。と、陶器師は顔を上げ、

「月子殿」と歎願するように、「私（わし）の顔を見せてくだされ。私の顔を見せてくだされ」

「容易（いとやす）い事、お見せしましょう」月子は鑿（のみ）の手を止めたが、膝を起こすと立ち上がった。

「おいで遊ばせ」

とクルリと背を向け、一つの入口の垂れ布を、上へ上げると身を斜に、消えるがようにはいって行った。やおら陶器師も立ち上がったが、

「恐ろしいことだ」と呟くと岩壁へ躰を持たせかけた。

「……正の自分を見るということは、何んという恐ろしいことだろう」

内から月子の呼ぶ声がする。

「おいで遊ばせ。……どうなされました？」

「行かずばなるまい。行って見よう。自分の醜い宿命を真正面から見るということも、自分のような呪咀（のろ）われた者には、時あって必要な事かも知れない。そうだ、ともすれば

鈍ろうとする復讐の念を強めるためにも、また時あって湧き起こる惻隠の情を消すためにも……」

「どうなされました。おいで遊ばせ」

「今、参る」

と陶器師は金襴の垂れ布をつと開いた。

眼の前に展開かれた洞窟の態は別に奇もなく不思議もない。二人並んでは歩き悪いほどのきわめて狭い横穴が長々と延びているだけであったが、左右の岩壁に平行して岩棚が二筋作られてあり、方一尺ほどの白木の箱が無数に整然と置かれてあることが不思議と言えば不思議とも言えよう。

一つ置かれた燭台の火が石竹色に四方を照らし、佇んでいる二人の影を岩壁の面へ写し出している。その影がゆらゆらと揺れるのは風がどこからかまぎれ込むのであろう。……長々と延びた横穴の彼方、闇に鎖ざされた遥かの奥からあたかも大河の流れるような轟々という水の音が、もちろん幽かではあるけれど仄かにここまで聞こえて来るのは、東鑑に記されてある――仁田四郎が究め損ったという、富士の底根を貫き流れるその大河の音かも知れない。

「ご覧あそばせ」

と一つの箱を、月子は棚から取り下した。

「…………」無言で受け取った陶器師は、またそこで躊躇おうとする。

「どれ灯火を掻き立てましょう」

「それには及ばぬ」

と云った時、ハタハタ、ハタハタと羽音がした。

「蝙蝠どもでございます」

「なるほど」

と云うと蓋を取る。

「あなたのお顔でございます」

「そうだ。昔の俺の顔だ！」

じいっと覗き込んだ箱の中に、一個の仮面が浮き出している。飛び出した額、扁平の鼻、左右不揃いの釣り上がった眼、衣裳の裾のように脹れ上がり前歯を露出した上下の唇、左半面ベッタリと色変えている紫色の痣、醜く恐ろしげな人間の顔が箱の底から睨んでいる。

陶器師は見詰めている。食い入るように見詰めている。タラタラと額から汗が落ちる。歯の間から呻き声が短く鋭く洩れて出る。

ハタハタ、ハタハタハタと蝙蝠が二人の周囲を飛び廻わる。その羽風に灯火が揺れ、壁上の陰影が延び縮みする。そうして大河の音が聞こえる。

「月子殿」と陶器師は云った。「何んと恐ろしい顔ではないか」

「恐ろしいお顔でございます」

「何んと厭らしい顔ではないか」

「厭らしいお顔でございます」

「これでは女房も裏切る筈だ」

「では当然と思しめすか」

「当然と思う。当然と思うぞ」

「ではお怨みなさいますな」

「あくまでも怨む。活かしてはおかぬ！」

「それでは筋が立ちませぬ」

「永い間のこの憎念、一朝一夕には消し難い！」

陶器師の声は咽ぶがようである。

月子はあたかも教えるように、「それでは解脱は得られません」

「解脱？　解脱？　カ、カ、カ」喉の奥で裂くように笑い、「解脱とは何んだ！　解脱とは何んだ！　永世輪廻よ！　永世輪廻よ！　活き変わり死に変わり人を殺すのよ！」

「そうした果てにどうなさります？」

「そうした果てにか？　そうした果てにか？　やはり人を殺すのよ」

「救われないお方。救われないお方」

「しかし俺よりもっともっと悪虐な人間がこの世にいる！」

「それはどなたでございましょう？」

「纐纈城の城主よ！」

「仮面の悪魔！　悪病の持ち主！　あれは人間とは云われません」

「……俺も最後にはあそこへ行こう。そうして毒血を絞られよう」

「いいえ」と月子は厳かに云った。「富士教団へおいで遊ばせ！　そこでこそあなたは救われましょう」

三

しかし陶器師は返辞をしない。顫(ふる)える手先で箱の蓋をとるとそれを月子の手へ渡した。そうしてじっと俯向(うつむ)いたが、静かに静かに首を上げると、卒然として云ったものである。

「俺はまた人を斬りたくなった！」

金襴(きんらん)の垂れ布を掲げると隣りの部屋へよろめいて出た。

「月子殿！」と隣りの部屋から呼ぶ。「お神水をくだされ。顔を直してくだされ」

月子は棚の前に立っている。そうして彼女は項垂(うなだ)れている。

「ああ妾(わたし)の造顔術もろくなことには使われない」

轟々轟々と大河の音が、横穴の奥から聞こえて来る。

「あの大河を遡(さかのぼ)れば富士教団へ行かれるそうな。光明遍照の富士教団へ」

「月子殿」と隣室で呼ぶ。「お神水をくだされ。顔を直してくだされ」

「あの男も可哀そうだ。憐れんでいい男なのだ。……あれは本当の悪人ではない。まだ本当の悪人とは云えない」

「顔を直してくだされ。お神水をくだされ。どうぞ私を眠らせてくだされ」だんだん声が弱々しくなる。

「本当の悪人と云う者はあるいはこの世にはないのかも知れない。……妾はこれまでここに籠って幾十人幾百人、いろいろの人のいろいろの顔を、いろいろの手法で刻んだけれど、これぞ本当に悪人というそういう顔を見たことがない。舞楽面にも能面にもない全然新しい悪人の仮面——そういう仮面を刻みたいのが妾の心願ではあるけれど、この妾の心願はとげられないのではあるまいか」

隣室からは欷歔の声がさも弱々しく聞こえて来る。

「纐纈城の城主の顔を、一度でもいいから見たいものだ……」

大河の音と欷歔の声と飛び巡る蝙蝠の羽音とが相錯雑して聞こえて来る。

「……この心願、この執着、これはもう業かも知れない。他人のことは云われない。妾も可哀そうな業人なのだ！」

燭台の灯火が大きく揺れ、壁上の陰影がその瞬間大蜘蛛の形を描き出したのは、月子の貪慾な心願を映し出したとも云われるのである。

日本における造顔術の発端、それは神代だと云われている。

「……是に於て其妹伊邪奈美命を相見まくおもほして、黄泉国にいでましき。爾ち殿騰戸より出で迎えます時、伊邪奈岐命語りたまはく、愛しき我那邇妹命、吾汝と作れりし国未だ作り竟らず、故れ還りたまふべしと。伊邪奈美命答へ白したまはく悔しきかも速く来まさずして、吾は黄泉戸喫を為しぬ。然れども愛しき我那勢命入り来ますことの恐ければ、まづ具に黄泉神と論はん、我をな視たまひそ。かく白して其殿の内に還り入りますの間、いと久しうして待ちかねたまひつ、故れ左のみゝつらに刺させる湯津々間櫛の男柱一箇を取り闕きて一火を燭し入りますの時、蛆たかれとゝらぎて、頭には大雷居り、腹には黒雷居り、陰には拆雷居り、左手には若雷居り、右手には土雷居り、左足には鳴雷居り、右足には伏雷居り、并せて、八雷神成り居りき。是に於て伊邪奈岐命見畏みて逃げ還ります。下略」

これは神代史の一節であるが、八人の雷神のその一人、頭の方に宿っていた大雷こそ日本における造顔術の元祖なのであった。すなわち腹に宿っていた黒雷は腹一切の神（今日で云う内科医）であり、陰に宿っていた拆雷は云うまでもなく性殖神であり、左右の手足に宿っていた神は、とりもなおさず手足の神である。

四

死んで腐った伊邪奈美命を、生身の躰へ返そうというのはかなり困難な仕事ではあるが、八雷神は為しとげたのであった。わけても顔は躰中での一番大切な場所であるが、大雷はその死に顔を——肉爛れ蛆涌き血涸れた顔を見事な活顔に返したのであった。すなわち造顔術元祖と云えよう。

大雷の後胤は、出雲氏となって出雲に伝わり、出雲朝廷から天孫に仕え、さらに子孫相継いで大和朝廷に歴仕した。そうして中国朝鮮から渡った造顔術と混合した。

「朝鮮国より、玉六十八枚、金銀装横刀一口、鏡一面、倭文二端、白眼鴾毛馬一匹、白鵠二翼、造顔師一人、御贄五十舁、を献ず」

とあるのは、この間の消息を伝えたのである。欽明天皇御宇のことである。

その後出雲氏は蘇我氏に出入し多くの寵を蒙ったが、蘇我氏亡びて親政となるや冗官を廃する意味において忽ち官途を止められた。爾来民間の一勢力として人民に施術をしていたが、時勢移って藤原氏となるや、にわかに藤原氏の被官となり優柔不断の殿上人どもは好んで顔の手入れをさせた。

源平二氏の争った頃には平家に仕えて禄を食んだが、もうこの時代から次第に衰え、宗家出雲氏の家系なども全く乱れて解らなくなった。源氏となって益々衰えただ実朝がその好奇から京師の風俗を取り入れた時、一緒に造顔師も呼び迎えたが、その実朝は夭折し、造顔師はほとんど途方に迷い、初めて都会を彷徨い出で田舎稼ぎをするようになった。

北条氏を経、足利氏となると、義政一人この術を喜び、四散していた造顔師達を京都の土地へ呼び集め、愛妻富子の美しい顔を一層美しく手入れさせたと一条兼良の手記にある。しかし間もなく応仁の乱が起こり「なれや知る都は野辺の夕雲雀あがるを見ても落つる涙を」と、飯尾彦右衛門をして嘆かせたほどに、京都一円荒れてしまっては、暢気そうに京都に止まってはおられず、またもや四方へ彷徨い出で、次いで消息を絶ってしまった。

こうして戦国となったのである。

富士の人穴の窟の中に、その造顔師がただ一人、窃かに施術をしていようとは、誰とて意外とするところであろう。

月子は静かに垂れ幕をかかげ、前部屋へ姿を現わした。

陶器師は頭を介え、その頭を地に押し付け、肩を刻んで泣いている。剛悪惨暴の男だけに、そうやって泣いている様子には一層憐れなものがあったが、月子はチラリと見たばかりで、向こう側に懸けられた垂れ幕を分け、つと部屋の中へはいって行った。

ここは造顔手術室である。

獣油の燭に点されて仄かに見えるは寝台である。寝台の横手の巌棚の上に無数の器物が載せてある。いわゆる今日の外科道具で銀色の小刀、同じ色の鋏、象牙の箆、鹿の鞣し革、鵠毛の刷毛、鋭い鉄針、真鍮の輪、それと並べて大小の箱が、粉薬水薬を一杯に満たせ、整然として置かれてある。

「おいでなさりませ陶器師様」優しく月子は声を掛けた。

間もなく陶器師ははいって来よう。そうして手術は行われよう。その手術こそこの物語でも、最も興味ある場面なのである。しかし作者はしばらくの間物語の筋を横へ逸らせ、青木原で陶器師と別れた高坂甚太郎の身の上について少しく説明しようと思う。

いざ鳥刺が参って候
鳥はいぬかや大鳥は

莫迦(ばか)に暢気(のんき)そうな歌声が本栖湖(もとすこ)の畔(ほとり)から聞こえて来た。見れば、甚太郎がそこにいる。そこと云うのは湖岸なので、水漫々たる湖が眼路遥かに開けている。

「ハアほいのホイ……」

　穏かな初秋の大気の中へ融け込んでしまいそうな声である。唄ってしまうと甚太郎は、何んの屈託もなさそうにキョロッとした眼をとほんと据えて、まじまじと湖面(うみづら)を眺めたが、「考えて見りゃこの湖水、どうも少し可笑(おか)しいよ。いつも朦気(もうき)が立ちこめていて向こう岸が見えないんだからな。それにどっちを眺めたって人っ子一人見えないのに、時々泣き声や喚き声がどこからともなく聞こえて来る。——変に気味の悪い湖水だよ。……ここへ来て今日で三日になる。今日もお天気昨日もお天気、上天気ばかり続くのに、湖水ばかりが晴れないとはどう考えても可笑しいよ。あんなに朦気の立つところを見るとこの辺一帯湿(しつ)けているのかもしれない。……あれは何んだ？　おお鷹か、いい気持ちに飛んで行きおる」

五

蒼々と晴れた空高く、一羽の鷹が翼を揮い、湖水を越えて翔けて行く。行手に当って山がある。王岳は千六百尺、麓(ふもと)に精進湖(しょうじこ)を湛(たた)え、東北の空に聳えている。その西には釈迦岳が八坂峠を抱擁しながら峨ケ岳の峰に続いている。駿州境には雨ケ岳同じく竜ケ岳が聳えていたが、大室山、長尾山、天神峠の山々を隔てて富士の霊峰の峙(そばだ)っているのはまことに雄大な景色である。

これら山々の裾野原が四方八方から集まって来て、それが一つに寄り合った所に本栖湖が湛えているのであった。

東西一里、南北一里二町、これが本栖湖の大きさである。周廻(まわり)三里五町というのがその全体の容積である。もっともこれは明治大正現代における大きさで、戦国時代には本栖湖はもっともっと大きかった。周廻六里はあった筈である。由来本栖湖は貞観の頃までは、西湖(さいこ)、精進湖と連なっていて、全然同じ湖水であった。今も三つの湖は底においいて続いている。その証拠には水の量が三つながら同じである。

富士ハ湖地高燥、本栖湖ニ至テ最高ク、湖面不断ニ光ヲ発シ、水水銀ヲ湛フガ如シ、

とある旅行記にあるように、本栖湖の水面は朝に夕に微妙な銀色に輝いていた。

しかしそれより不思議なのは、今も甚太郎が怪しんだように、湖水の真ん中と思われる辺から漠々たる朦気の立ち上っていることで、それも尋常の朦気とは異い無限に長い白布を湖面を横断して引き延ばし、さらにそれを空に向けて高く高く釣り上げたようで、その朦気に遮られて対岸の物象は蔽い隠され、空さえなかば蔽われている。

今、その朦気を押し分けて一隻の帆船が現われた。

それはきわめて古風な船で且つ見慣れない形である。帆が無数に釣ってあるがいずれも横に並んでいる。そうしてその色は血のように赤い。人が三人乗っていたがいずれも赤袍を纏っている。

船が進むに従って、群がり飛んでいた水鳥が、ムラムラと船首へ群がって来てまた雪のようにパッと散るのが、物皆な静かな風景の中で唯一つ動くものの姿と云えよう。

岸を離れる二反余の所で、船は静かに帆をおろした。と、一人が船首へ立ち、

「子供子供何をしておる?」甚太郎へ声を掛けた。

「へ、畜生、馬鹿にしてらあ」甚太郎は憤慨した。「ひとを子供だって云やあがる。そんな奴とは交際ってやらねえ」

で甚太郎は返辞をしない。

「子供子供どこへ行くつもりだ? 子供子供、何故返辞をしない?」

「子供子供子供子供、二百遍でも云うがいい。俺は返辞をしねえばかりさ」

甚太郎はゴロリと寝た。草の上へ腹這いになり、両肘を曲げて顎を支え、支えた顎を前へ突き出し、ふてぶてしく睨むのである。

不思議に思ったか船中では、何かヒソヒソ話し合っていたが代って一人船首へ出ると、

「鳥刺殿、鳥刺殿」

言葉を改めて呼んだものである。

するとムックリと甚太郎は鎌首を立てて延び上ったが、

「鳥刺は俺だ。何か用かな?」

「アッハハハハこれは現金! いや面白い鳥刺殿だ。……何んと鳥は捕れましたか

な？」

「捕ろうと思えばいくらも捕れる。ここらの鳥は馬鹿だからな」

「で、沢山捕れましたかな？」

「ところが一羽も捕らないのさ。捕った端から逃がしてやったのさ」

「それでは商売になりますまいが？」

「俺の商売は他にある」

「ははあ、さようでございますかな！」

「人を発見ける（みつける）のが俺の本職だ」

「どなたを発見けておられますな？」

「俺にとっちゃ従兄にあたる……」

「やはり身分は鳥刺殿で？」

「違う！」

と甚太郎は横を向いた。「こう見えてもこの俺だって根からの鳥刺じゃねえんだぜ」

「それはさようでございましょうとも」

「俺の従兄は侍だ」

「お侍様でございますかな」

「年は二十歳、好男子(いいおとこ)だ」

「それは好男子でございましょうとも」

「この本栖湖へ来た筈だ」

「ははあ、本栖湖へ？　この本栖湖へ？」

「どうだ、お前達逢わなかったかな？」

三人の船頭は顔を集め何やらヒソヒソ話し出した。しんと四辺(あたり)は静かである。

眼を細め眉を垂れ、甚太郎は無念無想、ぼんやり湖面を眺めやった。

水に沈み水に浮き、パッと飛び立ち颯(さつ)と下りて来る、白い翼の水禽(みずとり)以外、湖面に蠢(うご)く何物もない。岸に近く咲いているのは黄色い水藻の花である。湖(うみ)の面は油のように平らにトロリと湛えているが、しかし玲瓏(れいろう)と澄んではいない。底に無限の神秘を秘め、表面(おもて)に不安の気分を現わし、どんよりと拡がっているばかりである。

と、船頭が声をかけた。——

「鳥刺殿、鳥刺殿」

「オーイ」と甚太郎は顔を上げる。

「ハイ、逢いましてござりますよ」

「おお逢ったか？　そのお侍に？」

「ハイ、逢いましてござります」

「で、どこで見掛けたな？」

「ちょうどそこでございます。その岸の辺でございます」

「そうしてどこへ行ったかな？」

「湖を渡って向こう岸へ」

「それじゃ俺も行かずばなるまい」

「船にお乗りなさりませ」

「おおその船へ乗せてくれるか」

「お安いご用でございます」

ギーと船が寄って来る。

甚太郎はムックリ起き上がり、ヒラリと岸から船へ飛んだ。船は大きく一つ揺れたが、そのままツツーと帆を上げると、グルリ船首(へさき)を沖へ向け、辷るがように駛(はし)り出した。

見る見るうちに姿小さく、水脈(みお)を一筋残したまま、船も人も朦気の中へ、朦朧として消え込んだ。

第六回

一

高坂甚太郎を乗せたまま赤い帆の小船は駛って ゆく。微風が湖上を吹いている。赤い帆が揺れてハタハタと鳴る。甚太郎は愉快そうに歌を唄う。いざ鳥刺が参って候……好きな鳥刺の歌である。三人の水夫は黙っている。木像のように物を云わない。ただ時々微笑する。気味の悪い微笑である。

振り返って見ると富士の山は、広茫たる裾野の空高く、巨人のように立っている。厳かではあるが険しくはない。それは君子の姿である。じっと甚太郎を見送っている。

「行くな行くな、帰って来い。そっちには危険が待っているぞ」こう云ってでもいるようである。微風に揺れる裾野の花は、虹を天から持って来たようだ。船が進むにしたがって、その虹の色は茫然とする。進み進んで赤帆の船が、水蒸気の厚い壁の中へ、全く姿を隠した時には、もうその草花の虹の色はすっかり薄れて見えなくなった。船の周囲(まわり)を飛び廻わりながら、どこまでも従(つ)いて来た水禽(みずとり)も、水蒸気の壁を境いとして、船を見捨てて翔け去って行った。

船はずんずん駛(はし)って行く。厚い水蒸気の壁の中を。……甚太郎の躰はしっとりと濡れた。水蒸気のために濡れたのだ。どっちを見ても濛々(もうもう)と白い水蒸気が立ちこめていて、文字通り咫尺(しせき)を弁じない。同じ船の中の水夫の姿さえ、薄絹(うすもの)の奥にあるようだ。朦朧(もうろう)として見究められぬ水を見ようと覗いて見ても、湖水の蒼い水の代りに、乳色の濛気(もうき)を見るばかりだ。

その水蒸気の壁の厚さは幾らあるとも知れなかった。白一色の曠野(こうや)である。東西知らぬ迷宮である。迂闊(うかつ)にここへ迷い込んだ船は、ついに帰ることが出来ないだろう。纐纈城の守備としては真に無比の要害である。この水蒸気は人工らしい。その証拠には水蒸気は横へも流れず下へも降りず、滝を逆さに懸けたように上へ上へと立ち昇る。

赤い帆の船はひた駛(ひた)る。

右に曲がり左に曲がり、時にはグルリと後返りをし、駸々(しんしん)として進んで行く。その様子が、眼には見えないが一定の航路が出来ていて、その航路に従って進んで行くように思われる。

と、忽然行手に当って太鼓の音が聞こえて来た。ドン、ドンドン、ドンと、四つ打ち、しばらく間を置いてまた四つ打つ。合図の太鼓と思われる。四辺茫漠たる霧の中で、鳴り響く太鼓の洞然たる音はまことに神秘的のものであったが、それに答えて赤帆の船から、法螺貝の音の鳴り渡ったのはさらに一層神秘的であった。

厚い水蒸気の白壁も、やがて次第に薄れて来た。仄かながらも蒼い水が霧の底から窺われる。船の速力は徐々に緩み、張り切った赤帆が弛んで来た。その時、眼の前の霧の中から灰色の物が見えて来た。纐纈城の石垣である。船は石垣に添いながら東の方へ徐行する。すると遥かの霧の奥から黄金色の光がおぼめいて来た。近付くままによく見れば、巨大な楕円の形を持った真鍮の水門の扉である。船が扉へ近寄るに連れて扉は左右へ拡がった。ゴーンという軋り音が、一しきり響いて止んだ時には、船は水門を潜っていた。扉の内側は広い水路で、湾と云った方がよさそうである。要害を見せないためでもあろう。湾の中は闇であった。闇の湾を船は徐行する。行くにしたがってその湾は次第に狭くなるらしい。船はしばらく徐行する。その時、二点の火の光が、行手に当って燃え上がった。船はその火へ近寄って行く。湾は益々狭まって行く。そして狭まり尽くした所に広い花崗岩の階段がある。階段の左右に人がいる。手に松火を捧げている。

入江の水はピチャピチャと石の階段の最下の段を面白そうに洗っていたが、松火の光に照らされて、その辺一面青苔によって飾られているのが窺われた。階段は弛い勾配をもって高く上へ懸かっている。

船は階段へ横付けになった。

一人の水夫は身を捻ると、船から階段へ飛び移った。二人の水夫も飛び移る。続いて甚太郎も飛び移った。松火を捧げた二人の者が、先頭を切って進んで行く。六人の者の歩く音が壁や天井へ反響する。壁も天井も岩組みである。篝火が所々に燃えている。

纐纈城の構内へこうしてとうとう入り込んだのである。永禄元年七月二十日、正午時刻のことである。

二

纐纈城では捕虜のことを「大事な賓客」と呼んでいた。その大事な賓客達の部屋は、広いそして無限に長い、掃除の行き届いた廊下の両側に、ほとんど無尽蔵に並んでいた。

ある日、それは甚太郎が、纐纈城へ入り込んでから、約十日ほど経った日の、大変輝かしい午後のことであったが、広い広い纐纈城の隅々隈々にまで鳴り渡るような鋭い女の叫び声が、大廊下の外れから聞こえて来た。胆を潰した賓客達は、廊下へ向けて開けられてある——真鍮の格子で鎧われた横方形の窓口へ、螽斯のように飛んで行って、声の主を見ようとした。しかし姿は見えなかった。それは廊下が余りに長く、そうして叫んでいる声の主がその外れにいるからである。もっとも漸次その声は廊下伝いに近寄っては来た。やがて姿も見えるようになった。一人の尼が轆轤車に乗せられ、こっちへ曳かれて来るのである。年の頃は二十一二、切り下げ髪に墨染めの法衣、千切れた金襴の袈裟を掛け、手に水晶の数珠を握り、足には何んにも穿いていない。躰は革紐で十文字に縛られ、銅の柱に繋がれている。紺の小具足に身を固め血紅色の陣羽織を纏い、鞭を握った武士が一人、車の横に付き添っている。轅を曳くのは小者である。車はそろそろとして進んで来る。

尼は吠えるように叫び出した。雷のような声である。

「……先祖を崇め尊ぶのは決して悪いことではない。和魂荒魂を尊ぶのも、決して悪いことではない。しかしそれだけでは不満足だ！　そんな事よりもっともっと崇め尊わなければならないものが、この宇宙には存在する。他でもないそれは仏陀だ！　……太占をもって神意を問い、大嘗斎服の神殿を造り、触穢を忌み清浄を喜ぶ。これは決して悪いことではない。しかしそれよりもっともっとしなければならないことがある。それは仏陀を信ずることだ！」

　キリキリ、キリキリと音を立て、轆轤は廻転する。

「ああ、そうか。あの尼さんか。いよいよあの人も殺されると見える」一つの窓から眼を覗かせ廊下を見ていた若者は、こう云ってちょっと溜息をした。

「まあ気の毒に半裸体だよ。ボロボロに破れた法衣の下から綺麗な肌が透けているよ。若い身空で可哀そうに」こう云ったのは女の声で、声の主は涙ぐんだ眼を、もう一つの窓から覗かせている。

「いい気味だ。神罰だ。もっとピシピシ撲られるがいい！」突然罵る声がした。若者の部屋と軒を並べたもう一つの部屋の窓の中から、その罵声は聞こえるのである。

「仏が何んだ、仏教が何んだ。要するに夷狄の宗教じゃないか。日本には日本の宗教がある。神ながらの神道じゃ！　我輩の奉ずる古神道じゃ！」――それは白髯の老人であった。どうやらそれは禰宜らしい。

「そうともそうとも、その通りだ。きゃつみっしり撲られるがいい。神道ばかりか孔孟の教えをも、あの女は詈(そし)っている」こう合槌を打ったのはその並びの部屋の主で、これは無髯の老人であった。

威圧するような厳(いかめ)しい声で、また尼は叫び出した。

「……おお神道は宗教ではない。憐れむべき清潔法だ。孔孟の教えは経済だ。共に人心を導くに足りぬ！　因果経よ、涅槃(ねはん)経よ、仏教こそは讃美(ほむ)べきかな。……恥ずべきは人の世だ。戦国の世の浅ましさ、一夫多妻、叔姪相婚、父子兄弟相鬩(せめ)ぎ、骨肉互いに啄(ついば)もうとしている。……愚かしいは迷信だ！　愚かしい迷信は捨てなければならない。あの三諸山(みむろやま)の神体は、角ある蛇だと云うではないか。あの常陸(ひたち)の夜叉大神は、男の陽物だというではないか。伯耆美作(ほうきみまさか)では大猿を祭り、河内では河伯(かっぱ)を崇めると云う。これらの迷信は捨てなければならない」

キリキリキリキリと轆轤車(ろくろぐるま)は、その間も廊下を軋って行く。

あちこちの窓からは無数の眼が、あるいは嘲けり、あるいは憐れみ、あるいは怒り、あるいは蔑(さげす)み、格子越しに覗いていたが、ひそひそ互いに囁き合う。

「可哀そうな尼さんだな」――「火炙りにされるって云うじゃないか」――「血を絞られるのは未だいいよ。楽に夢のように死ねるからな」――「火炙りとは恐ろしい」「何故そんな目に遭わされるのだろう？」――「お説教をした罰だとよ。――あの尼さんは自分から好んでこのお城へ来たんだそうだ。仏陀の力でここの人達を罪から救おうと目論んでな」

「救って貰う必要はない。俺達は大変幸福なんだからな」

「そうとも俺達は幸福だよ。生活の心配がないからな」――「立派な部屋、柔かい衣裳、うまいうまい充分の食物。……もっとも、毎月籤引があってそれに当った人間は、血を絞られなければならないけれど、千人余りの数の中から、たった五十人だけ選ばれるんだからな、容易なことでは当りそうにもない。俺はこの城へやって来てから、もうそろそろ五年になる」

「俺は今年で四年になる」

「俺は今年で七年になる」

「そうかと思うと信念という坊主は、来たその日に殺されたっけ」――「あれは後生が悪かったからさ」――「運の悪い人間なのだよ」

「娑婆の奴らに云ってやりたいよ。貧乏を下げて浮世にあるより、纐纈城へやって来いとな。これほどの贅沢をさせて貰って四年五年活きていられるなら、血を絞られたっていいじゃないかとな」

「そうともそうとも、その通りだ」

三

「安逸なる者よ寝床から起きよ。飽食の女よ口を洗え。慈悲に縋れ仏陀の慈悲に」

尼はまたもや叫び出した。

「また何か怒鳴り出したよ」――「でも尼としては別嬪だな。象牙のような肌をしている」――「そうだ随分美しい」

「纐纈城を逃げ出せよ。羅刹の巣窟を遁がれ出よ。汝悪魔纐纈城主よ！」

ピシッ、と劇しい鞭の音が、その瞬間聞こえて来た。血紅色の陣羽織を着た、付添いの武士が革の鞭で、尼の背中をくらわせたのである。

キリキリキリキリキリキリと車が軋り、尼は怯まず叫びつづける。

「仏陀（ほとけ）の教えこそ讃美（ほむ）べきかな。それは隠遁（いんとん）の教えではない。勇往邁進（ゆうおうまいしん）建設の教えだ。禁慾の教え、克己の教えだ。……妾（わし）はすぐに殺されよう。妾はすぐに火炙（ひあぶ）りに成ろう。しかし妾の云ったことはお前達の耳に残るだろう。どうぞどうぞ残ってくれ。妾はお前達に改めて云う！　禁慾同盟をするようにとな。お前達はもっと痩せなければならない。お前達は非常に肥えすぎている。血の分量が多過ぎる。お前達はもっと痩せなければならない。美食をするな。沢山食うな。痩せて悪魔の鼻を明かせろ。纐纈城主の鼻を明かせろ」

　薄暗い廊下の空間へ革の鞭が渦を巻いた。と、ピシッと音がした。剝（む）き出された尼の肩の上を革の鞭が撲ったのである。

「撲るがいい。打つがいい。打擲（ちょうちゃく）は琢磨（たくま）だ、そうだ琢磨だ。真理の珠はさらに輝こう。肉よ千切れよ、血よ滴れよ。この身は猛火に焼け爛（ただ）れよ。仏陀（ほとけ）の慈悲は止む時はない。仏陀に縋れ仏陀の慈悲に！　そうして禁慾同盟をせよ。そうして飢餓同盟をせよ。克己をもって！　克己をもって！　血の分量を少くせよ！」

　革の鞭は幾度も幾度も灰色の空間で渦を巻いた。そのつど劇しい音がした。ピシッ、ピシッ、ピシッ、ピシッと。……ギギ、――ギギ、――ギギ、――ギギ――と、轆轤車は廻転する。

「おお可哀そうに。おお恐ろしい。肩からあんなに血が出ているよ。紫色に脹れ上がっているよ――」一つの窓から女の声でこう叫ぶのが聞こえて来た。「何んてあの人は美しいんでしょう。あんなに打たれ傷付いているのに！」

「何んてあの尼は美しいんだろう？　ほんとにあの尼は美しい。あんなに鞭で撲られているのに」――もう一つの窓から若者の声で、こう云っているのが聞こえて来た。「血が紐のように流れている。その血の色の綺麗なことは。股と云わず、肩と云わず、胸も腕も顔までもあんなに目茶苦茶に傷付いているのに、どうしてあんなに美しいんだろう？」

「真理を叫んでいるからだ！」――どこからともなく叫んだ者がある。

「本当のことを云っているからだ！」またこう叫ぶ声がした。誰が叫んだのかわからない。とは云えもちろんどこかの部屋の賓客の一人には相違ない。

「自分を犠牲にしているからだ！」こう叫ぶ声も聞こえて来た。

「穢い尼だ。撲るがいい」こう反対に叫ぶものもあった。

「撲れ撲れ撲りつけろ！」

「美しい！　美しい！　美しい！」

「穢い女奴(め)！　穢い女奴！」

「撲れ！　撲れ！　撲ってやれ！」

「美しい！　美しい！　美しい！」

　窓々から迸(ほとば)しる様々の声は、高い天井や床板や、部屋部屋の壁に反響し、凄じい音を形成(かたちづく)ったが、その音の中を貫いて、尼の叫びと車の軋り音(ね)とは、次第次第に遠退(とおの)いて行く。廊下を北の方へ遠退いて行く。廊下の外れは丁字形をなし、二筋の廊下が走っていたが、轆轤車は尼を乗せたまま、東の方へ辻を曲った。にわかに叫び声は幽(かす)かになったが、しかし全然消えはしない。

「……纐纈城を遁がれ出よ。……おお、せめて精神的にでも！」

　鞭の音が聞こえて来る。そうして車の軋り音も。

「……物慾の上に超越せよ。……飢餓同盟。……禁慾同盟。慈悲に縋れよ。……仏陀の慈悲に……」——しかしやがてその声も遠く離れて聞こえなくなり、長い広い廊下には再び寂寥が立ち返って来た。窓々の顔も内へ引っ込み、呟く声さえ聞こえなくなった。

四

部屋は大変静かであった。

露台が海へ突き出ている。潮風が部屋の中へ吹き込んで来る。深紅の壁掛けが裾を顫わせ、香炉から立ち昇る香料の煙りが右に左に揺れ動く。鼻を刺す鋭い匂い！　すなわち、香料の匂いであったが、部屋一杯に充ち満ちている。悪病の持ち主纐纈城主が、自分の躰から発散する、嘔吐を催させる悪臭を、防ごうための匂いである。

部屋は城主の居間である。

部屋の中央、海に向かって、纐纈城主が腰かけている。纐纈布で作られた鎧直垂は着ているが、鎧は着けてはいなかった。

顔は海の方へ向いている。しかし本然の顔ではない。鉛色をした仮面である。

月が空に懸かっている。蒼褪めた深夜の月である。なかば開けられた露台の扉から、風と一緒に月の光が部屋の中へ射し込んでいる。

部屋には一基の燭台もない。光と云えば月光ばかりだ。

鉛色をした仮面の奥から、城主の声が聞こえて来た。無表情の声である。仮面のように無表情である。無表情の声の冷酷さ！　しかし多くは説明しまい。

「後夜の鐘の鳴る頃だな。幸福な人達の熟睡時だ。……お前どうだな、睡くはないかな！」

誰かに話しかけているらしい。するとすぐに返辞がした。

「いいえ睡くはございません。ちっとも睡くはございません。不思議なことに今夜は漸次眼が冴えるようでございます」

声の主は女であった。若い美しい女であった。わざと月光の射さない隅へ、躰を寄せて腰かけていたので、今まで姿が見えなかったのである。

「睡くはない？　おおそうか。が、すぐ睡くなるだろう。……だが今夜はお前の様子は、ひどく昂奮してそわついている。まるで情夫でも待っているようだ。いやいや顔を反けずともいい。お前の美しいその顔をどうぞ俺に見せてくれ。……うむ、お前の眼付きがいい。姦婦の眼付きそっくりだ。うむ、お前の唇付きもいい。姦婦の唇付きそっくりだ」

「どうぞお許しくださいまし。もうもうそのような恐ろしいことは、どうぞおっしゃらないでくださいまし。聞くのも辛うございます。……妾はお許しをいただいて、寝部屋へ帰りとう存じます」

　女はスラリと立ち上がった。頸からかけて、肩の辺まで、月の光に照らされた。細りとした頸の形が、弱々しく美しい。乱れた髪の毛が渦を巻き、左の肩へ垂れているのが、微風に嬲られて顫えている。

「帰ってはいけない。帰ってはいけない。睡くはないと云ったではないか。……そうだ、そうやって立ちながら、俺を見ている眼差しなどは、うってつけの姦婦型だ。胸が劇しく波打って来たな。足がブルブル顫えて来たな。呼吸使いも苦しそうだ。お前は俺が恐ろしいと見える。……待て！　貴様はどこへ行く!?」

「妾はごめんを蒙ります。今夜は変でございますもの。貴様などという乱暴な言葉を、平気で聞いてはいられません。愛している者へはそういうお言葉は、使わないものでございます」

「許してくれ。悪かった。乱暴な言葉を使ったのは、いかにも俺の誤りだ。では取り消すことにしよう。怒ってはいけない。怒らないがいい。……まあここへ座るがいい。そうして面白い話でもしよう」

　女は静かに腰をかけた。

「手をお見せ、お前の手を。……白くて柔くて鞣し革のようだ。ああこの手で幾人の男の逞しい肩を抱いたことか！」

女は全身を顫わせた。そうして何か云おうとした。

「まあよい、まあよい、何も云うな。気にさわったら許してくれ。俺は時々変なことを云う。これは常識がないからだろう。いやいやこれは病気だからだ。……お前は俺をどう思うかな？」

「どう思うとおっしゃいますと？」

「俺を可愛いと思うかな？　それとも憎いと思うかな？」

「申上げるまでもございません。可愛いお方でございます」

「俺が可愛い？　ほんとかな？　俺のどこが可愛いな？」嘲けるような声である。

突然城主は手を延ばした。両手を前へ突き出した。二本の白木の棒とでも云おうか、腕からかけて指の先まで白布で隙間なく巻き立ててある。悪病のために爛頽れた皮膚を見せまいための繃帯であろう。

「ああ、この手も可愛いかな？　いつも付けている中将の仮面、泣きも笑いもしない木の能面、仮面の奥の俺の顔！　この顔も可愛いかな？」

云い云い顔を突き出した。仮面の色は鉛色である。それは白が古びたからで、一抹黄味を帯びている。薄い茫々とした八字眉、眉の下の淋し気な皺、少し垂れた魚形の眼、眼の真ん中に瞳があり、そこに穴が穿(うが)たれている。その穴から覗くのは、炭火のような赤い光で、悪病のためにいつも熱ある纐纈城主の双の眼である。少し小鼻が根張ってはいるが尚形のよい真っ直ぐの鼻、半分(なかば)開いた歯を見せた口、鼻の下の薄い髭(ひげ)、スット憔(こ)けた寂し気な頬など、中将の仮面(めん)は穏かで且つ優雅ではあったけれど、それがかえって物凄かった。そうして非常に不自然であった。

「妾(わたし)にはいつもご城主様が可愛く思われるのでございます」——城主の愛妾は顫え顫えそれでもようやくこう云った。

「水泡(みなわ)よ」と城主は嘲けるように、「そうして今夜も可愛いかな?」

「はい、さようでございます」

「いやいや今夜は憎い筈だ。何んと水泡よ、そうではあるまいかな?」

城主は肩の辺で笑ったものである。

五

「そうおっしゃれば今夜に限って、あなた様が憎く思われます。いつにない乱暴な言葉で物をおっしゃるからでございます」

「そうではあるまい。そんな筈はない。他の意味で憎い筈だ。ああお前は俺(わし)にとって、黄金よりも珠よりももっともっと可憐(いとし)く思われる時もあれば、斬り殺しても飽き足りないほど憎く思われる時もある。今のように空々しく、俺を瞞(だま)そうとする時など、俺はお前を殺したくなる。……まあよい、何も云うな。弁解などはするものではない。またしたところで聞きもしない。……お前は深夜お前の部屋で時々箏(そう)を、弾くことがあるが、よい習慣とは云われないな。……水泡(みなわ)よ、お前はその箏を、今夜も弾こうとしたのだろうな?」

「はい。……いいえ。……マア城主様!」

「いいえだと？　ご城主様だと？　いやいやお前はあの男と俺(わし)に隠れて窃(こっそ)りと箏を弾こうとしていた筈だ。ところがこんなに夜更けてから、突然この部屋へお前を招んだ。で、俺を憎んでいる筈だ」

「あなたのおっしゃるあの男とは、どなたのことでございます？」

「日頃お前と仲のよい、そのため俺には気に食わない、小姓頭の式部のことだ」

「おお式部様！　衣川式部様！」

「あの男は美しい。姦夫のように美しい。絹のようなあいつの眼は、あらゆる女の着物を通して乳の下ばかりを眺めている。熟(う)れた柘榴(ざくろ)の実のような、紅いネバネバしたあいつの口は、淫(みだ)らなことばかりを語っている。それがまた女には好もしいらしい」

「いいえいいえ違います。妾(わたし)は大嫌いでございます。衣川式部！　ああ厭だ！　妾は大嫌いでございます」

「おお、お前は大嫌いか。フ、フ、フ、フ、本当かな？　しかし女と云うものは嘘をよく吐きたがるものだ。自分の一番好きな物を一番嫌いだと云いさえする。そのくせ一番嫌いな物と、ともすれば隠れて遊びたがる。……が、嫌いなら嫌いでもいい。やがて自然と解る時が来よう」

　仮面(めん)の城主は立ち上がった。それからノロノロと歩き出した。さも大儀そうな歩き方である。

「水泡(みなわ)よ、俺(わし)に従(つ)いて来い。そうしてお前の部屋へ行こう」

戸を開けると廊下である。廊下は真っ直ぐに延びている。どっちを見ても人気がない。篝が両側に燃えている。篝の前を通る時だけ高く痩せた城主の影が、向こう側へ映る。そうして仮面が血のように赤く、焔のようにテラテラする。しかし、向こうへ通り過ぎると、中将の仮面は鉛色となり、影法師も姿を消す。

城主の後から水泡が行く。恐怖で躰が自由にならない。今にも前方へ仆れそうだ。見開かれた眼は床を見詰め、瞬き一つしようともしない。どうやら瞬きを忘れたらしい。両手を胸の上で握り合わせ、それを夢中で締めつけている。彼女は口の中で叫んでいる。「ああ妾は罰せられる！　以前の人達が罰せられたように！　明日の陽の目を見ることは出来まい。二十人目、三十人目、三十七人目に罰せられるのだ！　ああそうではない百人目かもしれない。いやいや二百人目、三百人目！　この男は人間かしら？　血の池地獄の主かもしれない！」

一つの部屋の前へ来た。仮面の城主が戸にさわった。と戸が内側へ音もなく開き、華美な女部屋が現われた。

箏が床の間に立てかけてある。

「水泡よ、箏を弾くがいい。そうして俺にも聞かせてくれ。あゝ、あの男の好きなあの歌をな」

　城主は立ったまま命令した。「さあ早く箏を弾け！」

　女は黙って顫えている。突然床へ突っ伏した。

「何も顫えることはない。ただちょっと弾くばかりだ」——城主は箏を取り出した。女の前へ押しやったが、「ただちょっと弾くばかりだ。さあ早く弾くがいい」

　水泡はソッと顔を上げた。その眼は狂人のように血走っている。

「弾くのでございますね、あの歌を。……」

　云いながら絃に指を触れた。ジーン、と、云う寂しい音がする。

「後夜の鐘の鳴る頃だ。いつもあの男の来る頃だ。……さあ弾くがいい。弾き次ぐがいい」

「ここは地獄だ！　神様はいない。呼んでも叫んでも助かりっこはない」

　女は口の中で呟いた。寂しい音を次々に立て、箏の曲を弾き澄ます。

「……おお、それは序の曲だな」仮面の城主は冷やかに、「この序の曲を弾く頃には、いつもあの男は部屋の外の、花園の辺りに来ている筈だ。で、今夜も来ているだろう。……」

箏の調べは一変した。嘆くがような音を立てる。

「……この調べを弾く頃には、いつもあの男は隣りの部屋の、窓の下に立っている筈だ。だから今夜もあの男は、窓の下に立っていよう」

六

調べはさらに一変し、歔欷（すすりなき）のような音（ね）となった。

「……水泡（みなわ）よ、お前には男の姿が、今まざまざと見えるだろうな。草色の水干（すいかん）に引っ立て烏帽子（えぼし）、細身の太刀を佩（は）き反（そ）らせ、胸の辺に罌粟（けし）の花を、いつも一輪付けている筈だ。そうして、その花は男の胸から女の髪へ差し換えられる筈だ。そうしてその花は暁天（あけがた）には、二人の交わせた枕の間へ、物憂く凋（しぼ）んで落ちている筈だ」

箏の調べは絶えるがように次第次第に低くなった。

「さあそれが最後の調べだ。男はこの時窓を越え、あの隣り部屋へ入り込んでいる筈だ。そうだ、お前の寝部屋へな！」

この時、正面の寝部屋から、断末魔の悲鳴が聞こえて来た。

水泡は箏の手を止める。

間の襖が向こうから開き、一人の大男が現われた。手に大鉈を持っている。刃先から鮮血が滴っている。その血の滴った床の上に一人の男が転がっている。胸を剔られて死んでいるのだ。

「おっ」と水泡は声を上げた。立ち上がろうとするのではあるが足が云うことを聞かないらしい。膝と両手で這い寄るや、ひしと死骸を抱き締めた。

「草色の水干を着ている筈だ」城主は無表情に冷やかに、「胸に罌粟の花を差している筈だ。それはお前の恋人だ」

「式部様！　式部様！」水泡は夢中で呼ばわった。

「お前の弾く音に誘われて、可哀そうな男はやって来たのだ。手を下したのは万兵衛だ。殺させたのはこの俺だ。しかしお前にも罪がある。お前の罪が一番重い。男を死地へ引き寄せたのだからな」

水泡はやにわに飛び上がった。城主目掛けて摑みかかる。その手が城主へ触れたとたん、城主の冠っている中将の仮面を片手で素早く持ち上げた。水泡の顔と城主の顔とが、ひたと直接に向き合ったのである。

忽然悲鳴が鳴り渡った。ヒーッという悲鳴である。水泡の口から出たのである。水泡は両手で眼を蔽うた。しかしそれは遅かった。メズサの顔を見たものは、そのまま即座に死ななければならない。

「万兵衛」と城主は無表情の声で、「二つの死骸を運ぶがいい。地下の工場へ持って行け。こいつらの血で染め上げた布で、俺の上衣を作ってくれ」

ボーンと鐘が鳴り出した。すなわち後夜の鐘である。

この夜、城内の一郭では、尼が燔刑に処せられた。煙に咽せ、焔に焼かれ、命の絶える間際までも、叫びつづけたと云うことである。

「……火で焼くがいい、鞭で撲るがいい、提婆のために憎まれて、頭を割られ鉛を詰められた、蓮華色比丘尼に比べては、この身の殉教は云うにも足りぬ。伊尸耆利山で法敵に襲われ、石子責めに逢って殺された、目蓮尊者に比べてはこの身の殉教は数にも入らぬ。妾はお前達に礼を云う。妾を撲るお前達の鞭こそ、涅槃に導く他力だとな！　妾はお前達に礼を云う。妾を燻べた松火の火こそ、真如へ導く導火だとな！　おお人々よ慾を捨てよ！　慾こそは輪廻を産む。正観せよ！　正思せよ！　輪廻を断滅脱離せよ！

その時こそ救われるであろう。……仏様よ、妾は羅漢として、今こそ勤めを終りました！　これから妾は女として、優しい弱い女性として、あなたの懐中へ参ります。ああもう妾は眼が見えない。妾の両眼は焼け爛れた、でもあなたのお姿は円満慈悲のお姿は、よく見えるのでございます」

火の手がドッと燃え上がり、全く彼女を包んだ時、彼女の叫びは絶えたそうである。そうしてその火が消えた時、真っ黒に焼けた彼女の躰が、黒い夜空を背景にして突っ立っていたということである。

寂然と更けた纐纈城、耳を澄ませば地下に当って、物の呻くような音がする。人間の血を無限に貪る、血絞り機械の音である。類い稀れなる美しい布——纐纈布を作るため、夜も昼も間断なく機械は廻転されるのである。

第七回

一

「ふざけちゃいけねえ、ふざけちゃいけねえ」例の三白眼を光らせながら高坂甚太郎は怒鳴るのであった。「それじゃ約束が違うじゃねえか。うん、それじゃ約束が違う！どうしてくれるんだよ。どうしてくれるんだよ」

「へえ、約束が違いますかな。しかしどうも私としては、何んともご挨拶が出来ませんのでな」

絹糸のような軟い調子で相手の若者は綾すのであった。

纐纈城の一室である。

「ああ違うとも、全然違うよ。俺は大いに迷惑だ」

「まあまあご辛抱なさりませ」

「うんにゃ、出来ねえ、これ以上はな！　おい早く何んとかしてくれ」

「で、どうすればよろしいので？」

「俺の従兄に逢わせてくれ」

「何んというお方でございましたな？」

「土屋庄三郎昌春だ」

「ははあ土屋様？　庄三郎様で？」

「うん、そうだ。早く逢わせろ」

「はてね、城内におりますかしら」

「いる筈だ。いる筈だとも、そう云って俺を連れて来たんだからな」

「で、誰が申しましたかな？」

「船頭どもだ。三人のな。赤い袍（どてら）を着た船頭どもだ」

「そうしていつ頃でございますな」

「十日以前（まえ）だ。いや十二日になる。そうだそうだ。十二日以前だ」

「どこでお逢いになりましたな？」

「よく色々訊くじゃないか。……本栖湖の岸だよ。本栖湖のな」

「で、本栖湖はどっち側で？」

「ええ五月蠅（うるせ）え！　こん畜生！　つべこべ云わずと早く逢わせろ！」

　しかし若者は相も変らず絹糸のような軟い調子でニヤリニヤリと笑うのである。「まあまあご辛抱なさりませ。ご辛抱が肝腎（かんじん）でございますよ。殊に当城におきましてはな」

「当城も糞もあるものか。へん箆棒（べらぼう）め何が当城だ。当城の奴らはみんな誘拐者（かどわかし）だ！」

　甚太郎は毒舌を揮い出した。「どうでも逢わせてくれねえならこの城から出してくれ」

「どうもそれが出来ませんので」

「ナニ出来ねえ？　何故出来ねえ？」

「あなたここは纐纈城なので」

「纐纈城がどうしたんだよ」

「ここはあなた纐纈城なので」

「だからよ、それがどうしたって云うんだ」

「捕えたら決して放しません」

「ところが俺は出て見せる」

「それは無謀でございます」

「きっと俺は抜け出して見せる」

「城の外は湖なので」

「船があろう。船がある筈だ」

「船を奪うことは出来ますまい」

「ところが俺は盗んで見せる。盗みにかけたら天才だからな」

「よしんば船は盗んだにしても、湖水の防備は破れますまい」

「ナニ防備？　防備とは何だ？」

「天に冲（ちゅう）する濛気（もうき）でございます」

「天も冲するものか。変な形容詞を使やアがって。あんな濛気ぐらい突破して見せる」

「それがあなた不可能なので」

「いや可能だ。可能にして見せる」

「はいこれまでも幾人となく可能だ可能だと申されましてな、実行された方もございますが」

「どうした、みんな成功したろう」

「ところがあなた、その反対なので」

「ふん、そいつら揃いも揃って皆んな馬鹿だったに違いない」

「お利口な方達でございました」

「利口なら成功した筈だ」

「ちとそのお利口過ぎましてな」

「過ぎたるは尚及ばざるが如しだ。やっぱりそいつら馬鹿だったのだ」

「ちとその勇気があり過ぎましたので」

「どんな塩梅(あんばい)に縮尻(しくじ)ったんだい？」

「一人のお方は船を盗みうまく湖上へ漕ぎ出しました。ところがそれから八日目に船だけ帰って参りました。吹き戻されたのでございますな」

「で、主(ぬし)はいなかったのか」

「いえいたことはいましたが、骨と皮ばかりに痩せこけた上、冷え切っていたのでございますよ」

「ふうん、どうして死んだんだろう？」

「餓死(うえじに)したのでございますかな」

「餓死とは少し変じゃないか」

「何んの変なことがございましょう。濛気から外へ出ることが出来ず、八日の間飲まず食わず胡乱（うろ）ついていたのでございますもの」

「他の奴らはどうしたんだい？」

「似たり寄ったりの運命でしてな」

「では皆んな餓死か？」

「一人のお方は気死致しました」

二

「ナニ気死だって？　気死とは何んだ？」甚太郎はちょっと眼を顰（しか）めた。三白眼がやや曇り、眉の間へ皺が寄る。

「つまり気絶をしたまま死んでしまったのでございますな。恐らく何か恐ろしいものでもご覧になったのでございましょうよ」

「でやっぱり濛気の中でか？」

「幸か不幸かそのお方は船を盗むことが出来ませんでした。で城内を胡乱胡乱（うろうろ）した末地下の部屋へ紛れ込んだそうで。そこで何か恐ろしいものでも、ご覧になったのでございましょうよ」

「いったい地下室には何があるのだ？」

「さあ何がありますかな」

絹糸のような軟い笑をまた若者は洩らしたが、

「とんと私は存じませぬので」

「嘘を云え！　そんな筈はない！　城に住んでいる人間が城の案内を知らないなんて、そんな間違った事はねえ。知っている筈だ。云ったり云ったり」

「いえそこはそれ管轄異いで、知っている筈はございません。つまり私の役目と云えばお客様方の相伴役、とりわけ新入りのお客様方を粗末のないように扱いますのが私の役目でございます」

「へえとんだ相伴役さ。人焦しの相伴野郎。ではいよいよ云わねえつもりか！」

「おっといけません、いけません。どうもあなたは乱暴ですねえ。まだほんの子供衆だのに二言目には腕力と出る。そのまた腕力が強いと来ている。相伴頭穴水小四郎にとり確かに苦手でございますな」

「あたりめえだ。云うまでもねえ。ただの子供とは小柄が異う。見損なっちゃいけねえぜ。……おいそれはそうとお前の眼には、あれが何んと見えるかな?」

云いながら甚太郎は手を上げて部屋の壁を指差した。秘蔵の黐棹が立てかけてある。

「へい、黐棹でございましょうが」

「ただ黐棹としか見えないかな」

「他に見ようはありませんな」

「俺が持つと槍になる」甚太郎は味噌を上げ出した。「嘘と思うなら見るがいい」

ツカツカ壁際へ近寄るとヒョイと黐棹をひっ摑んだ。部屋の中央へツツ——と出ると、小四郎へ向けてピタリと付け、ヒュッ——、ヒュッ——と素繰りをくれる。針のように鋭い棹の先は見る見るグルグルと渦を巻いたが、それが小四郎の眼の先で大きくなったり小さくなったり自由自在に延び縮みする。大きく渦を巻く時は、小四郎の胸も大きく膨らみ、ハッハッハッハッと気が急き立ち、絶壁から深淵を見下した人がその深淵に誘惑され身の破滅と知りながら自分から進んで身を投げるように、穂先の渦巻きの只中へ飛び込もうと焦られるのであった。

一歩一歩小四郎は、前へ前へと歩いて行く。渦巻きは漸次大きくなる。天井に届き壁に届き小四郎の眼からはその渦巻きが部屋一杯の大きさに見え、そうして渦巻きの奥に当って一つの顔が浮き出している。口を開き眼を剝き出し、頰を膨らせ小鼻を怒らせ、気味の悪い三白眼をキラキラ光らせた悪戯児らしい顔で、すなわち甚太郎の顔なのである。

やがて穂先の渦巻きは次第次第に縮まって来た。それにつれて小四郎は後へ後へと押し戻される。胸がキューッと締め付けられ、ハッ、ハッ、ハッ、ハッと喘ぎはするがそれは畏縮した喘ぎである。

「やい野郎、恐れ入ったか!」

悪戯児らしい甚太郎の顔がにわかにこの時険悪となったが、

「鳥だ鳥だ大きな鳥だ! 手前を大きな鳥と見立て、黐棹槍の高坂流、翼を突き通してくれべえかな! それ行くぞよ胸板だぞ! 今度は腹だ土手っ腹だ! アリャアリャアリャアリャ大鳥大鳥!」

喚きながら詰め寄せる。小四郎は全身汗に濡れ、額から、タラタラ滴を落とし、上吊った眼を凝然と見据え、両手をダラリと両脇へ垂らし、後へ後へと引き下がる。

「どうだ云うか、それとも厭か！　地下室には全体何があるんだ？　え、おい、大将、何んとか云いねえ！　云うのが厭なら突き殺すぜ！　うん一突きに突き殺して見せる。冗談だと思うと間違うぞ。俺ら決して冗談は云わねえ。殺すと云ったらきっと殺す。だから確り性根を据え、云うか厭か明瞭云いねえ。……ふん、畜生、云わねえ意だな！　金仏のように黙っていやがる！　唖が自慢でもあるめえに。よし手前がその気ならもう一嚇し嚇してくれる。ヤッ」

　と一声気合を掛けると、手繰り気味に握っていた棹を、颯とばかりに突き出した。魅せられたように立っていた小四郎の頬へそのとたん冷りと風が当ったが、同時にドンという音がした。

「ケ、ケ、ケ、ケ、野郎どうだ！　金城鉄壁物かはと云う槍の手並みをご覧じろ！　やい背後を振り返って見ねえ！」

三

　云われて小四郎振り返って見ると、樫材五寸の厚味を持った厳重を極わめた板壁が、ヘナヘナ竹の黐棹の先にブッツリ貫かれているではないか。

「何んとでござるなご相伴衆、拙者が持てばこの棹、正しく手槍となりましょうがな。ケ、ケ、ケ、ケ、態ア見やがれ！　これでも吐かさねえと云うのなら今度こそ手前の土手っ腹だ。田楽刺し、八目刺し、ないしは菱鉾の剞り刺し、お望み次第突き刺して見せる？　どうだ大将、否か応か！」

棹を手もとへ引き寄せると、グルリ返して石突きの方をトンとばかりに床へ突いた。それから顔をグイと突き出し、三白眼をカッと開け、歯の間から長い舌をペロリと吐いたものである。威嚇と嘲笑の表情である。

小四郎はハッハッと大息を吐き、ぐたぐたと床の上へ膝を突いた。十里の道を歩いたところでこうは疲労れまいと思われた。

「申しますとも。申しますとも」彼はようやくこれだけ云った。

「うん云うか。いい心掛けだ」

「で、何から申しましょう」

「地下室の秘密だ。他に何がある」

「さてその地下室でございますがな。……恐ろしい所でございます」

「第一、地下室は大きいのか？」

「はい大きゅうございます」

「いったいそこには何があるんだ？」

「はい工場がございます」

「ナニ工場？　どんな工場だ？」

「それがあなた、大変なので」

「ふん、嚇(おど)したって驚くものか。……何んの工場だか云って見ろ」

「工場は幾個(いくつ)もございます」

「では端から云うがいい」

「まず最初は水車場で」

「何んだ詰らねえ水車小屋か」甚太郎は少からず落胆(がっかり)したが、

「それが何が大変なのだ！」

「それがあなた、なかなかもって尋常な水車ではございません」

「へん、何んだか解るものか」

「纐纈城中一切のものの原動力なのでございます」

「誰がそんな事を本当にするものか」

「信じる信じないは別問題で。ただ私はありのままを申し上げたまででございます」

「城中一切の原動力？　随分大きく出やがったな。……しかしどうも俺らには意味が明瞭わからねえ」

「例の濛気でございますがな、あれをあのように立てているのがその水車なのでございます」

「ふうん、それじゃあの濛気は人工で作っているのかい？」

「水車の所業でございます」

「では水車は大きいのかい？」

「直径十間はございましょう」

「直径十間？　ふうんなるほどな。そうさちっとばかり大きいな。もちろん水車は一つだろうな？」

「いいえ、二十はございましょう」

「ナニ、二十？　本当かな？」

「城は方形でございます。その一面に五つずつ仕掛けてあるそうでございます」

「水車はどうして廻転すんだい？」

「湖水の水を落とし込みましてな」

「湖水の水を落とし込むって？　いったい水車はどの辺にあるんだ？」

「深い深い湖水の底のそのまた底だそうでございます」

「それはそうなくてはならない筈だ」

「水の落ち込む勢いで濛気が立つそうでございます」

「偉い勢いで落ち込むんだな」

「偉い勢いで落ち込みますので」

「その他に地下室には何があるんだい？」

「真っ暗な工場がございます」

「そこには何があるんだい？」

「いつも呻いている無数の滑車と、いつも噛み合っている無数の歯車と、そうしていつも走り廻わっている数百本の調べ革と」

「いったい何んだいその部屋は？」

「真っ暗な工場でございますよ。……しかし時々青い火花が、パッパッパッパッパッと飛び交うそうで。……闇と呻き声と青い火花と！　そういう工場なのでございます。……つまり動力を配分する工場で」

「で、その他には何があるな？」

「機織り工場がございます」

「おおそうか。こいつは気に入った」

「チンカラチンカラ、チンカラチンカラと、朝も暮れも昼も夜も、沢山な若い娘さんたちが機を織っているのでございます」

「こいついよいよ気に入ったぞ」甚太郎はニヤリと笑ったが、

「中には別嬪もいるだろうな？」

「それはあなた、おりますとも」

「畜生、ひどく気に入っちゃった。……ところで何を織ってるんだい」

「白い平絹でございます」

四

「まだその他にもあるのかい？」

「はいあなた、ございますとも」

「云って見な、どんな工場だ？」

「絞り染め工場がございます」

「ははあ白絹を染めるんだな」

「はいさようでございます」

「綺麗でいいな、染物屋は」

「綺麗でございますとも、染物屋は」

「色々の色に染めるんだな？」

「いいえあなた、そうではございません」

「そうでないって？　では何んだ？」

「ただ一色（ひといろ）に染めますので」

「智恵がねえな、一色とは」

「はい智恵はございませんとも」

「どんな色に染めるんだい」

「燃え立つような真紅の色に」

「つまり血のような色にだな」

「はいはいさようでございます」

「蘇芳(すおう)か何かで染めるんだな」

すると小四郎は笑ったが、

「はいさようでございますとも」

「おや変梃(へんてこ)に笑やあがったな」甚太郎は𥶡棹を取り直した。

「いったい何が可笑(おか)しいんだ？」

「何も可笑しくはございません。何も笑いは致しません」

「いいや笑った。確かに笑った。ふざけちゃいけねえ、ふざけちゃいけねえ。俺を盲目にするつもりか。こうこう俺のこの眼はな二つながらちゃ、ちゃんと見えるんだぜ。節穴だと思うと間違うぞ。さあ吐(ぬ)かせ何を笑った？」トンと石突きで床を突いたが、「それともたって吐かさねえなら高坂流の𥶡棹槍、もう一度使ってお眼にかけるまでさ。それも今度は本式だ。汝(うぬ)が土手っ腹へ突っ込んで、風車のようにぶん廻わしてくれる」

ピタリと中段へ構えたものである。

小四郎はやにわに飛び上がったが、またベッタリ床へ坐り、

「はい笑いました。確かに笑いました。……あなたは苦手でございますよ。槍だけはご勘弁願います。……いや全く眼もあてられない。……はい確かに笑いました」

「何が可笑しくて笑ったんだ？」

「……ハイ、その、蘇芳とおっしゃいましたので」

「蘇芳と云ったが何故可笑しい」

「染料は蘇芳ではございません」

「それがそんなに可笑しいのか？」

「何んにもご存知ありませんので」

「全体何んで染めるんだ？」

「生物（いきもの）の血でございます」

「ふうん」と云ったが甚太郎は何がなしにゾッとした。「犬の血かな？　馬の血かな？」

「人間の血でございます」

「黙れ！　馬鹿！　痴事（たわごと）吐かせ！」

「人間の血でございます」

「で、どこから持って来るんだ？」

「城中に飼っておりますので」

「何、人間を飼っている？」

「お客様方でございます」

「お客様だって？　俺もお客様だ」

「はいさようでございます」

「では俺の血も絞るのか？」甚太郎はブルッと身顫いした。

「オイ、俺の血も絞るのかよ！」

「はいいずれは、そうなりましょう」

「ふん、俺の血も絞るんだな？」

「そういう運命が参りますればな」

「手前、正気で云ってるのか？」

「どうぞお許しくださいまし」

「それではここは地獄だな」

「纐纈城でございます」

「地獄だ地獄だ！　ここは地獄だ！」

「しかし極楽とも申されましょう」

「血の池地獄だ！　貴様は獄卒だ！」

「甘い食物、美しい衣裳、苦労のない日々の生活向き、ここは極楽でございます」

「助けてくれ！　助けてくれ！」

「助けることは出来ません。助かった例もございません」

「助けてくれ！　助けてくれ！　小四郎殿助けてくだされ！」

甚太郎は突然跪坐いた。

「私は獄卒でございます」悠然と小四郎は立ち上がる。「獄卒に涙はございません」

「俺はいつ頃殺されるんだ？」

「籤に当ったその時に」

「それはいつだ？　いつ籤を引く？」

「ちょうど今夜でございます」

「今夜？」

と叫ぶと甚太郎は、喪心したように眼を据えた。

「で、今は何刻だ？」

「籤まで二刻ございます」

「たった二刻。たった二刻」

「きっと当るとは申されません」

「いや当る。当りそうな気がする」

「お祈りなさりませ。神仏をな」

「当った証拠は？　何が印だ？」

「紙に髑髏が書いてあります」

「当らなかったその時は？」

「何んにも書いてありません」

五

「白紙を引くと助かるんだな？」

「先へ延びるのでございます」

「髑髏を引くと殺されるのか」

「永遠の静けさへ参りますので」

「たった二刻。たった二刻」

「遁がれることは出来ません」

「小四郎殿助けてくだされ！」

「お暇せねばなりません」

「馬鹿！」

と云うと甚太郎は飛燕のように飛び上がった。棹を握ると斜に構え小四郎の両足を横へ薙ぐ。

不意を打たれた小四郎がドンと床の上へ仆れるのを石突きの方で確り抑え、

「へ、どんなものだ。驚いたか」

しかし小四郎は踠きもせず、抑えられたままニヤニヤ笑い、

「乱暴なされては困りますな。私をどうしようとなさるので」

「気の毒だが監禁だ。この部屋から出さないのさ」

「監禁して、さてそれから？」

「それから拷問に掛けるのさ」

「拷問に掛けて、さてそれから？」

「手前の口から聞き出すのよ。纐纈城の逃げ道をな」

「私は決して申しません」

「では手前は死らなければならねえ」

「それでは私は死にますので？」

「うん、そうだ、俺より先にな」

「ではすぐにお殺しなさりませ」

「ゆっくりでよい。二刻ある」

「そのうち邪魔がはいりましょう」

「邪魔がはいる？　どんな邪魔だ？」

「私は少々あなたのお部屋にいすぎたようでございます」

「それがどうした。だからどうなんだ」

「私はいったいこの部屋へ何んに参ったのでございましょう」

「知れたことさ、いつも通り、晩飯を持って来たんだろう」

「でござりましょう。だからいけません」

「ふん、何んとでも云うがいい」

「この城内の掟として、時間に制限がございます」

「何んの時間だ？　え何んの？」

「お客様方とお話しする時間で」

「それとこれと何んの関係がある？」

「私は少々あなたのお部屋にいすぎたようでございます」

「だからよ、それがどうしたと云うんだ？」

「仲間が探がしに参ります」

「出鱈目だろう。嘘を云うな」

「決して嘘は申しません。と云いますのはお客様の中には、ちょうどあなたと同じように私ども善良な相伴役を、虐待なさる方がございます。城の秘密を聞き出そうとしたり、城外への逃げ道を云わせようとしたり、その他いろいろの理由から私どもを苦しめます。それを防ぐ一策として時間の制限がありますので。まず長くて四分の一刻、これがギリギリでございます。その制限を超過した時には、何か異状があったものと見て、捜索するのでございます。……とこのように申している間に仲間が見えるかもしれません。さてこの部屋へやって来る、私が可哀そうに捕虜になっている、さあ大変でございます。そうなれば籤も糸瓜（へちま）もない、あなたはすぐに地下へ運ばれ染料とされるのでございます」

「よかろう、うん、それもよかろう。どっちみち殺される身の上ならいっそ早い方が諦めがいい。それにもう一つ面白いことがある。仲間の奴らがやって来たら、破れカブレだ、黐棹槍で片っ端から退治てくれる。死人の山を築くのさ。地獄の道連れを作るのさ」

「大層元気でございますな。死人の山が築けましょうかな」

「心配するな、築いて見せる」

「精々二人でございましょうよ」

「二人は愚か二十人三十人、百人来ようと仕止めて見せる」

「大層な勇気でございますな。しかしそういう勇士に対しては、城の方でもそれ相応の用意があるのでございますよ」

「五月蠅（うるせ）え奴だ。少し休め！」

石突きを小四郎の咽喉へあて、じりじりと甚太郎は力をこめた。

「あ、苦しい。こいつは耐らぬ。……直き後悔なさいますぜ。……こいつは耐らぬ、あ、苦しい。……それ足音が聞こえて来ました。仲間の奴らでございますよ。……締めるわ、締めるわ！　あ、苦しい。こいつは耐らぬ。……いよいよ俺を殺すつもりだな。この小伜め！　この餓鬼め！」

部屋は次第に暗くなった。夜が這い込んで来たのである。

ウーンと呻く声がした。小四郎が絶息したのである。しかし決して死んだのではない。一時呼吸を止められたのである。

六

とたんに部屋の戸を叩く者がある。

「おや本当に来やがったな」

甚太郎は耳を澄ましたが、ピッタリ壁へ躰を寄せ、廊下の気配を窺った。

戸を叩く音はやがて止んだ。ひとしきり森然と静かになる。甚太郎は戸口へ近寄って行った。戸口と平行に位置を取りまた壁へピッタリ身を寄せた。その眼を屹(きつ)と戸口へ注ぎ現われる敵を待ち構える。

ギーと云う音がした。二重戸の一つが開いたらしい。とまた後は森然(しん)となる。こうしてしばらく時が経った。その時甚太郎の眼の前で仄かに見えていた部屋の戸がそろそろと口を開けた。そうしてそこから影のように人間の半身が現われた。と、甚太郎の両の手が、雷光のように前へ延びそれが素早く引かれた時、「あっ」と云う鋭い悲鳴が聞こえ、影のように見えていた人の姿が、ヒョロヒョロと部屋の中へはいって来たが、そのまま前傾(のめ)りに転がった。

「おいどうした」

と云う声がして、また一人人影が浮き出した。つと甚太郎の手が延びる。そうしてそれが引かれた時、同じ光景が演ぜられた。人影が部屋の中へはいって来て、前傾りに床の上へ仆(たお)れたのである。

ドーンと戸の閉じる音がした。閂(かんぬき)を下げる音もしたが、続いて廊下を走る音がした。後は全く静かとなった。

さすがに甚太郎も吻(ほっ)とした。身を屈め手を延ばし二つの死骸へ触って見た。一人は咽喉を貫かれ、一人は胸板を突き通されている。

「獄卒を二匹退治たまでさ。何んの疚(やまし)いこともねえ」

こう冷やかに呟くと死人の袖で棹を拭いた。棹の先から血が滴り、それが幽(かす)かな音を立てる。プンと鼻を刺す生臭い匂い。空気は濁り部屋は熱い。

「さてこれからどうしたものだ」甚太郎は急がしく思案した。

「どうしようにもしようがない。ここで待つより仕方あるまい。大挙して攻めて来るに相違ない。片端から突き殺してやろう」

彼はじっと聴耳(ききみみ)を立て廊下の様子を窺った。

その時足音が聞こえて来た。しかし大勢の足音ではない。三、四人の足音である。戸の向こう側で立ち止まった。何やら囁いているらしい。

「ふん、いよいよ来やがったな。何を愚図愚図しているんだ」

黐棹槍を引き側(そば)め、闇の中で眼を光らせ、戸の開くのを待ち構えた。

部屋の外は静かである。囁く声も絶えてしまった。しかし人のいる気配はする。と不意にパチパチという異様な物音が聞こえて来た。

「おや何んだろうあの音は？」

ちょっと甚太郎は度胆を抜かれ思案せざるを得なかった。パチパチ、パチパチと廊下からは尚その音が聞こえて来る。

霧のようなものがどこからともなく部屋の中へはいって来た。霧ではなくて煙りである。それと一緒に甚太郎は次第に胸が苦しくなった。手足が漸次(だんだん)麻痺(しび)れて来る。

「あ、いけねえ毒気だな」

甚太郎はグタグタと床へ仆れた。「畜生、畜生、卑怯な奴だ。俺を狸か狐のように毒煙攻めにしようとしやがる。あ、眼が廻わる。グラグラする。お母さん！　お母さん！　お母さん！」

彼の眼の前の闇の中で青い焔が飛び交った。だんだん彼は弱って行った。まず握っていた棹を放し、それから両足を痙攣(けいれん)させた。そうして全く動かなくなった。

その時部屋の戸が開いて一人の大男が現われた。首斬り役の万兵衛である。巨大な斧を提(ひっさ)げている。一渡り部屋の中を見廻わしたが、戸口の方へ顔を向けると、

「うまく行った。……はいって来な」

声に応じて三人の男が戸口から姿を現わした。

「さあ死骸の片付けだ。仲間が二人にお客様が一人、染料三行李と云う訳さ」

「大丈夫かな小四郎は？」一人の男が囁いた。

「あいつは大概活き返るだろう」

そこで三人は死骸を担ぎ廊下の方へ出て行った。その後から万兵衛が続く。四人の者は黙々と長い廊下を進んで行く。やがて廊下の端へ来た。そこは厳重な板壁である。万兵衛の手がそれへ触れる。するとそこへポッカリと一つの真っ黒な口が開いた。中庭へ通う階段が闇の中から見えている。

四人の者は黙々とその階段を下りて行く。下り切った所で一休みした。それから中庭を突っ切って湖岸の方へ歩いて行く。星一つない闇夜である。行手の闇を仄(おぼめか)して灯火の光が見えて来た。

そこに一つの建物がある。地下室へ通じる大階段の最初の下り口を守護するために作り設けられた建物であったが、死骸を担いだ四人の者は粛々とそこへはいって行った。

大岩を畳んで築かれた幅三間の階段が無間地獄(むげん)の地の底眼掛け、螺旋形(らせんけい)に蜒(うね)っていたが、四人の者は一歩一歩それを下へ下へ下って行く。行くに従い様々の音が地の底から聞こえて来た。滑車の音、歯車の軋り、飛び違い馳せ違う調べ革(しらかわ)の唸り。……それらの音を蔽(おお)い包み、何んとも云われない豪壮の音が陰々鬱々と響いて来たが、これぞ恐らく水車へ注ぐ大瀑布の水音でもあろう。

四人の者は黙々と大階段を下りつづける。

第八回

一

十六年前の昔であった。すなわち天文十一年の夏、富士の裾野の峡間へ、一人の若侍がやって来た。

美しい容貌、上品な姿、大分窶れてはいたけれど、尚高朗たる面影があって、上流の家庭に生長ったところの、若殿であったことが想像された。

恋の悶えに耐えかねて、死場所を見付けに来たのであった。

恋の相手は嫂であった。

一見不倫の恋のようではあったが、事実はあながちそうではなかった。

若侍とその乙女とは、幼少時から恋仲であって、末は夫婦と当人達も思い、世間の人達もそう思っていた。しかるに若侍の実兄なる者が、理不尽にもそれを横取りした。

——ここに悲劇の第一歩がある。

乙女は温良な質だったので、すぐ運命に服従した。若侍の方も穏和な質で、且つ宗教的であり文学的であり、戦国の武士にあるまじいほどの、よい精神の持ち主だったので、これも運命に服従した。

で、乙女は良人のために貞節な妻としての本分を尽くし、また若侍は兄に対し忠実な弟としての義務を尽くし、無事に月日を送ろうとした。しかし、これは不自然を極わめた単なる一つの「空想」に過ぎない。

この畸形な三角関係が平和に続けられる筈がない。

恋すまいと思えば思うほどそれが二倍の力となって、若侍は嫂を恋した。嫂の方も同じである。

この息苦しい二人の恋は、すぐに兄に感付かれた。

兄が妻を虐待し、また弟を邪魔にしたことは、当然なことと云わなければならない。

そのうち、女は児を産んだ。もちろん良人の種である。

しかし良人から見る時は、どうもその子が疑わしい。弟の種のように思われる。

これは実に彼にとって、何物にも換え難い苦痛であった。——この苦痛は親としての万人に共通すべき苦痛である。

爾来彼は事ごとに妻と弟とを苦しめた。子供が次第に成長し、可愛くなれば可愛くなるほど、この苦痛は大きくなり、したがって二人を苦しめる度合が大きくならざるを得なかった。――これが悲劇の第二歩である。

こうして子供が可愛い盛りの六つの歳になった時、最後の悲劇がやって来た。兄弟決闘おうとしたのである。

こういう場合の通則として、道徳心の強い方が、大概決まって負けるものである。兄と闘うより死んだ方がいい。……こう思った若侍はフラリと家を出てしまった。

彼は富士山が好きであった。円満玲瓏たる君子の姿！　それが富岳の山容である。犬といえども鳥といえども、息を引き取ろうとする時には、必ず死場所を探すものである。

里府から裾野までは遠くはない。で、若侍は家を出ると、富士の裾野へ彷徨って行った。

さて、彼は裾野へ来ると、あちこち死場所を探し廻わった。

その時気紛れの夏の雨が、雷鳴と共に降って来た。今死ぬという間際にも、雨に濡れるということは決して嬉しいことではない。彼は雨を避けようとして、急いで四辺を見廻わした。

と、岩根の一所(ひとところ)に、人一人ようやくはいれるくらいの、小さい岩穴が開いていた。で、何んの考えもなく、あわただしくそこへ身を隠したが、これこそ彼の運命をして、別の方面へ転化さすべき、微妙な神の摂理であった。

まことに意外にもその岩穴は、決して見掛けほどに小さいものではなく、非常に奥が深かった。

ふと起こった好奇心からズンズン奥の方へはいって行った。

行くに従って岩穴は末広がりに次第に拡がり、左右の岩壁も天井も、もう躰へさわろうともしない。そうして実に不思議なことには、どこからか光が射して来ると見えて、仄々(ほのぼの)とした薄明(うすあかり)が蛍火のように蒼白く、窟内一杯に充ちている。

こうして今の時間にして一時間余も歩いた時、突然荒漠たる平原を、彼は眼前に見ることが出来た。

空は高く且つ暗く、星のない闇夜を想わせる。

四辺は広く際涯(さいがい)を見ず、ただ蒼々茫々と蒼白い光に照らされている。

この別天地の遥か彼方に銀箔のように輝いているのは湛(たた)えられた湖水であろう。

諸所に丘があり、川があり、奇岩怪石が横仆わり、苔が一面に生えている。寂然として人気なく、人家もなければ鶏犬もいない。——広大無辺の死の国である。しかし冷静に云う時は、一個巨大な洞窟に過ぎない。すなわち、富士の底の岩根を数里に渡って刳り抜いたところの、天工自然の洞窟なのである。

二

　それにしても広大なこの洞窟を、月夜よりも明るく黄昏よりも鈍く、蒼々と照らしているこの光は、いったいどこから来るのであろう？　それはどこから来るのではない。洞窟内に住んでいる幾億万匹とも計り知られぬ、夜光虫の発する光なのである。

　驚きに打たれた若侍は、しばらくは茫然と立っていたが、やがてあたかも夢遊病者のように「洞窟の国」を彷徨い出した。と、巨巌の前へ出た。何気なく見ると鉄の扉が、巌の一所に箝められてある。

　手を延ばして触って見た。

　永い間の年月に、堅固な錠前も腐蝕ったものと見え、手に連れて扉が開いた。扉の向こうに龕がある。龕の中に人がいる。頭巾を冠り行衣を着、一本歯の鉄下駄を穿き、片手に錫杖を握ったところの、それは気高い老人であったが、しかし活きてはいなかった。他ならぬ人間の木乃伊であった。

膝の辺に堆く無数の経文が積まれている。

一番上に置かれてある一巻の経文を手に取ると若侍は無意識に開けた。

「壇上有金色孔雀王、其上有白色蓮花」と、開巻第一に記されてあったが、それは真言孔雀経であった。

「不思議な人物、何者であろう！」

こう若侍は呟きながら、尚龕の中を窺った。

その時計らず眼についたのは、岩壁に刻まれた文字である。

我ハ是役ノ優婆塞、

肉身此処ニ埋ムト雖、

霊魂宇宙ニ遍在スベシ、

千年ノ後見出サン者、

則チ我教法ノ使徒、

文字は鮮かにこう読まれた。

「ああそれではこのお方は役ノ小角であったのか。文武天皇大宝元年に、漢土へ渡ったと記されてあるが、それではその後この地へ帰り、ここで入定されたものと見える」

こう思って来て若侍は、意外の感に打たれたが、それと同時に敬虔の念が、油然と心に湧くのを覚えた。

「千年の後見出さん者、すなわち我教法の使徒と、こうここに刻まれてあるが、既に千年は経っている。そうして見出したはこの俺だ。では自分は予言されたる教法の使徒ではあるまいか？」

さらにこのように考えて来て彼は愕然と驚いた。で彼は叫んだものである。

「死ぬのは止めだ！　使徒になろう！」

恋に破れた若侍が、翻然心を宗教に向け、人間の力の能う限りの難行苦行に身を委ねてから、五年の歳月が飛び去った。

その時、多くの世人から、光明優婆塞と名を呼ばれた、神彩奕々たる大行者が、富士の裾野から世に下った。
「懺悔」「忍従」「肉身刑罰」三つの教理を提げて、布教の旅に向かったのである。

こうして五年のその間に、日本全国津々浦々を、光明優婆塞は巡錫した。そうして五年目の秋が来て、富士の裾野へ立ち帰った時、信徒一千と註されたところの富士教団が建設された。

そうしてさらに六年の月日が、倏忽として過ぎ去った時、土屋庄三郎昌春が、この教団へ紛れ込んだのである。

富士教団神秘境は、「洞窟の内」と「洞窟の外」と、この二つに別れていた。「洞窟の内」は神域であり「洞窟の外」は人界である。

人界の中心は「丘」であった。

「丘」は高さ六十間周囲半里と註されていたが、事実はそれよりも小さかった。「丘」は一名「聖壇」とも呼ばれ、幾棟かの神殿で飾られていた。「聖壇」は元岩山であった。その岩山の頂きを非常な努力で平地とし、そこへ神殿を建てたものであって、今も尚周囲は岩畳みであった。自然と人工との合一したもの、それがこの「聖壇」なのである。その「聖壇」の中央に壮麗を極めた建物があったが、内に安置された本尊は孔雀明王だということである。しかし内陣は薄暗く、それに不断に香の煙りが立って、あらゆる物象を遮っているので、拝することは出来なかった。ただわずかに見えるものと云えば、真鍮色の器具調度と、祭壇に敷かれた錦の布と、絶えずあちこち動き廻わっている数人の巫女の姿ぐらいであった。この建物の左手に、一基の石像が立っていた。台石の高さ一丈に余り、その上に立っている像の大きさは四丈を遥かに凌いでいる。役ノ行者のお姿である。頭巾を冠り行衣を着、高足駄を穿き錫杖を突き、その足下に前鬼後鬼の二人の山神を跪かせている。しかるに多くの信者達は、この立派な石像を目して「役ノ行者ではあるけれど、同時に光明優婆塞でもある」と、こう挙って云うのであった。

三

それと云うのも石像の顔が、光明優婆塞と酷似だからである。実際それを行者と云うには、余りにその顔は悲しそうであった。役ノ行者は意志の権化、また超人間の象徴として、勇猛降魔の相好を、備えていなければならなかった。しかるにここにある石像の顔には、そういうものの影さえもない。あるものと云えば悲哀である。また傷しい懺悔がである。多くの信者達は、役ノ行者と光明優婆塞との、その二人の具象化として、この石像を尊んだ。

僧侶達の宿房は、この石像の西南にあった。護摩壇、垢離場、懺悔の部屋、小さい無数の礼拝所、数限りない石祠等、広い境内の到る所に、隙間もなく建てられてある。

この神々しい「聖壇」を囲み、四方八方に延びているのが、信者達の住む市街であった。

家数にして五百軒、甍を並べ軒を連ね、規矩整然と立ち並んだ態は、普通の町と異りがない。

ただいかにも平和であった。

争う声、喚く声、そういう声を聞こうとしても、この町では聞くことが出来ない。

一通の大道が町を貫き「聖壇」の下まで通じていたが、そこを歩いている牛馬の類、犬や鶏さえ穏しやかである。道に添って川が流れ、川岸には夏草が花咲いている。

仏像を売る家、香華を商う店、様々の商店が並んでいたが、けばけばしい色彩は見られない。

往来には人々が歩いていた。家々には人々が充ち充ちていた。しかも寂然と静かである。

とは云えここには千余の人が住み且つ活きているのである。恋も結婚も嫉妬も競争も、全然ないとは云われない。ただこの町ではそれらのものが、上品に淑かに行われるのである。

二刻ごとに梵鐘が「聖壇」の鐘楼から聞こえて来た。その時人々は合掌する。

町の外れの野や丘に、沢山の天幕が立っていた。最近この地へやって来て、まだ家のない人々が、臨時に住んでいる住居である。

その一つの天幕に土屋庄三郎は住んでいた。

父母と叔父とを探がそうとして、甲府を抜け出した庄三郎が、その叔父や父母を忘れたかのように、ここにこうして生活していることは、一見矛盾のように思われるけれど、その実決してそうではなかった。

彼はやはり父母や叔父を探がし求めているのであった。

しかし彼にはこの教団が酷く心に適っていた。第一信者達が親切である。第二に教団のあらゆる物が神秘的で面白い。第三に彼にはここの教主の、光明という優婆塞が、他人のように思われない。

彼は教団が好きであった。

で彼は思いながらも、未だに教団を出ようとはせず、一日一日と日を送った。

しかし平和な教団にも、ある恐ろしい敵があって、絶えず教団の人々を、脅かしているということを、庄三郎が知った時、その心は動揺した。

その日彼は天幕の中で、ぼんやり物思いに耽けっていた。するとにわかに町の方から人々の叫び声が聞こえて来た。

驚いて天幕から飛び出して見ると、いつもは静かな往来が、右往左往に走り廻わる人で、火事場のように混雑している。

「これは不思議だ」と呟きながら、庄三郎は小走って行った。町へ行って見て驚いたことには、女子供の姿が見えない。家々の戸が鎖ざされている。そうして屈強な若者ばかりが、手に手に弓矢をひっ掴み、籠手や脛当で身を鎧い、往来を縦横に駆け廻わりながら、顔を空の方へ振り向け振り向け、こう口々に叫んでいる。

「来たぞ来たぞ血吸鬼どもが！　仮面（めん）の城主の手下どもが！」

「女子どもに気をつけろ！　早く早く家の中へ隠せ！　来たぞ来たぞ血吸鬼どもが！真鍮の城の眷族（けんぞく）どもが！」

そうして一斉に弓を引き、ヒューッヒューッと矢を飛ばせる。

四

いよいよ驚いた庄三郎は、空の方を眺めて見た。と、真相が始めて解った。

空には富士山が聳（そび）えている。その山骨の一所（ひとところ）に騎馬武者が無数に蠢（うごめ）いている。そうしてそこから矢が飛んで来る。

それはどこかの侵入軍らしい。

彼らは次第に近寄って来た。近寄るままによく見ると、血紅色の陣羽織を、いずれも揃って纏っている。

「おお血染めの経帷子（きょうかたびら）だな？」

思わず庄三郎が叫んだとたん、どっと鬨（とき）の声が湧き起こった。

市街を目掛けて山上から、侵入軍が下りて来たのである。

遠く離れての矢合せから、白兵戦に変ったのである。喚き声、罵り声、悲鳴、呻吟、剣と剣と触れ合う音、太刀と太刀と切り結ぶ音、ワッワッと云う大叫喊が、瞬時に町を引っ包んだ。

侵入軍の総勢は、二百人余と思われたが、いずれも甲冑に身を固め、駿足の馬に跨がっているので、その勢いの猛々しさは、教団の人々の比ではない。それに彼らはいつの場合にもきっと二人ずつ伍を組んでいた。二人で一人を攻めるのである。そうして彼らの戦術は、相手の者を討ち取るよりも、捉らえようとするにあるらしかった。

今、二騎の侵入兵が、その駻馬を躍らせて、颯とばかりに飛び込んで来たが、逃げ惑う一人の若い信徒を、両馬の間へ追い詰めると、馬上ながら手を延ばし、あッと云う間に引っ攫った。信徒は恐怖に麻痺れながら、尚遁がれようと踠いたものの、それはほんの一瞬で、見る見るうちにグッタリとなった。完全に捕虜とされたのである。

五人、十人、二十人と、見ている間に信徒達は、侵入軍の餌食となった。そうして漸次信徒達は、小路小路へ追い詰められた。

今、二十騎の侵入軍が、その紅巾を波立たせながら、一つの小路へ駆け込んで行った。と、怒号悲鳴が起こり、続いて凄じい剣戟の音が、耳を突裂いて鳴り渡ったが、再び蹄の音がして、さっきの二十騎の紅巾の群が、小路の口から現われ出た時には、十人の捕虜を提げていた。

真昼の太陽が燃えている。青嵐が吹き靡いている。富士を始め山々は、教団を巡って穏かに聳え、自然には何んの変化もない。

それだのに下界では無数の人が、殺し合い奪い合い犇めき合っている。雲のように立ち上る砂塵、踏みにじられた川岸の花、死にかかっている馬や牛、ここにある物は何も彼も、一切無惨しく破壊されてある。

「平和の楽土ではなかったのだ。ここもやはり浮世だったのだ」

逃げ迷う人波に揉まれ揉まれいつとも知らず庄三郎は「聖壇」の下まで来てしまったが、心の中でこう呟いた。

「いつの時代であれ、どんな土地であれ、呼吸のある人間の住んでいる限りは、戦いというものは避けられないのであろう。……戦い！　……流血！　それから死だ。そうだ人間はいつ死ぬか知れない！」

こう思って来て庄三郎は、今さら自分が迂闊であったことに、思い当たらざるを得なかった。

「出よう出ようここを出よう。自分には目的があった筈だ。父母や叔父を探がさなければならない」

しかし出ることは出来なかった。

人波が彼を溺らせる。侵入軍が襲い掛かる。どこかで家が焼けていると見えて、濃い煙りが渦巻いて来る。

庄三郎は人波に押され、いつか「聖壇」の上へ来た。既にここにも数百人の、避難して来た信徒がいる。彼らは口々に叫んでいる。

「孔雀明王！　孔雀明王！」

「助け給え！　助け給え！」

それは凄惨な祈禱であった。こういう場合にも神を信じる、信徒独特の祈りであった。

祈りの声は一団となり、丘から町の方へ響いて行く。その町では今も尚、人間狩りが行われている。

しかし、やがて、陣鉦の音が、富士の山骨から鳴り渡り、それがすっかり止んだ時、人間狩りも終りを告げた。

侵入軍が引き上げたのである。

平和が教団へ帰って来た。信徒達は嬉々として、破壊された跡を修理した。悪魔の破壊は一時であるが、神の修理は永遠である。こう互いに慰め合いながら、各自の奉仕に勤しむのであった——教団を出ようと決心した庄三郎の心持ちが、この信徒達の態度を見ると、また変らざるを得なかった。

五

夜は森然と更けていた。星が空に輝いていた。しかし月はまだ出ない。

この時、一つの人影が石像の前へ現われた。

それは有髪の僧であった。身に行衣を纏っている。手に数珠を持っている。しかし足は跣足である。

有髪の僧は石像の前で静かに地上へひれ伏したが、何やら熱心に祈り出した。咽ぶような声である。

この時「聖壇」の麓から一人の若者がやって来た。長い石の階段を、一つ一つ軽く踏み、やがてすっかり登り切ると、石像の方へ寄って行った。

祈っている有髪の僧を見ると、ふと若者は足を止めた。あまりに熱心な祈り方に、どうやら心を引かれたらしい。

「……私は弱者でございます。憐れな愚者でございます。……どうぞどうぞこの私をあなたの偉大な霊の力で、強い人間にお変えください。利口な人間にお変えください。……そうしてどうぞ私の胸から、醜い淫な慾望を、どうぞお取り捨てくださいますよう……未だに私は迷っております。未だに私は焦れております。……邪悪な恋！　為すべからざる恋！　それに私は迷っております。……どうぞお救いくださいまし」

有髪の僧の祈りの中から、こういう言葉が聞き取れた。

若者はじっと聞き入っている。

夜は暗く、四辺は静かに、二人の以外には人気もない。

永い熱心な祈りを終えると、有髪の僧は立ち上がった。その時はじめて彼の側に人のいるのに気が付いたらしい。しかし驚いた様子もなく、「ご免ください」と挨拶をすると、下り口の方へ歩いて行った。

と、若者が呼び止めた。「どうぞしばらくお待ちください」

「はい、ご用でございますかな」

「この教団のお方と見て、お願いしたいことがございます」

「私の力で出来ますことなら、何んなとご用に立ちましょう」有髪の僧は引き返した。

「何んでもないことでございます。ご親切さえございましたら、すぐにも出来ることでございます。……どうぞ私をこの土地から出して戴きたいのでございます」

するとその僧は押し黙り、若者の様子を見守ったが、

「易（やす）いことでございます。すぐにお立ちなさりませ」

「しかし出ることが出来ません」

「道はある筈でございます」

「しかし私には出られません」

「関門には番人はおりません」

「でも私には出られません」

「不思議なことでございますな」僧は小首を傾（かし）げたが、

「それではいったい何物が、あなたを止めているのでしょう？」

「はい、教団でございます。何んと申したらよろしいやら、この教団の持っている神秘崇厳なある力が、私を捉らえて放しません」

「なるほど」と僧はそれを聞くと、ようやく解ったと云うように、

「ではお止(とど)まりなさりませ」

「私には目的がございます。とげねばならぬ目的が。……そうしてそれをとげるには、ここを出なければなりません」

「では、お出掛けなさりませ」

「私を捉らえて放そうとしない、神秘の力をどうしましょう」

有髪の僧は返辞をしない。

「私には不思議でございます。私には訳が解りません。この神秘、この崇厳、何から来るのでございましょう？　物々しい無数の殿堂、それから来るのでございましょうか？『洞窟の内』の幻怪な風景、それから来るのでございましょうか」

しかし僧は返辞をしない。

「私はここへ参ろうと思って、参ったものではございません。偶然来たものでございま

す。思わず道に踏み迷い、紛れ込んだものでございます」

「縁あればこそ参られたのです。ここでお暮らしなさりませ」

僧は始めて厳然と云った。

しかし若者は後へ引かない。

「ここで暮らすことは出来ません。どうしても出なければなりません。……ただ、私は出る前に、確かめたいのでございます」

「何をお確かめになりたいな？」

「はい、神秘の源泉を」

「神秘の源泉？　それは懺悔だ！」

僧はまたもや厳然と云った。訓すような声である。

第九回

一

生物を殺すということは罪の中の罪である。魚や鳥は云うまでもなく草木にも生命はある。しかるにあらゆる人間はこの世に産まれ出たその時から、これらの生命を奪っている。まず着せられる産衣なるものが、もしもそれが木綿なら、その原料は綿でなければならない。綿は綿の木の花である。花は生命を持っている。でその生命を殺すことによって木綿なる物は造られる。

もしまた産衣が絹布であるなら、絹布の原料は絹糸であり、絹糸の基は蚕である。すなわち蚕を殺すことによって絹糸や絹布は造られる。

嬰児が成長して子供となるや穀物や魚鳥を常食する。これらの物には生命がある。これらの生命を断たなければ一日といえども活きることは出来ない。人間が活きるということは、他の物の生命を取ることである。

少年と成って散歩をする。と、その一足一足の下に、幾十という小さい虫、幾百という細い草が、その生命を奪われる。踏み躪られて殺されるのである。尚彼らは川狩りをして沢山の魚の生命を取る。野に遊んでは蛇を殺し山を歩いては蟬を殺す。そうして彼らは大人となる。すると戦いをして人を殺す。また喧嘩をして人を殺す。人間同志殺し合うのである。

産まれた時から死ぬ時まで、無自覚的にしろ自覚的にしろ、とにかく一人の人間が他の生命を奪う数は夥しいものと云わなければならない。

ところで生命とはどんなものだろう？

成就に向かって流転するもの、これすなわち生命である。

そうして生命は「個」を足場とする。一人の人、一匹の獣、一尾の魚、一本の木、一茎の草、一個の虫……これらの物を足場とする。非情の如くに思われる山や川や石や土や日月星辰風雨霜雪といえども、実は皆生命を持っている。すなわち宇宙の森羅万象は一切生命を持っている。さらにこれを換言すれば宇宙は「生命の本態」であり、森羅万象はその表現である。「個」の生命は「生命の本態」に通じ、「生命の本態」は「個」の生命に通ずる。だから二にして一でありまた一にして二であると云える。したがって一人の人間が、罪を犯すということは、「個」の生命を穢すばかりでなく、「生命の本態」を穢すことになる。すなわち二重の罪なのである。

仮りに「生命の本態」を「大なる生命」と命名し、「個」の生命をそれと反対に「小なる生命」と名付ける事とし、さて「大なる生命」なるものは成就に向かって未来永劫流転に流転を重ねながら、不断に進歩発達すればまた、「小なる生命」なるものも、各自自由に進歩発達し、「大なる生命」に影響を与え、もって成就を促進せしめる。では成就はいつとげられるか？　それは永遠に不可能とも云え、また即座にとげられるとも云える。「小なる生命」が正しく活き、一切の罪から遁がれられたなら即座に成就はとげられるのであろう。しかしそれは不可能である。何故と云うに「小なる生命」は不断に罪を犯しているからで、例えば人間は産れ出た時から他の物の生命を奪っている。では人間は永遠に渡って罪から遁がれることは出来ないだろうか？　そうだ罪からは遁がれられない。しかし多少でもその罪を洗い清めることは出来る。……

「他でもない懺悔です」

有髪の僧はこう云って、庄三郎を凝視した。遅い月はまだ昇らず、「聖壇」は仄々と暗かった。微風が四辺を吹いていた。月の出の前の微風である。凋れた花の甘い匂いや仏に捧げた香の香りが、微風に紛れて匂って来た。どこかで小鳥の声がした。木立の茂りに包まれて今まで円に睡っていたのが、にわかの人声に驚いて夢を破ったに違いない。耳を澄ますとどこからともなく読経の声が聞こえて来た。岩の峡や木の下や茨や藪の中などで、苦行している人々の熱心籠もった唱名でもあろう。見れば深夜の闇を破って諸所に火の光りが輝いていた。それは「聖壇」の到る所に安置されてある諸仏達に、捧げ申した灯火で、微風に煽られて延び縮みした。

秋の夜空は黒く冴え、星が無数に蒔かれていた。その夜空をクッキリと割って巨人一人が立っていた。すなわち役ノ優婆塞の像で、顔も姿も解らなかったが、なお崇厳の輪郭だけは、見る人の心を敬虔に導き、且つ菩提心を起こさせるに足りた。

「聖壇」の麓、眼の下には、教団信徒の家々が黒く固まって立っていた。人声も聞こえず灯火も洩れず、睡眠と平和があるばかりであった。「聖壇」と人家、これらの物を、保護するように聳えているのは一万二千尺の富士であったが、今はその富士も眠っていた。眠っていよいよ尊げに見え、夜の帳（とばり）に引き包まれて益々美しいその姿は「聖壇」から真正面にあった。富士の胎内の神秘境！　恐らくそれも眠っていよう。

眠れ眠れと云うように、優しい夜風は尚吹いていた。しかし小鳥は啼き止んだ。巣籠もり眠ったに相違ない。

二

有髪の僧の物語りは庄三郎には驚異であった。「人間は産れながら罪人である」「大なる生命」「小なる生命」実にこれらの説明は、彼には全く初耳であった。もちろん彼にはこれらの意味を全部（すっかり）解する事は出来なかった。七分通り不可解であった。しかしそれにもかかわらず彼には僧の物語りが真理であるように思われた。深淵限りない大真理！　だからすぐには解らないのだと、こんなようにさえ思われた。

それに彼には有髪の僧の物語り振りが好もしかった。俗人に対するとおおかたの僧は、多くは高飛車に物を云う。しかるにこの僧はそうではなかった。謙遜に静かに物を云った。それは教えるという風ではなく、談話（はなし）するという風であった。亢奮（こうふん）もせず語気も強めず、淡々として水のようであった。しかしそれでいて逼って来る力は何んとも云えず強かった。ほとんど無駄事は云わなかった。精粋ばかりで物を云った。ちょうどさまざまの騒音の中から一筋清涼たる笛の音が律呂正しく聞こえるようであった。で、黙って聞いていると、物悲しくさえ思われた。

「この人は常人ではなさそうだ」

庄三郎は聞いているうちに、尊敬の念に捉えられた。で、彼は恭しく訊いた。

「そして懺悔とおっしゃいますと？」

すると僧は説明した。

「懺悔とは自分の罪を認め、謝罪することでございます」

「誰に謝るのでございます」

「例えば自分より大きなものへ」

「それは誰なのでございます？」

「例えば自分より小さい物へ」

「それは誰なのでございます？」

「便宜上ここでは役ノ優婆塞へ、懺悔することになっております」

「そうして懺悔しましたなら、罪が清まるのでございますか?」

「そうです、ともかくも、多少なりと……」

それから僧は話し出した。

人間がこの世に活きている限りは、意識的なり無意識的なり、必然に罪を犯さなければならない。これは避け難いことである。ただし懺悔をすることによって意識的の罪だけは免がれる。これだけでも幸いである。では死んだらどうだろう? 死は決して消滅ではない。それは一時「小なる生命」が「大なる生命」へ帰することである。そうして実に「大なる生命」は成就すべく流転して行く。そうして流転の途次(とじ)において、二度三度否(いな)無限に「小なる生命」を産み育てる。死は単なる現象に過ぎない。死は罪を贖(あがな)うことは出来ない。……

「そこであなたにお訊(たず)ねします」有髪の僧は庄三郎へ云った。

「人間鳥獣山川草木と、この広大な宇宙の中に、こういう差別のあることを不思議に思われはしませんかな?」

「ハイ、不思議に存じます」庄三郎は素直に云った。

「生命の活動の多少によって、そういう差別が出来るのです」

「活動の多少とおっしゃいますと？」

「生命が多く活動する物、それが生物でございます。生命が少しく活動する物、それが無生物でございます。そうして人間は生物の中で、特に最も生命の活動が著しい物でございます。したがって罪を犯すことも一番多いのでございます」

有髪の僧の言葉には犯し難い自信がこもっていた。

「だから人間は何物にも増して、懺悔しなければなりません。茨を背中に背負うことによって、一本の足で歩くことによって、日輪を直視することによって、十歩行っては八歩かえり、二十歩歩いては十九歩かえる、こういう困難な歩き方によって、その他さまざまの苦行によって、自分の肉身へ刑罰を加え、それによって懺悔心を起こすことも、人間には必要でございます。……『真鍮の城の眷族ども』に迫害されるという事も、こういう意味から云う時は、肉身刑罰の一つとして甘受すべきものかもしれません」

次第に有髪の僧の声は、悲哀の調子を帯びて来た。咽ぶような声とも云え、訴えるような声とも云えた。しかしそのためその人が弱々しい人間とは見えなかった。あらゆる人間の罪悪を自分の一身に引き受けて、皆に代って泣くというような、むしろ雄々しい人物に見えた。

「いったいこの人は誰だろう？」またも庄三郎は心の中でこの疑問を繰り返した。

この時空の西の涯が橙色に色づいて来た。月が昇ろうとしているのであった。徐々に昇って来る月の光が、役ノ優婆塞の石像の顔を、薄蒼白く照らした時、庄三郎は仰いで見た。

「おや」

と彼は思わず云った。この教団の教主たる光明優婆塞の容貌によく似ていると云われている、この石像の容貌と、有髪の僧の容貌とが怪しいまでに似ていたからであった。

「ああそれではこの人は、光明優婆塞であるまいか」庄三郎は吃驚して、尚よく自分の前にいる有髪の僧を見ようとした。

三

と、その人は首を垂れ、階段の方へ歩き出した。肩の辺に月光が射し、長い陰影が地に落ちた。有髪の僧は階段を下の方へ下りて行った。世にも寂し気の姿であった。罪人のような姿であった。

月は教団の町々を薄蒼白く照らしていた。その町々を陰影のように光明優婆塞は彷徨(さまよ)って行った。

消魂(けたたまし)い嬰児(えいじ)の泣き声が一軒の家から洩れて来た。と、立ち止まった優婆塞は静かに窓の戸を指で叩いた。

「子供よ子供よ夢を見たか。夜は深い、泣き止んでおくれ」

呟くように囁いた。すると嬰児は泣き止んだ。

一軒の家から云い争う男女の声が聞こえて来た。とまた優婆塞は窓を叩いた。

「夫婦の者よ、云い争うな」

するとすぐに争いは止んだ。

町を出ると荒野であった。

光明優婆塞は走り出した。

それは走ると云うよりも舞うと云った方がいいようであった。月の光りに透きとおる白雲のような何物かが藪の上や灌木の上を非常な速さで舞って行くと、こう云った方がよいようであった。しかし決して妖術ではあるまい。永い年月繰り返された行者としての難行苦行が、彼の躰を軽いものとし、速走の骨法を自得させたのであろう。

富士の裾野の荒い野には露がしとどに降りていた。虫が草間で喞いていた。そうして秋草が花咲いていた。草を分け露を散らし、光明優婆塞はひた走った。直江蔵人の館のある鍵手ケ原も走り過ぎた。美貌な女の面作師月子の住んでいる人穴の前も風のように走り過ぎた。

やがて本栖の湖岸へ来た。

暁近い深い睡眠に未だ湖水は睡っていた。時々岸の蘆の間でバタバタと羽音を立てるのは寝惚けた鷭に違いない。風はぼうぼうと吹いていたが湖水の面は波も立たず、その一所に月を浮かべ、紫立って煙っていた。そうして例の濛気の壁が空に高く立ち上っていた。

その濛気の奥にこそ纐纈城はあるのである。

そうしてその城の一室にこそ仮面の城主はいるのである。

「兄上！」

と突然光明優婆塞は、湖水へ向かって呼びかけた。「まだあなたはこの私を憎んでいられるのでございますか。不幸なお方、不幸なお方！」

それは不思議な声であった。憎悪と憐愍とをこき雑ぜた——怒と悲との声であった。

そうしてその声は水を渡り、濛気の壁を貫いて、纐纈城まで届きそうな大きい高い声でもあった。しかし返辞は来なかった。木精(こだま)が返ったばかりであった。

「兄上、あなたは卑怯者です。いつも私の留守を目掛けて、掠奪においでなされます。教団には怨みはない筈です。信徒を憎むは不当です。それだのにあなたは信徒を殺し教団を破壊なされます。兄上、あなたは卑怯者です！」

　光明優婆塞は叫びつづけた。

「兄上、いやいや仮面の悪鬼！　悪病の持ち主、纐纈城主！　俺はお前を憎んでやる！　お前だけは許すことは出来ない！　咒咀(のろ)われておれ！　罰せられておれ！」

　次第にその声は弱って来た。

「しかし、しかし、おお兄上！　ごもっともにも存じます！　私に対するあなたの憎悪(にくしみ)、あのお方に対するあなたの憤怒(いかり)、ごもっともにも存じます！　その上あなたは天刑病です！　それに対する無限の怨恨(うらみ)、それが凝って人の世のあらゆる物を咒咀(じゅそ)なさる！　ごもっともにも存じます！　しかしそれは過ぎ去ったことです。もう取り返しがつきません。どうぞお忘れくださいまし。そうしてどうぞ私達と手を取り合ってくださいまし。そうして三人手を取ったまま解脱(げだつ)しようではございませんか。私達はみんな不幸です。私達はみんな弱者です。弱い者は弱い者同志、手を取り合わなければなりません」

彼の叫びは訴えとなり、やがて嘆願となり歔欷となった。

「あなたに云い分があるように私にも云い分はございます。私の恋人を取ったのはあなたが先でございます。しかしこれとて云ってかえらぬ昔のことでございます。昔のことを繰り返しさらに怨みを深めるのは私達の本意ではない筈です。昔犯したさまざまの罪を懺悔で清めるということが私達の勤めでございます。人生を懺悔で統一する！　これが急務でございます。……私はあなたに逢いたいのです。どうぞお逢いくださいまし。ああしかしあなたは私と逢おうとはなさいません。それで私はここへ来て、湖岸の草へ跪き、湖水へ向かって呼びかけるのです。あなたは遠くにおられます。私の声は届きますまい。とはいえ私の心持ちは通ずる筈でございます」

四

夜はまだ明けそうにも見えなかった。湖水からはなんの返辞もない。それは無慈悲に黙っていた。

光明優婆塞は合掌したまま草叢(くさむら)の上へ伏し転(まろ)んだ。

蒼い尾を曳いて星が飛んだ。

この時サラサラと草を分け、近寄る人の気勢(けはい)がした。

朦朧(もうろう)と月光に暉(かがや)かされながら一人の男が現れ出た。頭巾を戴(いただ)き十徳(じっとく)を着た、放心したような男であった。その男は静々と――獲物を狙う悪獣のように、光明優婆塞へ近寄った。

伏し転んでいる白衣の行者を、じっと上から見下ろした時夜目にも凄じく彼の眼の輝いたのが見て取れた。

「斬るかな、それとも突くとしようか」

刀の柄に手が掛かった。ブルッと彼は身顫(みぶる)いしたが、みるみる精気が全身に充ちた。

と刀が鞘(さや)走り、その切っ先から鍔際(つばぎわ)まであたかも氷の棒かのように、月の光に白み渡ったが、

「行者！」

と一声呼び掛けた。起き上がるところを一刀に首を斬ろうとしたのであった。

光明優婆塞は動かなかった。

「起きろ！」

とまたも声を掛けた。しかし優婆塞は起きなかった。

「エイ」と三度目の掛け声と共に颯(さつ)と切り下した太刀先が優婆塞の肩へ触れようとした時、忽然(こつぜん)宙で支えられた。

「不思議だな。俺には斬れない」


その時優婆塞は立ち上がった。

こうして兇暴な殺人鬼と、聖者とは顔を見合せた。静まり極わまった夜の高原、虫が無心に唄っている。二人の間を吹き通るのは、涼しい暁の風である。

と、優婆塞はおもむろに云った。

「お前は誰だ？　なんの用がある？」

「名前ぐらいは聞いていよう、俺は三合目陶器師(すえものし)だ」

「かねて噂は聞いている。ああお前が陶器師か」

「お前は誰だ？　名を宣(なの)れ」

「世間の人は私のことを、光明優婆塞と呼んでいる」

これを聞くと陶器師は思わず一足後ろへ引いた。そうしてつくづく相手を見たが、

「そうではあるまい。そんな筈はない！」

「何故な？」と優婆塞は微笑した。

「ひどく予想と異うからだ。……光明優婆塞ともあろうものが地に跪坐いて泣く訳がない」

「悲しければ誰でも泣く」

「光明優婆塞ならもっともっと勇士でなければならない筈だ」

「では私は勇士ではないのか？」

「光明優婆塞ならもっともっと風采雄偉であるべき筈だ」

「そう私は貧しげなのか？」

「お前は喪家の犬のようだ。お前は路傍の乞食のようだ」

「そうだ、それは中っている」

「聖者の威厳などどこにもない」

「なんの私が聖者であろう」

「お前は牢屋の囚人のようだ」

「そうとも私は罪人だ」

「大木の蔭の草のようだ。日の目を見ない人間のようだ」

「事実私はそうなのだ。大きな大きなある力にいつも私は押し付けられている」

「これまで逢った人間の中、お前のように憐れ気な者は、かつて他に一人もない」

「私はあらゆる人間の中で、一番憐れな人間なのだ」

「不思議だ！」

と突然陶器師は、躍り上がって絶叫した。

「そんなに憐れ気なお前だのに、そのお前を斬ることが出来ない！」

「何故だろうな？」と優婆塞は訊いた。

「何故だろう？　解らない！　ただ俺には斬れないのだ」

「何故だろうな？」とまた訊いた。

陶器師は答えない。

俄然刀を投げ出すと、彼はバッタリ地へ座った。

「今こそわかった！　光明優婆塞様！」

その手は合掌に組まれている。

「立て」と優婆塞は優しく云った。「大なる生命の存在を、認めることの出来た時、人は限りなく弱くなる。その弱さが極わまった時、そこに本当の強さが来る。私は聖者でもなんでもない。ただ弱さの極わまった者だ。……そこでお前に訊くことがある。何故お前は人を殺すな？」

「ハイ」と陶器師は弱々しく、「いたたまれないからでございます。必要からでございます」

「活きて行く上の必要からと、こうお前は云うのだな」

五

「ハイ、さようでございます。心の中に鬼がいて、それが私を唆(そそのか)して、人を殺させるのでございます」

「もし唆しに応じなかったら？」

「あべこべに私が殺されます。ハイその心の鬼のために食い殺されるのでございます。

自滅するのでございます」

「しかし、たとえ、人を殺しても、お前の心は休まらない筈だ」

「ただ、血を見た瞬間だけは……」

「心の休まることもあろう。しかしすぐに二倍となって、不安がお前を襲う筈だ」

「で、また人を殺します」

「するとすぐ四倍となって、不安がお前を襲う筈だ」

「で、また餌食を猟ります」

「血は復讐する永世輪廻！」

「で、また餌食を猟ります！　で、また餌食を猟ります！　で、また餌食を猟ります！　で、また餌食を……で、また餌食を……地獄だ地獄だ！　血の池地獄！」

「無間(むげん)地獄！　浮かぶ期(ご)あるまい！」

「お助けくだされ！　お助けくだされ！」

「恐ろしいと思うか。恐ろしいと思うか？」

「恐ろしゅうございます！　ああ恐ろしい！」

「懺悔だ！」

と優婆塞は憐れむように云った。

「この他には道はない」

「懺悔？」

と陶器師は繰り返した。それからいつまでも黙っていた。

星は次第に光りを失い、天末がやや仄白くなった。しかし秋の夜はまだ明けない。虫が降るように鳴いている。咲き乱れている野花の香が、野一杯に充ちている。富士は背後に聳えている。本栖湖は前に拡がっている。二つながら黒々と夜の帳に包まれている。

ク、ク、クという笑い声が、急に陶器師の口から洩れた。と彼は立ち上がった。まず刀を鞘に納めると、嘲けるように云い出した。

「懺悔！　なるほどな、いい言葉だ。第一ひどく響きがいい。ザンゲ！　ふふん、いい発音だ。そうさ、俺もある時代には、真面目に考えたこともあった。その素晴らしい言葉についてな。ところでその結果何を得たか？　こいつを思うと可笑しくなる。その結果なんにも得なかったのだ。懺悔！　途方もねえいい言葉さ。もっとも中身は空虚だが。そこがまた恐ろしくいいところだ。で、折角大事にして、ちょくちょく小出しに使うがいい。しかし俺には用はねえ。そんな物は邪魔っけだ。……ふふん、これでお前の値打ちもおおかた俺には解って来た。なんのお前が聖者なものか。人を説くとは片腹痛い。まして俺のような人間をな！　俺に進めた奴があった。おいでなさいまし富士教団へとな。月子という面作師だ。俺も心を動かしたものさ。そこへ行ったら俺のような者でも解脱往生が出来るかとな。アッハハハ、馬鹿な話だ。懺悔しろとは餓鬼扱いな！　これ売僧、よく聞くがいい。懺悔は汝の専売ではない。ありとあらゆる悪人は皆傷しい懺悔者なのだ。懺悔しながら悪事をする。悪事をしながら懺悔をする。懺悔と悪事の不離不即、これが彼らの心持ちだ。同時に俺の心持ちだ。懺悔の重さに耐えかねてのたうち廻わっている心持ちが、汝のような偽善者に易々解って堪まるものか。俺はお前と反対なのだ。心の中に巣食っているこの重苦しい懺悔心を、根こそぎ取り去ろうと願っているのだ。俺は徹底したいのだ。悪に踏み入ったこの俺は悪に徹底したいのだ。それを邪魔するのが懺悔心だ。どうやらお前は懺悔によって徹底しようとしているらしい。折角徹底するがいい。勉強しろよ、実行しろ、そうして決して人を説くな！　ああしかし考えて見れば何が悪で何が善だろう？　いやいや悪も善もない。ただわずかに定義されるのは、苦痛は悪で快楽は善だ。生活の流れを遮るもの、これが悪でその反対が善だ。しかしそれとてあやふやなものだ……では、それでは、どうしたらいいのだ！　何を目安に進んで行こう？　目安なんかあるものか！　行ってくれ行ってくれ光明優婆塞殿！　ク、ク、ク、ク、聖者殿！　俺は眠い、寝なければならない。行け！　弱々しい行者殿！　今こそ俺はお前が斬れる！　斬られないうちに逃げるがいい！　行者殿お行きやれさ！　アッハハハ、どれ一眠り」

肘を敷くとゴロリと寝た。

と丈なす萱草が左右からすぐに蔽いかかった。溜っていた葉末の白露が一度にパラパラと降りかかり白茶けた空の月と星が、上から彼を覗き込んだ。

造顔術師月子のために磨きを掛けられた彼の顔は、世にも美しいものであった。しかしそれだけその顔は世にも不気味のものでもあった。人工的の「美」なるものが、いかに美しいかということと、いかに醜いかということが、その顔を見ればばうなずかれる。

彼は昏々と眠りに入った。

六

光明優婆塞は立ち縮んでいた。

自分の力のいかに弱いかを、彼は如実に経験した。こういう悪人に対しては、全く無力と云わざるを得ない。彼の顔は悲しそうであった。打ち拉がれた犬のように、彼の躰は顫えていた。

時あって提婆は釈迦よりも偉大に見えることがある。時あってユダはキリストよりも偉大に見えることがある。

今がそういう時であった。

眠っている陶器師がどんなに大きく、そうして顫えている光明優婆塞が、どんなに小さく見えることだろう。

やがて優婆塞は歩き出した。

首を垂れ、腕を組み、裾野の草を分けながら、彼はどこともなく歩いて行った。

「不足だ」

と彼は咳いた。

「俺の思想に間違いはない。俺の考えは崩れはしない。しかし力は不足している。思想が直に力と成って、いかなる者をも折伏する、そこまで行かなければ本当とは云えない」

彼は曠野を彷徨って行った。

「俺は教団へは帰るまい」

悲しそうに呟いた。「俺はもっと苦行しよう。当分決して人を説くまい」

白衣姿の優婆塞は、さも遅々として歩いて行った。丘を上り、谷を下り、林の中へ分け入った。

この夜、纐纈城内では、仮面の城主、悪病の持ち主が、いつもの部屋でいつものように、一人牀几に腰掛けていた。

部屋では香炉が燃えていた。露台の扉も開いていた。これはいつもと変りはない。その開いている扉の隙から月の光りが射し込んでいた。

「誰か俺を呼んでいるようだ」

ふと彼は呟いた。

しかし誰も呼んではいない。人声などは聞こえない。

「確かに俺を呼んでいる」

そうだ誰も呼んではいない。が、それにもかかわらず彼には何か聞こえるらしい。

「誰だ！」

と彼は怒鳴るように云った。もちろんどこからも返辞がない。

「そうだ、今夜には限らない。これまで時々湖水の岸から俺を呼ぶような声がする。それを聞くと不思議なことには、俺の心が滅入って来る。何故だろう？　解らない！　それにここと湖水とはかなり距離が離れている。声の聞こえる筈がない。錯覚かな？　それに相違ない。……ああ今夜も気が滅入る。誰か俺を呼んでいる」

その時、戸を叩く音がした。

「はいれ」

と彼は物憂（ものう）そうに云った。

廊下に向いた部屋の戸が外から音もなくス——と開いて一人の男が現れた。

「うん、お前か、万兵衛か」

「ハイ、私でございます」

首斬り役の万兵衛は敷居の内側で一礼した。

「何か用か？　早く云え」

「染料三行李臨時をもって、地下へおろしましてございます」

「ふん、なんだ、そんな事か」

「で、お許しを受けまして、絞りに掛けたいと存じます」

「今夜は俺は不機嫌なのだ。――もっともいつも不機嫌なのだがとりわけ今夜は気が滅入ってならない。心ない奴だ、馬鹿な奴め、もっと面白い話を持って、部屋の戸を叩くがいい」

「……は、お許しを受けまして……」

「いつ俺が許さないと云った。勝手に絞りへ掛けるがいい」

「かしこまりましてございます」

万兵衛は部屋を出ようとした。

「待て！　たわけ、名簿はどこだ」

「は、これにございます」

万兵衛はオズオズ進み出ると、手に持っていた帳面を恭しく差し出した。

「うん、よしよし三人だな」

「ハイ、さようでございます」

「……一番部屋係り京二郎。二番部屋係り咲二郎。何んだこれは、臣下どもではないか」

「殺されましてございます」

「ふん、誰に殺されたのだ？」

「大事な賓客がお一人に」

「それはいったい何者だ？」

「そこに記してございます」

「ふん、そうか、こいつだな。高坂甚太郎、十四歳。なんだまだ子供ではないか」

「恐ろしい子供でございます」

「恐ろしい子供？　身分はなんだ？」

「ハイ、鳥刺でございます」

「鳥刺風情が恐ろしいのか」

「槍の名人でございます」

七

それを聞くと仮面の城主は、勃然（ぼつぜん）怒りの身振るいをしたが、

「この城内の賓客へは一切武器を持たせぬが掟だ。そいつに誰が槍を持たせた！」

「いえ、黐棹（もちざお）でございます」

「ナニ黐棹？　それが槍か？」

「ハイ、さようでございます。黐棹槍の高坂流、こう申しておりまする」

「それで二人を突き殺したのか」

「二人ながら咽喉（のど）を突かれ殺されましてございます」

「さては素晴らしい手練（てだれ）と見える」仮面の城主は眼をひそめた。

「で、根からの鳥刺かな」

「いえ、本来は甲斐の国、武田の家臣だと申しますことで」

「ははあなるほど、侍だな。……ふうん、甲州武田家の家臣……そうして姓は高坂だ

な？」

城主はじっと考え込んだ。

「で、お許しを受けまして、絞りに掛けたいと存じます」

しかし城主は返辞をしない。万兵衛は不思議そうに口を噤んだ。

「その立派な武田の家臣が、何故鳥刺になどなったのだろう？」呟くように云ったものである。

「ハイ、人を尋ねるためだと、このように申しておりましたそうで」

「ははあなるほど、そうであったか。……とまれ武田家で高坂と云えば、尋常ならぬ家柄だ。そうして俺には由縁のある名だ。……武田の家臣、高坂甚太郎。……武田……高坂……由縁のある名だ。……昔のことを思い出す。……忘れ去られた笛の音が、ゆくりなく聞こえて来るように。……蝮に噛まれた古傷が、うずき出したような思いもする。……憎くもあれば懐かしくもある。……で、誰を探がしていると云ったな？」

「ハイ、その者の従兄にあたる、土屋庄三郎と申す者を、尋ねるそうにございます」

「ナニ、土屋庄三郎!?　おお確かにそう云ったのだな？」

城主は牀几から立ち上がった。卓へ突いた両の手が、細かく細かく戦慄した。その手がそろそろと持ち上がり、頭上へ高く上がったかと思うと、眼に見えない恐ろしい物でも、払い退けるように打ち振った。

「悪い名だ！　悪い名を聞いた！」その声は凄く甲高く呪うような声であった。「おお、おお、土屋庄三郎！　我が子よ！　いやいやあいつの子だ！」

彼はヨロヨロと歩き出した。


「万兵衛！　確かに、そう云ったのだな？」

「申されました。ご城主様」

「土屋庄三郎と、こう云ったのだな？」

「ハイ、ご城主様、そう申されました」

「土屋庄三郎を探がしているとな？」

「ハイ、その通りでございます」

「その庄三郎はどこにいる！」

「なんで私が……ご城主様！」

「この城内にはおるまいな？」

「いると思ってその鳥刺は、尋ね参ったそうでございます」

「ではおるのか？　この城内に？」

「いえ、いえ、おいでではございません」

「よもやおるまいな？　賓客の内に？」

「ハイ、保証いたします」

「悪い名だ！　悪い名を聞いた！　懐かしい名だ！　懐かしい名を聞いた！　土屋庄三郎、庄三郎！　あの女の産んだ子だ。そうだこれだけは間違いない！　だが俺の子か、あいつの子か、この秘密さえ確かめられたら。……憎いは女！　俺の妻だ！　憎いは姦夫！　肉親の弟！　おおそれさえ確かめられないとは！」

「で、お許しを受けまして、絞りに掛けたいと存じます」

「万兵衛！」

と城主はツカツカ進み、

「行って鄭重（ていちょう）に介抱せい！　その高坂甚太郎を！」

「は、それでは絞りへは？」

「指一本触れさせたが最後、汝（おのれ）活かしてはおくまいぞ」

「お助けなさるのでございますか?」

「俺にとっては妻と弟の子だ!　昔あった俺の妻のな」

戸が音もなく閉ざされた。廊下を地下室へ走って行く消魂しい万兵衛の足音が、ちょっとの間部屋へ響いて来たが、それが次第に遠ざかり、やがてすっかり消えた時には、部屋の中には城主の歩く重々しい足の音ばかりが、寂しい反響を立てていた。

明け近い月の白茶けた光りが、戸の隙から射していた。そうして遥かの湖水の岸から、彼に向かって呼びかける声が、尚遠々しく聞こえて来た。

「兄上よ、兄上よ」と。……

「兄上よ、兄上よ」と。……

第十回

一

「申し上げます」

と云いながら、近習の犬丸は手をつかえた。

「うん何んだ！　何か用か？」

「は、ご来客でございます」

「ナニ来客？　何者だ？」

「みすぼらしい老人でございます」

「そんな者には用はない。追っ払ってしまえ、追っ払ってしまえ」

「それがなかなか帰りませんので」

「無礼な奴だ。斬って捨てろ」

「かしこまりましてございます」

「が、待て待て、どんな風態だ?」

「ハイ、胸に白髯を垂れ、身に葛の衣裳を着け、自然木の杖を突きましたところの、異相の老人にございます」

「で、姓名は何んと云った?」

「常陸塚原の爺だと、このように申しましてございます」

「おおそうか、それはそれは、珍らしい人物が参ったものだ。すぐに通せ、叮嚀にな」

「では殿にはご存じで?」

「京師室町将軍家の館で、一再ならずお目にかかった仁だ」

「は、何人でございましょうか?」

「誰でもよい、早く通せ」

「かしこまりましてございます」

近習犬丸は座を辷った。

しばらくあって襖が開くと、老人が姿を現わした。

「おお卜伝か、よく参ったな」

「謙信公にはご健勝、恭悦至極に存じます」

「もっと進め、遠慮はいらぬ」

「愚老遠慮は大嫌い、ハイハイもっと進みますとも」

二人は膝を突き合せた。

越後春日山の城中である。主人は不識庵上杉謙信、客は剣聖塚原卜伝、ピッタリ顔を合わせてしまった。

「爺（おやじ）」

しばらく二人は何んにも云わない。ただ眼と眼で笑い合っていた。

と謙信は突然云った。

「ハイハイ何でございますな」

「俺（わし）はよい物を手に入れたよ」

「お前様のことだ名刀ででもあろうよ。小豆長光の名刀かな」

「いやいや違う、そんなものではない」

「ははあ、そうか、これは失敗」卜伝はポンと手を拍（う）ったが、

「今度は解った、外れっこはない」

「これは面白い、あててみろ」

「あてたら何をおくんなさる」

「こいつがこいつが、慾深爺が！　何んでもくれる。望みのものをな」

「それはそれは有難いことで」

「が、外れたら何んとするな？」

「さようさ、外れたら、……外れっ放しだ」

「悪い奴だ。馬鹿な話だ。それでは俺が丸損だ」

「それでいいのだ。金持ちはな」

「まずともかくもあてるがいい」

「首であろう？　首の筈だ」

「首？」

と謙信は呆気に取られた。

「首であろうがな、信玄の首！　アッハハハそれともまだかな」

さすがの謙信もこの皮肉には苦笑せざるを得なかった。

つと謙信は手を延ばした。何やらしっかり握っている。

「首ではない、そんな物ではない。もっともっと小さい物だ。ここにあるのだ。拳の中にな」

　するとト伝も手を延ばしたがやはり何やら握っている。

「や、それではお前もか!?」

「殿、お前様もお持ちなのか。……それでは来るではなかったに」

　二人同時に拳を開いた。と、二人の掌（てのひら）に黄金色をした丸薬が、寂然（じゃくねん）として載っていた。

「ト伝、どうして手に入れたな？」

「殿、どうして手に入れられました？」

「馬一頭、太刀二振り、それでようやく手に入れたそうな」

「ははあ、お前様のご家来がな」

「うん、甘糟備後（あまかすびんご）がな」

「私は自身手に入れました」ト伝はグッと眼を据えたが、

「一刀に斬って捨てましてな！」

「無慈悲な男だ。殺さずともいいに」

「世のためでござる。殺した方がよい」

「さては薬売りは悪人だったと見える」

「悪魔の手下でございます」

「魔王は誰だ？　知っているかな？」

「申すまでもない、製薬主！」

「いかにもな。いかにもな」

「起死回生、神変不思議、効験いやちこのこれほどの名薬、神の手では作れない」

「いかにもな、いかにもな」

「魔王一人、作ることを得ます」

「俺もそう思う、悪魔の業だ」

「悪魔の業でございます」

二

「心あたりは？　心あたりはないか？」

謙信は一膝膝を進めた。

「まず第一が、甲州弁……」

「甲州弁となか？　薬売りがか？」

「脱疽のために左の腕が、肩から千切れた薬売り！　愚老が手に掛けた薬売り！　甲州弁にございました」

「甘糟の逢った薬売りは、片足なかったということだ」

「脱疽でござる。脱疽に相違ない」

「さては薬売りは多人数と見える」

「日本全国津々浦々へ行き渡っていることでござろうよ」

「欲しいものだ、是非欲しい。せめて百粒、せめて千粒……」

「ご同様だ。愚老も欲しい」

「俺は早速試みて見た。長江美作が気の毒にも、癩を病んで命旦夕、そこで一粒を投じてやった。ところがどうだ。ところがどうだ！」

「起死回生でござったかな？」

「うんそうだ、悉く全快」

「愚老は伜へ試みてござる。次男冬次郎労咳を患い、頼み尠く見えましたので、早速一粒を投じましたところ……」

「ふうむ、やっぱり快癒したか」

「さながら薄紙を剝ぐがよう」

「名薬！　名薬！　……欲しいものだ！」

「実は殿にはこれほどの名薬、ご存じあるまいと存じてな、それで一粒を献じようと、本日参上したのでござる」

「礼を云うぞ、厚い好意だ」

「日本に武将は数多くござれど、愚老の好きは殿一人だ」

「益々有難い、嬉しく思う」

「義俠に富んでおわすからな」

「ナニ義俠？　そうでもないが……」

「一つ村上義清のため、信玄御坊と数度の合戦、これ義俠ではござらぬかな」

「なんの、あれは酔狂よ」

「そういう酔狂こそ望ましゅうござる」

「それはとにかくこの名薬、手に入れる工夫はあるまいかな?」

するとト伝は二膝ほどスルスルと前へいざったが、

「殿、文庫をお見せくだされ」

「いと易いこと、なんにするな?」

「ご記録拝見致しとうござる」

「記録を見て何んにする?」

「他に何んの用があろう、この名薬の製造主(つくりぬし)を、記録によって見付けるのでござる」

「おお」

と叫ぶと謙信は中啓(ちゅうけい)をトンと床へ突いた。

「ト伝! そちにそれが解るか?」

「殿」

とト伝は声を細めた。「この丸薬の製法こそは、越後流にございますぞ!」

謙信は無言で眼を据えた。

「表に塗ったこの金箔、これこそ佐渡の黄金でござる」

「ははあ」謙信は思わず云った。

「やや楕円の形こそは、越後特有の軍用薬型、何んとそうではござらぬかな」

「………」

「すなわち殿のご家臣の中に、薬の製造人（つくりぬし）はあるのでござる」

謙信は黙って見詰めていた。

ちょっと重苦しい沈黙である。

やがて謙信は探るように云った。

「誰であろうな？　心あたりあるかな？」

「ご記録拝見致したなら、おおかた見当が付くでござろう」

「うんそうか、では頼む」

謙信ほどの英雄ではあったが、とうとう頼むと云ったものである。

ト伝塚原義勝は、常陸国塚原の産、その実父は土佐守といい塚原城の城主であった。

下総（しもうさ）の飯篠（いいざき）長威斎に天真正伝神道流を学び、出藍（しゅつらん）の誉れをほしいままにしたのは、まだ弱冠の頃であった。後諸州を周歴し、佐野天徳寺、結城政勝、祐願寺等に兵を学んだが、さらに上泉伊勢守に就いて神蔭流の極意をきわめ、一流を編み出して卜伝流と云った。

門弟一万を越える中、その最も有名なのは足利将軍義輝公、伊勢国司北畠具教で、後年柳生但馬守が徳川将軍に教授したのと、天下二師範の名の下に並称されたものである。

その列国を往来するや、駒を牽き鷹を臂し、従者おおかた一百人、まことに堂々たるものであり、その権式に至っては武将大名と等しかった。

そうかと思うと騶従を屏け、単騎独行山谷を跋渉し、魑魅魍魎を平らげたというから、その行動は縄墨をもっては、断じて計ることが出来なかったらしい。

性磊落且つ俊敏、金にも淫せず威武にも屈せず、天下の英雄眼中になしと、こう流祖伝に記してあるが、そういう人物であったればこそ、上杉謙信を向こうへ廻わし、駄法螺を吹くことも出来るのである。

三

ある日卜伝が草庵の中で兵書の閲読に耽っていると、戸外でこういう声がした。

「五臓丸、五臓丸、売りましょう五臓丸！」

「はてな」

と卜伝はそれを聞くと、手に持っていた書を伏せた。

そうして童子を走らせて、その五臓丸を買って来させた。

そこで茶椀へ水を充たせ、そこへ丸薬を投げ込んだ。すると丸薬は動物のように、茶椀の内側を廻わり出したが、忽ちポンと躍り上がり、高い天井の板を打った。

「おおこれは本物だ」

こう卜伝は呻いたが、スックとばかり立ち上がると、太刀を提げて走り出た。

それとも知らぬ薬売りは城下の方へ歩いて行った。

「待て！」と一声呼び止めておいて一刀の下に斬り斃し、十粒の五臓丸を奪い取った。

これには立派な理由がある。

まだ壮年の頃であったが、飛騨山中で道に迷い、彼は危く餓死しようとした。その時折よく通り合わせたのは、老いたる一人の猟師であったが、彼を猪小屋へ担ぎ込むと、火打ち袋から丸薬を取り出し、まず水の中へ抛り込んだ。と丸薬は生物（いきもの）のように水の面を泳ぎ出したが、やがて茶色の水に溶けた。

　それを飲んだト伝は一時に神身爽快を覚えた。

「神妙な霊薬！　何んと云う薬か？」

　ト伝は感心して訊いて見た。

「贋（にせ）の五臓丸でございます」

「ふうん。何から製したものか？」

「猿の五臓から拵（こしら）えたもので」

「贋というのは可笑（おか）しいではないか」

「これは贋物でございます」

「では本物の五臓丸は？」

「人間の五臓で製します」

「ふうん、恐ろしい薬だな」

「恐ろしい薬でございます」

「それはどこで製しているかな」

「へい、南蛮とか申す国で」

「おおそうか、日本ではないのか？」

「へい、日本ではないそうで」

「で、どんな効能があるな？」

「へい、万病に効きますそうで。そうしてそいつを水へ入れると、ポンと天井へ飛び上がりますそうで」

――つまりこういう経験が、その過去においてあったところから、そこでこの日「五臓丸」という薬売りの呼び声を耳にするや、すぐ一粒を需(もと)めたのであった。しかるにそれが意外にも本物の五臓丸だと知った時の、彼の驚きというものは、形容に絶したものであった。

「では何者か日本でも五臓丸を造るものがあると見える。生きた人間の五臓を刳(えぐ)り抜き、製造するという五臓丸！　何物の悪魔の所業(しわざ)であろう？」

それから彼は五臓丸を仔細(しさい)に渡って研究した。その結果彼の知ったことは、その丸薬の製法が、越後上杉の軍用薬と非常に似ているということであった。

で、彼は思うところあって飄然と春日山へ来たのであった。

四

こういうことがあってから一月ほど経ったある日のこと、老人と童子の一行が富士の裾野を歩いていた。

「菊丸よ菊丸よ、さあ唄ったり唄ったり」

「かしこまりました、ご隠居様」

そこで童子は唄い出した。

　花の散るのは風のため
　月の曇るは雲のため
サッササッサ
サッササッサ

「うまいうまい、なかなかうまい。今度は私が唄おうかな」

「お唄いくだされ。お唄いくだされ」

そこで老人は唄い出した。

　どんつくどんつくドッコイショ
　どんつくどんつくドッコイショ
　ヨンヤヨンヤ
　ヨンヤヨンヤ

どうも一向面白くない。訳のわからない唄である。

二人はポクポク歩いて行った。

「菊丸よ、菊丸よ」

また老人はやり出した。

「おん前に、ご隠居様」

童子は心得たものである。狂言の型で返辞をした。

「謎々しようじゃまろまいか」

「掛けさしませ、掛けさしませ」

「赤くて白くて真っ黒け、サアサこいつは何んでござる？」

「ううん、こいつは困ったな」

菊丸はとうとうベソをかいた。

それが老人には面白いと見えて、ニヤリニヤリと笑っている。

「解りません、あげました」

「おやおやこいつは困ったね。ところで私も存じません」

これで謎々も寂滅(じゃくめつ)となり、二人は黙って歩いて行った。

まことに暢気(のんき)な旅であった。

今日もお山は晴天で、八つの峰が鮮かに見え、肌が瑠璃(るり)のように輝いていた。そうして裾野には風が渡り、秋草の花がなびいていた。

いったいどこへ行くのだろう？　この時代の裾野と来ては、猛獣毒蛇魑魅魍魎(ちみもうりょう)剽盗(ひょうとう)殺人鬼の住家だのに。……どっちを見ても危険でありどこへ行っても安穏はない。……一人は老耄(ろうもう)した老人で、一人は十一二の子供である。……それが暢気そうに歩いて行くとは！　大胆と云えば大胆とも云え、無考えとも云える。……いったい二人は何者だろう？　どこからどこへ行くのだろう？

そのうちだんだん秋の日が山の方へ落ちかかった。寝所(ねぐら)へ帰る鳥の群が、赤い夕陽をしのぎながら、麓(ふもと)の方へ翔けて行った。

つるべ落としと云われるほど暮れるに早いこの頃の日は、見る見る裾野を夜に導き、朦朧と四辺を闇にした。

「ご隠居様、ご隠居様、夜になりましてございます」

菊丸は不安そうに云い出した。

「さようさよう夜になったな」

「どこぞへ宿まらずばなりますまい」

「さようさよう宿まらずばなるまい」

しかし宿まると云ったところで、人家もなければ野宮もない。で二人は歩かなければならない。

すると、この時一点の火光が遥か行手から洩れて来た。

「あれ、ご隠居様、火が見えます」

菊丸は声を筒抜かせた。

「オット待ったり、オット待ったり」

老人は小声で制しておいて、じっとその火を眺めやった。火は一点に止どまって、動きもせねば揺れもしない。

「まず有難い、家があるそうな」

「ご隠居様参りましょう。宿を乞おうじゃございませんか」菊丸少年はせがみ出した。

「しかし」と老人は不安そうに「あぶないあぶない用心せねばならぬ」

「なんの用心でございますな?」菊丸は少しく不平そうに云った。

「まず聞くがよい、古歌がある。『日は暮れて野には伏すとも宿かるな安達ケ原(あだちがはら)の一つ家(や)のうち』……うっかり宿を乞うた家が、鬼の住家なら大変だからな」

「でもここは富士の裾野で、安達ケ原ではございません」

「うん、そういえばそれもそうだな」

「宿を乞おうではございませんか」

「おおよかろう、参るとしよう」

そこで二人は足を早め、灯の見える方へ歩いて行った。

行き着いて見れば、木立に囲まれて、一宇の館が立っていた。夜目にも凄じく荒れてはいたが、構えは堂々たる書院造り、どうやら由縁(ゆかり)もありげである。

玄関にかかった老人は、「お頼み申す、お頼み申す」

二声ばかり呼んで見た。

しかしどこからも返辞がない。

老人は小首を傾げたが、さらにもう一度案内を乞うた。

すると遥かの奥の方から「オー」と返辞える声がしたが、それから小刻みの足音がして、やがて一人の小男が手燭を捧げて現われた。小気味の悪い傴僂男である。

「案内を乞うたはお手前達か？」

傴僂男は横柄に訊いた。

「ハイ、さようでございます」

老人は恭しく辞儀をした。

「で、何んぞ用事かな？」

「行き暮れました旅の者、近頃不躾のお願いながら、一夜の宿をご無心したく……」

「ははあ、それで参られたか。だがここは宿屋ではない」

「ハイハイさようでございますとも」

「鍵手ケ原の療養園だ」

「ははあ、さようでございますか」

「すなわち直江蔵人様の、ご経営なさる病人の宿だ」

「ははあ、さようでございますか」

「病人なれば宿めて進ぜる。健康体ならお断わりだ」

すると老人はその眼の中へ一道の光を宿したが、にわかに弱々しく声を顫(ふる)わせ、

「それはそれは何より幸い、私ことは世にも憐れな脱疽病者でございます」

「なに脱疽？　おおそうか。ではよろしい通らっしゃい」

ス――と手燭を手もとへ引くと、頤(あご)で二人をしゃくったものである。

第十一回

一

葛(くず)の衣裳を身に纏い、自然木(じねんぼく)の杖をつき、長い白髯(はくぜん)を胸へ垂れた、飄逸洒落(ひょういつしゃらく)な老人と、その侍童の菊丸とが、富士山麓鍵手ヶ原の、直江蔵人(くらんど)の古館へ、一夜のやどりを乞うた晩、同じ館の奥まった部屋で、奇怪な事件が行われていた。

その部屋は二つにわかれていた。

まず前房から説明すると、床が滑石(なめいし)で張り詰められてあり、その天井が非常に高いのが何より目立つ特色で、後房に通ずる戸口には黒色の垂(た)れ布(ぎぬ)がかけられてあり、中庭に通ずる戸口には厳重な扉が設けられてあった。部屋の四方は板壁で、純白の色に塗られていたが、その一方の板壁に、幾段かの棚が設けられてあり、無数の壺が置かれてあるのもこの部屋の特色と云わなければならない。いずれも薬品を入れた壺で、壺の表には難解の文字が、紙に書かれて添付されてあった。

その薬棚のやや前方、滑石の床の一所（ひとところ）に、石で造られた長方形の、寝台のようなものが置かれてあったが、これぞ今日の言葉でいえば、気味の悪い外科用の解剖台（かいぼうだい）なので、既に白布が取りのけられてあるのは、間もなく犠牲者が運ばれるのであろう。キラキラ輝くメスや鋏（はさみ）や、小形の鋸（のこぎり）や金属製の槌や、大小数本のピンセットや、白布を入れた銀の手箱などが、その傍（かたわら）の卓の上に、整然として置かれてあるのも、光景をいよいよ陰惨にする。

後房と向かい合った部屋の隅に、鉄製らしい漆黒の、巨大な火炉が作り付けられてあったが、魔物の口とでも形容したい、カッとひらいた火口（ほくち）の奥で、真紅の焔がえんえんと燃え、その上に懸けられた筒型の釜を、メラメラ嘗めている有様は、決して快いながめではなく、その釜の中の熱湯が、シンシンシンシン音を立てているのが、この部屋の唯一の音であった。

この部屋全体を照らすための、一個大型の龕灯（がんどう）が、天井から鎖で釣り下げられてあったが、その光は白味を帯び、晄々（こうこう）という形容詞があてはまるところから考えると、魚油灯でなく獣油灯でなく、化学的のものと思われたが、確かなところはわからなかった。

今、部屋には人影がなく、寂しいまでにひっそりとしていた。と、その時、中庭に当たって、人の歩く気勢がした。

その時、黒い垂れ布をかかげ、後房から姿を現わしたのは、一人の威厳のある老人であったが、しずかに戸口へ歩み寄ると、閂を取り扉をあけた。

あけられた戸口からはいって来たのは、担架を担った男達で、解剖台の側まで行くと、つつましくそれを床へ下した。と、老人が合図をした。頷いた四人の男達は、まず掛けられた白布を刎ね、その下に寝ていた人間をゆるやかに台へ舁ぎ載せたが、それから恭しく一礼すると、再びあけられた戸口から辷るように出て行った。後は森然と静かであった。釜で煮え立つ湯の音ばかりが、ただシンシンと聞こえている。

解剖台に寝ているのは、正しく活きている人間ではあったが、手もなければ足もない、ズンド切りにした丸太のような、胴ばかりの生物で、その一端が細まりくびれ、そこに一個の隆起物があったが、云うまでもなく頭部であった。今、一方の左の眼が、その眼瞼を重々しく開けたが、生命の灯火の消えようとしている、どんよりとしたその白眼が、まず右手へそろそろと動き、さらに左手へ遅々と動いたが、そこで突然閉ざされた。しかし再びその眼瞼が、ブルブルと烈しく痙攣するや、ポッカリ白眼がまたあいたが、今度はそれが上を向き、やがて下の方へ移って行った。部屋を見廻わしているのであろう。その皮膚の色は銅色を呈し、あちこちから膿（うみ）が流れていた。顱頂部（ろちょうぶ）にある一摑みの髪が、紙のように白く変色しているのも、悪病のさせた業であろう。

嘔吐を催させる悪臭が、いつか部屋を立ちこめていたが、脱疽（だつそ）特有の悪臭であった。

解剖台の横に立ち、患者の様子を見下していたのは、手術衣を纏った老人であったが、一本のメスを取り上げると、トントンと卓の縁を打った。と、それを合図にして、後房の垂れ布を左右へひらき、一人の若々しい青年と、一人の乙女とがはいって来たが、つと乙女は卓の側へ行き、青年は棚から銀盆をおろし、火炉の前へ佇（たたず）んだ。

残忍といえば残忍ともいえ、奇怪といえば奇怪ともいえる、人体解剖の行われたのは、実に、その次の瞬間からで、

「眠剤（ねむりぐすり）を！」

と老人は厳かに云った。

「…………」無言で卓の上の香箱を、つと取り上げた美しい乙女は、それを老人の手へ渡した。香箱を受け取った老人は、やおら箱の蓋を取り去ったが、それを患者の鼻へあてると、しばらく様子を窺った。

二

「よし」というと、蓋を冠せ、卓の方へ押しやった。

やがて「メスを」と老人は云った。と、磨ぎ澄まされた大メスが、乙女の手で渡された。その刃先がプッツリと喉仏の下へ刺されたとたん、犠牲者の全身を貫いて、波のような痙攣が伝わったが、次の瞬間にはいとも穏かな、絶対の平和が帰って来た。

血が一筋吹き上り、五寸あまりも宙に躍ったのはその痙攣と同時であったが、しかしそれも一刹那で、乙女の振り撒いた茶褐色の粉が、流れる血汐を凝らせた。

露出された死者の喉から胸、胸から腹まで一文字に、大メスの刃が引かれたのは、手術が二段目へはいった証拠で、切られた切り口から熱い血が左右の脇腹へ滴たり落ちたが、すぐに血止めで凝らされた。

「鋸を!」

と老人は云った。と、乙女の手が卓の上から、それを老人へ手渡した。肋を切り取る無気味の音が、ひとしきり部屋の中へ響いたが、やがて左右十本の肋骨が、血にまみれながら、抜き取られた。その時、老人は左右の手を、物でも掬うように円く曲げ、ドップリと胸腔へ差し込んだが、肘の付け根から爪の先まで、唐紅に血に染めて、それを再び引き出した時には、軟いドロドロした変な物を、掌一杯に捧げて持っていた。

「肺の臓」と冷静に云った。それから青年へ眼をやったが、「銀盆を！」と命ずるように云った。

つと進んだ青年は、銀盆に肺臓を受け取ると、そのままゆっくりと旋廻し、爪先で歩いて火炉まで行ったが、筒形の釜の真上の辺で、そろそろと盆を傾むけた。

シンシンという湯鳴りの音が、ひときわ音を高めたのは、獲物を一つ呑んだからである。

血の最後の滴りが、盆から釜の中へ落ちるのを見て、青年は盆を手もとへ引いた。それからグルリと振り返った。と、その眼の前に老人が、二つ目の獲物を掌に捧げ、冷静に青年を待っていた。

「銀盆を！　心の臓！」こう老人は云ったものである。

二度高く釜鳴りがし、二度銀盆を胸に抱え、青年が方向を変えた時、三つ目の獲物を掌にのせて、老人が同じように立っていた。

「銀盆を！　肝の臓！」

ふたたび老人は冷やかに云った。

で、その肝臓も銀の盆から、釜の中へ落とされた。

三度青年が振り返った時、老人は腎臓を掌に載せ、銀の盆を待っていた。四度青年が振り返って見ると、最後の脾臓を捧げながら、やはり銀盆を待っていた。

こうして悉く人間の五臓が、筒型の釜へ入れられた時、手術は全く終りを告げた。

部屋の中は蒸し熱く、膿の匂いと血の匂いと薬の匂いとで充たされていた。龕灯の光は益々白く、部屋の隅々隈々まで、昼のように明るかった。手術の始まったその時から、それの終ったこの今まで、三人のとった行動は、恐ろしいほど冷静で、ちょうど為慣れた組織立った仕事を、法則通りにやる人の、無感激さえ感じられた。

とはいえ、それらの冷静の中には、殺人鬼の持つ惨酷味などは、一点といえども含まれてはいず、むしろそこには科学者だけが持つ、学究的冷酷というようなものが、多分に含まれているのであった。

部屋の片隅に設けられてある、大形の湯槽の栓を抜き、そこから迸り出た温湯で、次々に手を洗った三人は、無造作に犠牲者へ白布を掛けると、何んの変事もなかったように、黒い垂れ布を押し分けて、揃って後房へはいって行った。

黒の垂れ布を一つ隔てた、ここ、後房の有様は、陰惨たる前房とは似ても似つかぬ、愉快な華美(はなやか)なものであった。ただし天井の高いのと、床が滑石で張られてあるのとは、前房と変りがなかったが、不気味な火炉も解剖台も、鋭利な器具を立て並べた、小さな卓も置いてはない。

まず中央に紫檀(したん)細工の丸型のテーブルが据えてあり、それを取り巻いて二脚の牀几(しょうぎ)と、深張りの一脚の肘掛椅子(ひじかけいす)と、そうしてこれも深張りの長い寝椅子とが置いてあったが、肘掛椅子と寝椅子とに、打ちかけられた豹の皮は、日本産とは思われなかった。肘掛椅子に腰掛けているのは、解剖のメスを揮ったところの、例の威厳のある老人であったが、他ならぬ直江蔵人で、その彼の背後にあたり、それこそ天井に届きそうな、巨大などっしりとした書棚があったが、積み重ねられた書籍の多くは、見慣れない南蛮の書であった。

その老人とテーブルを隔て、寝椅子に並んで腰掛けているのは、例の青年と乙女とであったが、その青年こそ他ならぬ直江主水氏康で、そうして乙女は松虫であった。

仕事の後の快い疲労(つかれ)で、いくらか三人はだるそうに見えたが、しかし愉快そうに話し合っていた。

さまざまの部屋の装飾(かざり)のうち、壁にかけてある織物が、とりわけ珍らしく立派であった。それには堂塔人物などが、きわめて古風に異国的に、色糸をもって刺繍されてあった。

埃及(エジプト)模様の壁掛けなのである。

馥郁(ふくいく)とした芳香が、部屋をふっくりと包んでいるのも、花瓶に生けられた花のためではなく、何か化学的の香料が、どこかに置かれてあるからであろう。天井から釣るされた龕灯の灯も、眼を射るような白色ではなく、軟い眠りを催(さそ)うような、菫(すみれ)のような色であった。

戸外(そと)は寂しい秋の夜で、どうやら嵐さえ出たらしいのに、この部屋の内は暖く、今にも音楽でも鳴り出しそうであった。

「信玄公より謙信公が偉い？　ほほう、それはどうしてだな？」

こう云ったのは蔵人で、赫ら顔で長身肥大、雪のように純白な手術衣を纏い、半白の長髪を肩へ垂れた、その風采は神々しかったが、日本的とは云われなかった。

「私にはわからぬ、どうしてだな？」彼はもう一度くりかえした。

「信玄公は戦好き、無名のたたかいをなされます。それに反して謙信公は、終始一貫任侠を旨とし、意義のある戦争をなされます」

こう答えたのは主水であった。今年の晩春越後の国から、この館へ来た頃から見ると、肉も付き血色もよく、健康そうになっていた。おそらくこの土地の風物が、彼の心身に適ったのであろう。悲観的であった精神まで、楽観的になったらしく、言葉にも動作にも活気があった。

「なるほど」と蔵人はそれを聞くと、穏かな微笑を浮かべたが、「しかし私から云う時は、謙信公も信玄公も、いずれもひとしなみの野蛮人だがな」

三

「まあお父様」

と驚いたように、横から声を筒抜かせたのは、美しい乙女の松虫で、「謙信様はわたしどもにとって、恩ある故主様ではございませんか。ほかに云いようもありましょうに、野蛮人などと仰せられて……」

「いやいやそういう意味ではない」蔵人はちょっと手を振ったが、「なにも私は軽蔑をして、そういう言葉を使ったのではないよ。私の持論から割り出すと、今川であれ北条であれ、浅井であれ朝倉であれ、世のいわゆる武人なるものは、一切合切野蛮人なのさ」

「それはまたなぜでございますな?」今度は主水が怪訝そうに訊いた。

「なぜというのかな、ほかでもないよ、いいいき物の世界の法則から見て、横道へそれているからさ、……由来、人間というものは、人間同志争ってはならぬ。と、こういうのが法則なのでな」

「変な法則でございますことね」松虫が笑いながら突っ込んだ。

「では人間はどんなものと、争いするのでございましょう?」

「そうさな」と蔵人は真面目顔をしたが、「たとえば洪水とか、雷さんとか、火事とか地震とか悪い獣とか、まずザットこんなようなものと、喧嘩をしなければならないのさ。……おお、そうそうもう一つある。大事なものを忘れていた。ほかでもない病気だよ」

するとニ人の若い男女は、声を揃えて笑い出したが、やがて松虫がからかうように、

「それはお父様が薬師(くすし)なので、それでそんなことをおっしゃるのでしょう」

「それはそうだよ、いうまでもなくな」依然として蔵人は機嫌よく、「だが私は若い頃には、決して今のように薬師ではなかった」

「ええええそれは承知しております」こう受け答えたのは直江主水で、「伯父様のご武勇は春日山では、今も評判でございますよ」

「たしか、あれは、二十歳の頃だった」永く忘れていた昔の夢を、思い出そうとでもするように、蔵人はしばらく黙想したが、「家中こぞって田楽の平(たいら)へ、兎を狩りに行ったことがあった。もちろん、殿のお供をしてな。……すると大きな熊が出た。いやその大きさというものは、私の体の二倍以上、三倍もあろうかと思われたが、不意の狩倉に周章(あわ)てたのであろう。旗本目掛けて駆けて来るではないか。すわや獲物ござんなれと、八方から矢襖(やぶすま)をつくったが、どうだろう一本も矢が立たない。ポンポンポンポン刎(は)ね返すのだ。すると殿が仰せられた――蔵人よ、あれを仕止めろとな。……で、私は走り出たが、さあ思案に余ってしまった。なにしろ征矢(そや)が立たないのだからな。そこで私は決心し、鎧通(よろいどお)しを引き抜くとグイと逆手に取り直したものだ。月の輪！　月の輪！　そこを突こうとな」

云い云い蔵人はテーブルの上の、硯箱から毛筆を取り、ムズと逆に握ったが、さすがに勇ましい素振りであった。

「おお浮雲のうございますこと」松虫は胸を躍らせたが、

「それから何んとなされましたな?」

「うん、苦もなく退治たよ。のしかかって来る一刹那を飛び違ってただ一刀、胸から背まで刺し貫いてな」

「お勇しいことでございましたな」感に堪えたように主水は云った。

「が、後がよくなかった」

こう云うと蔵人は撫然として、長髪の端をまさぐった。

四

「と云うのは他でもない」やがて蔵人は云いつづけた。

「顔を見たのだ、熊の顔をな！　すると私はゾッとした。なんと熊は笑っているではないか！　そうだ、熊は笑っていたのだ」

見る見る蔵人の眼の中へ、憂愁の色が漂ったが、

「猛獣などとは思われないほど、本来熊の顔は可愛らしいものだ。しかし熊は死んでいるのだ。罪もないのに殺されたのだ。それだのにその顔が笑っているのだ。あっと思った一瞬間、これまで戦場で首を刎ねた、幾十とも知れぬ敵の首が、ズラリと眼の前に現われたではないか！　そうして皆な笑っているのだ！」

こう云うと蔵人は眼をとじた。

と、主水も松虫も、にわかに鬼気に襲われたかのように、互いに顔を見合せたが、云い合せたように吐息をした。

華やかに見えていた部屋の中を、一筋黒い何者かが掠めて通ったように思われた。そうしてそこへだけ大きな穴が、ポッカリ開いたように思われた。

と、蔵人は云いつづけた。

「その時以来、武功というものが、値打ちのないものに思われて来てな。そうして私はこう思うようになった。戦争以外、武功の他に、何かもっと値打ちのあるものが、この世になければならないとな……」

「ああ、それでお父様は、薬師になられたのでございますね」こう云ったのは松虫で

あった。

「まずそうだ。がしかし、それまでになるには尚いろいろ、苦しみもしたし悲しみもした。……だが今はまず平和だ。そうして順境と云ってもいい。……ただお前達二人の者が、私の後を継いでくれたらな」

この時コツコツと主屋に通ずる板扉を打つ音が聞こえて来た。

「おはいり」

と静かに蔵人は云った。

と、すぐ扉がひらかれて、つつましく姿を現わしたのは、醜い傴僂(せむし)の小男であった。

「小源太か、何か用かな?」

「新入りの患者がございますので」

「ほほう、こんな深夜にな」蔵人はその眼をひそませたが、「で、どんな人物かな?」

「はい、一人は老人で、もう一人は侍童らしゅうございました」

「なんという名か、訊いたであろうな?」

「はい、常陸の爺(おやじ)だと、ただこのように申されました」

「常陸の爺? で、病名は?」

「脱疽だそうでございます」

「脱疽、なるほど、それならよい」

「まずとりあえず二号病舎へ、差し置きましてございます」

傴僂の小源太は立ち去ろうとした。

「どれ、それでは見舞うとしよう。小源太、提灯を点けてくれ」

「かしこまりましてございます」

やがて二人は中庭へ下り、門を潜って戸外へ出た。夜は暗く嵐は烈しく、真っ向から二人へ吹きつけて来た。

半町あまり歩いて行くと、低い小丘へぶつかった。小丘を上り、小丘を下りると、周囲を林に取り巻かれた広い空地が横仆わっていたが、そこに数にして二十軒あまりの、板壁造作の小家があった。

鍵手ヶ原の療養園である。

小源太の持った提灯の火が、その一つの小家の前で、ちょっとの間ためらったのは、錠前をまさぐっていたからで、陰気なギーという音と共に、やがて表戸がひらかれた。

一筋細い廊下があって、その正面とその左右に、都合五つの小部屋があったが、これは患者の居間なのであった。

まず小源太が先に立ち、その後から蔵人が続き、正面の小部屋にはいった時には、常陸の爺(おやじ)と宣(なの)るところの、葛(くず)の衣裳を着た老人も、その侍童の菊丸も、まだ寝ずに起きていた。

「園主様のお見舞いでござる」

小源太が物々しく声をかけた。

とたんに顔を上げた常陸の爺は、蔵人の顔をじっと見たが、

「思った通りだ！　お前さんだったか」

「おお、これは！」とそれと同時に、蔵人は驚きの声を上げた。

「塚原小太郎義勝殿か！」

「俺だよ、卜伝(ぼくでん)だよ、驚いたかな」

「うん」と云ったが、にわかに笑い、「これは誰でも驚くよ。なんと思って出て来たな？」

「さればさ」と卜伝は睨むようにしたが、「お前の首を貰いに来たよ」

「こんな首をか。なんにするな」

「悪逆無道の痴者として、三条河原へ晒すのよ」

「おおそうか、面白いな」

「蔵人！」

と卜伝は叱咤した。

「冗談ではないぞ！　笑い事ではないのだ！　いつから貴様は悪鬼になったな」

前半に手挿んだ小刀へピタリと手をかけたものである。

五

しかし蔵人は水のように、冷然として立っていた。と、傍の牀几を引き寄せ、それへ悠然と腰かけたが、

「まずお前も腰をかけろ。話は出来る。それからでもな」

「ならぬ！」と卜伝はにべもなく、「活ける人間の五臓を取って、薬を製するとは天魔羅刹、南蛮人なら知らぬこと、本朝では汝一人！　云い訳聞こう、あらば云え！」

「ははあ、それでやって来たのか。ご苦労であったな。だが卜伝！」

蔵人は相手を憐れむように、

「俺を咎めるその前に、自分自身を何故咎めぬ！　いやいや決してお前ばかりではない、上杉公、武田公、毛利、島津、竜造寺、そういう奴ばらを何故咎めぬ！　そいつらこそ真の殺人鬼だ！」

「詭弁だ！」と卜伝は刎ね返した。「それら諸侯は乱世の華、また戦は自衛の道、私利私慾とは自ら異う！　何を云うか、人非人奴！」

「卜伝」と益々憐れむように、「剣をとらせたら蓋世の雄、向かうに敵ないお前だが、事理には案外暗いと見えるな。一将功成り万骨枯る、この世相が解らないか。……戦は自衛？　なるほどな。しかし今日の戦は既にその域を通り抜けている。今日の戦は侵略だ。今日の戦は貪慾だ。いやいや今日の戦はほとんど興味に堕している。圧制の快感、蹂躙の快感、戦のための戦だ！　さて戦が勝利となる。獅子の分け前を受けるものは、獅子とそれらの眷族ばかりだ。人民はあずからない。さて戦が負けとなる。すると彼らは討ち死にする。不幸のようではあるけれど、その華々しい戦没の様が、詩となり歌となって詠われる。ある者は神にさえ祀られる。だが人民は苛斂誅求、新しい主人の鞭の下に、営々刻苦しなければならない。……諸侯は乱世の華だという！　そうであろう、そうであろう。ただしその花は血に咲いた花だ！　民の膏血に咲いた花だ！　なんと卜伝、そうではあるまいかな」

蔵人は尚も云いつづけた。

「さて、今度は俺の仕事だ。一殺多生！　一殺多生！　多くは云わぬこれが目的だ！」

「なるほど」

とト伝は小刀から、やおら右手を放したが、

「一殺といえども殺は殺、なぜその残虐を敢てするな？」

「では俺からお前へ訊こう。腰間に秋水を何故横たえるな？」

「すなわち悪魔降下のためよ」

「その悪魔はどこにいるな？」

「内に察しては自己心内！　外に探っては一切万物！」

「悪魔降下の手段はな？」

「ある時は殺人剣、またある時は活人剣！」

「いやはや随分忙しそうだな。結局は何が目的なのだ？」

「剣禅一致、悟道だ悟道だ！」

「が、お前は結局は死ぬ」

「一切衆生(しゅじょう)は皆死ぬよ」

「死はあんまり有難くない」

「が、覚者にはそうでもない」

「ナーニ、やっぱり活きていたいのさ」

「何をお前は云おうとするのだ」

「お前は死をどう思うな？」

「死か？　死はな、転生(てんしょう)だ」

「莫迦(ばか)を云え、生き変わるものか。一旦死んだら、それっきりよ」

「蔵人！」

とト伝は疑わしそうに、「ははあ、またまた詭弁だな」

「ト伝！」

と蔵人は立ち上がった。「正直に云え、死にたくあるまい」

「うむ」とト伝はやむなく云った。

「うむと云(い)ったな。よく云った。誰でも死にたくはない筈だ。これは生物の本能なのだからな。死にたくないの一念が、宗教を産み剣道を産み、そうして医学を産んだのだからな。ところで宗教は消極的、武道に至っては要するに兇器。ただわずかに医学があって人間の生命を救おうとしている。生命の本態は物質だ。……そうして物質を救うものは、やはり同じに物質でなければならぬ。薬だよ！　五臓丸だよ！」

蔵人は悠然と部屋を出た。

「まずゆ、、、っくりと考えるがいい。まずゆ、、、っくりと眠るがいい」

蔵人は屋敷へ引っ返して行った。

第十二回

一

由来宗教というものは、それ自体偉大なものである。それは一面哲学であり、また救世の道具だからである。おそらくあらゆる宗教は、その創立の始めにおいては、簡素であったに相違ない。教祖の全人格の放射なるものが、とりも直さず宗教なのである。あらゆる新思想がそうであるように、あらゆる宗教は創始時代においては、その時代に反逆する。

だから迫害されるのである。

法律は死物である。司法官の優秀なる運用があって、はじめて活撥なる生命を持つ。宗教といえどもそうである。僧侶の勝れた布教があって、陸離（りくり）たる光彩を放つものである。

富士教団といえどもそうであった。光明優婆塞の全人格が、その宗教を形成したのである。そうして彼の徹底的布教が、さらにそれを偉大にしたのである。

光明優婆塞を除外しては、富士教団は存立しない。

もしも彼がなくなったなら、富士教団もなくならなければならない。

宗教は偶像を要求する。それは人間の弱点である。適確に物を掴まなければ、おおかたの人は安心しない。

仏像、聖画、讃美歌、祈禱、ことごとくある意味の偶像なのである。

そうしてほとんど例外なしに、教祖その人は偶像なのである。

教祖に対する信者の情緒は、ほとんど恋愛と云ってもよい。

そうして恋愛は性慾なのである。

だから非常に力強い。

だから平気で殉教する。

殉教は彼らには快楽なのである。

光明優婆塞は恋人であった。

その恋人がいなくなった。

信徒達は恋人を失った。

教団は偶像を紛失した。

動揺せざるを得ないではないか。

あっちでもこっちでも噂された。

「今日で一月お姿が見えない」

「こんなことはこれまでにはなかった」

「二日か三日、せいぜい五日、お姿の見えないことはあった。……だが、こんなことははじめてだ」

「いったいどこへ行かれたのであろう？　私達を見棄てたのではあるまいか」

「どうしたらよいのだ。こまったことだ」

「俺は恐ろしくてたまらない。今にきっと悪いことがあろう」

「何かをお怒りになられたのだ。私達の何者かを」

「ああ、どうぞお早くお帰りくだされ」

「探さなければならない。探さなければならない」

「だが、どうしてさがすのだ？　あてがない。想像もつかぬ」

「もしやどこかで優婆塞様は、おなくなりになったのではあるまいか」

「聖者だ、聖者だ、そんなことはない」

「だが、生身のお体だ」

「しかし、奇蹟がお出来になる」

「登天されたのではあるまいか。下界を去られて、天上界へ……」

「私は信仰を失いそうだ」

「私は教団を出ようかしら」

「苦行するのが厭になった。香を焚くのも厭になった」

「謀反が起こるに相違ない」

「誰だ誰だ、裏切り者は」

「私はなんだか死んでしまいそうだ」

「私の前身は暗黒だった。ここへ来てようやく光りをみつけた。だがその光りは消えようとしている。そうしたら二倍の闇となろう」

「この頃は梵鐘(ぼんしょう)もはかばかしく鳴らない」

「祈禱の声も聞かれなくなった」

「撲り合い、摑み合い、喧嘩口論。……昔の面影はなくなった」

「役ノ行者様よ、役ノ行者様よ、優婆塞様をお守りくだされ」

家の中でも、天幕の中でも、また往来でも「聖壇」でも、信者たちはヒソヒソと噂し合った。

おりから季節は冬であった。

富士のお山も「聖壇」も、その「聖壇」の建物も、そうして巨大な行者の像も、雪の白無垢に包まれた。教団の家々の軒端からは、氷柱が長く垂れ下り、町を流れている小川へは氷が厚く張り詰めた。

冬は静思の季節である。

教団にとっては反対であった。

疑惑、不安、不信、動揺、そうして議論の季節であった。

二

教団の周囲（まわり）の荒野では、餌に饑（う）えた獣たちが吠えていた。

狼たちは群をなし、熊は妻と子供とを連れ、猪はいつも一人ぼっちで、餌食はあるまいかと探し廻わっていた。

勇敢な熊がある夕方、教団の中へ忍び込んだ。そうして一頭の馬を盗んだ。

つづいて猪が忍び込み、納屋の野菜を掠奪した。

と、狼が隊をつくり、突然「聖壇」の裏手へ現われ、鶏と犬とを食い殺した。

しかも教団の人々は、それに備えようともしなかった。彼らは議論し、やっつけ合い、呪（のろ）いの言葉を浴びせ合った。

一軒の家では老いた夫婦が、互いに口穢（くちぎたな）く罵（ののし）っていた。と女房の鋭い爪が、良人の右の眼を刳（えぐ）り抜いた。

するとまた一軒の若夫婦の家では、荒淫（こういん）に耽っている間に、一粒種の二つになる子が、川へ落ちて死んでしまった。

おりから東の関門をくぐり、新たに入団した一家族があったが、乱脈している教団を見ると、愛想をつかして引っ返して行った。

驚くべきことが勃発した。

富士教団始まって以来の、最初の窃盗が行われた。

つづいて殺人が行われた。

とまた放火が行われた。

神聖なるものが汚辱に返ると、俗界以上に穢わしくなる。まさにそれが富士教団へやって来ようとしているのであった。

人々は人々を疑った。そうして信仰を疑った。そうして利慾に覚醒めて来た。

こうしてまたも一月経った。

光明優婆塞は帰って来なかった。

「いよいよあの人は見棄てたのだ。この不幸な私達を」

「悪党よ、呪われておれ！　……ああ俺は一文なしだ。俺はみんな献金してしまった。どこへ行こうにも行かれない」

「あいつのお蔭で貧乏になった。こんな所へ来なければよかった」

やがて光明優婆塞に対し、憎悪の声をさえ洩らすようになった。

日が昇り日が暮れた。

そうして早春が訪れて来た。

滝壺のあたりに水仙が咲いた。藪では柑子（こうじ）が珠をつづった。沼の氷が日に日に解け、芹（せり）が**はっはっ**と芽を吹いた。

雁や鴨が騒ぎ出した。

ある日やわらかい風が吹いた。おおそれは春風であった。忽然、鶯（うぐいす）の声がした。見れば南向きの丘の麓（ふもと）に、白梅が蕾（つぼみ）を破っていた。

鹿が荒野で啼き出した。

と、河原の崖の周囲を、無数の岩燕（いわつばめ）が飛び翔（か）っていた。

優婆塞は帰って来なかった。

信徒たちは殺気立った。

「破壊だ破壊だ！」

と叫ぶものがあった。

いくつかの仏像が破壊された。

雲雀（ひばり）が空で啼き出した。

雪が徐々に消えて行った。そうして霞（かすみ）が立ち初めた。

富士のお山は笑い出した。だが未だ白無垢は脱がなかった。

やはり光明優婆塞は、教団へ帰っては来なかった。

いったいどこへ行ったのだろう？　どうして帰って来ないのだろう？　――それは誰にもわからなかった。とまれ彼はあの時以来――三合目陶器師（すえものし）と邂逅（いきあ）って以来、どこかへ姿を隠したのであった。

三

土屋庄三郎昌春といえども動揺せざるを得なかった。

彼は一冬を天幕で暮らした。貴族の御曹司（おんぞうし）たる彼としては、まさに破格の生活であった。難行苦行の生活であった。食物にも不足した。着る物にも不足した。吹雪は用捨（ようしゃ）なく吹き込んで来た。しかも十分の燃料さえない。

だが彼には苦痛ではなかった。

それは法悦（ほうえつ）に燃えていたからであった。

教主光明優婆塞とは、役ノ行者の石像の下でただ一度しか逢わないのではあったが、それだけで彼には十分であった。

彼はすっかり推服した。

彼は一目惚れしたのであった。

涅槃の釈迦に一目会い、その全人格に霊覚され、「朝に道を聴き、夕に死すとも可なり」と叫んで、即座に縊れて死んだという、ある婆羅門の心持ちが、庄三郎にもあったのであった。わずかの時間の会見ながら、庄三郎にとっては光明優婆塞は、ある意味では「雷霆」であり、またある意味では「太陽」であった。

それだのに今や教団は、教主優婆塞失踪のために、大混乱に墜落った。

そうして現在の教団は、平和の別天地ではなくなった。譎詐奸曲の横行する俗の俗たる穢土となった。

「不思議ではない、当然なことだ」

彼は思わざるを得なかった。

「人間としての優婆塞が、いかに偉かったかということは、この一事だけでも想像出来る。彼らにとっては教理などは、実はどうでもよかったのだ。光明優婆塞その人ばかりを、愛しもし信じてもいたのだ。『仮面（めん）の城主』の眷族どもが、教団破壊を企てた時にも、光明優婆塞がいたればこそ、すぐに建設に取りかかったのだ。……しかるに今は優婆塞はいない。彼らは牧者（ぼくしゃ）を失った。彼らはさまよえる羊となった。四散するのは当然である」

で、彼は自分へ云った。

「さて庄三郎よ、お前はどうする？　俺か、俺は出立しよう。本来の目的へ帰ることにしよう。父母と叔父とを尋ねることにしよう。俺は実際はいい意味において、光明優婆塞に魅せられていたのだ。露骨に云えば誑（たぶら）かされていたのだ。だが今は正気となった。憑物（つきもの）は離れてしまった。ああそれにしても纐纈布は、なんと俺には宿命であったろう」

で、ある日庄三郎は、仕舞い込んで置いた紅巾を、物の間から取り出して、膝の上へ拡げて見た。

天幕の隙間から春の陽が、黄金の征矢（そや）を投げかけた。紅巾は燦然（さんぜん）と輝いた。底に一抹の黒味を湛（たた）え、表面は紅玉のように光っていた。眼の眩（くら）むような赤色であり、それが角度の相違によって、青くも見え紫にも見えた。

いまさらながら庄三郎は感嘆せざるを得なかった。

彼は恍惚と見入っていた。これが彼の悪運であった。

一人の僧が通りかかり、何気なく庄三郎の天幕を覗いた。彼の顔色は颯と変った。

彼はそのまま「聖壇」の方へ、大急ぎで帰って行った。

忽ち世にも恐ろしい噂が、耳から耳へと囁かれた。

「仮面の城主の手下奴が、忍び込んでいるということだ」

「纐纈布を持っているそうだ」

「真鍮の城の眷族奴が！」

「さあそれだから優婆塞様は、帰っておいでにならないのだ」

「これで真相がはじめて解った」

「纐纈布！　纐纈布！」

囁きは漸次大きくなった。嘲りとなり恐怖となり、罵詈となり憤怒となった。

教団中が湧き上がった。人々は兇器を手に持った。そうして庄三郎の天幕の方へ、喚きながら走って行った。

信徒ではなくて暴徒であった。それこそ血に饑えた暴徒であった。

しかし庄三郎は知らなかった。何がそんなに信徒たちを、驚かせ怒らせたか知らなかった。

彼は天幕から引き出された。

「『聖壇』へ！　『聖壇』へ！」

モッブたちは絶叫した。

庄三郎は宙に釣るされ、「聖壇」の上へ運ばれた。

役ノ行者の大石像は、悲哀を含んで立っていた。その下へ庄三郎は据えられた。

「殺せ！」

と誰かが怒号した。

「嬲(なぶ)り殺しだ！」とすぐ応じた。

「磔刑(はりつけ)だ！　磔刑だ！」

「火炙(ひあぶ)りにしろ！　火炙りにしろ！」

群衆は口々に叫び出した。

人生で最も惨酷なものは、群衆の持つ心理であろう。それには一切反省がない。亢(こう)奮(ふん)！　亢奮！　亢奮！　である。それは責任を感じない。また咎められる心配もない。

衆口(しゅうこう)金を鎔(とろ)かすというが、群衆心理がそれであった。仏蘭西(フランス)王もそのために殺され、近代の政治家もそのために仆(たお)れた。

そうして今や庄三郎も、やはりそのために殺されようとしている。

しかし信徒たちの心持ちにも、同情すべきものがあった。彼らにとっては纐纈城主と、その手下どもは敵であった。肉を食い血を啜っても、飽き足りないところの仇敵であった。これまでいかに彼らの同胞が、彼らのために掠奪され、彼らのために血を絞られ、彼らのために染料にされ、纐纈布の犠牲となったか！　そうしていかに彼らのために、尊い教団を破壊されたか！

信徒たちにとっては纐纈布は、死の象徴というべきであった。

それを庄三郎は持っているのである。敵の廻し者と信じたのも、決して無理とは云われない。

その上彼らは去冬以来、ほとんど常識を失っていた。そうして殺伐になっていた。教団全部が発狂していた。

もし光明優婆塞が依然として君臨していたならば、こうまで狂暴にはならなかったであろう。

悪運というものは一緒に来る！　土屋庄三郎は悪い時に悪い物を見たものである。

四

「これはいったいどうした事だ！」

庄三郎の心持ちは、この一語に尽きていた。何が何んだか解らなかった。ただ身に逼（せま）る危険を感じた。だがそのうちに解って来た。解ると同時に彼の心は恐怖を感ぜざるを得なかった。

弁解しようと決心した。

彼は石像の台石の上へ、球のように飛び上がった。

「違う！」

と彼はまず叫んだ。「纐纈城主の部下ではない！　俺はこれでも武田家の家臣だ！土屋庄三郎昌春だ！」

不幸にも弁解は聞かれなかった。

聞かれないのが当然であった。

呪詛(じゅそ)と嘲笑と怒号との間に、彼の声は葬られた。

そうして台石から引きずり下ろされた。

「掟通りに、掟通りに！」

群集はとうとうこう叫んだ。庄三郎の運命は決定された。掟通りに処刑されなければならない。

うらうらと空は晴れていた。そこでは雲雀(ひばり)が啼いていた。そうして片雲が帆走っていた。絹糸のような水蒸気に漉(こ)され、油のように質の細かな、午後三時頃の陽の光りは、屋根や往来を照らしていた。

そうして子供たちははしゃぎ廻わり、犬や、猫や、鶏は、各自(めいめい)の声で唄っていた。

家々の窓や門口では、年を取った人達が、不安そうに話し合っていた。

そうして若い数百の男女は、往来を波のように一杯に埋め、処刑をされる若侍の、やって来るのを待ちかまえた。

やがて一隊の人の群が「聖壇」の方からやって来た。

手を縛られた庄三郎が、往来の真ん中を歩いていた。その前を行くのは僧の群であった。その左右を固めたのは、武器を提げた信徒たちであった。抜き身の槍、抜き身の薙(なぎ)

刀、そうして幾丁かの鉄砲が、キラキラ日光に反射した。

庄三郎は諦めていた。それは悲惨な心境であった。

弁解することが出来ながら、弁解することを許されない！

だがおおかたの社会なるものは、そういうものであるかもしれない。

相手は眼に余る大勢であった。刀を揮って抵抗したところで、敵すべくとも思われなかった。

それに大小も奪われてしまった。

木に昇っていた少年が、突然小石を投げ付けた。と、二三人が真似をした。みるみる小石が降って来た。その一つが中ったのであろう、庄三郎の片頬から、血がタラタラと流れ出た。

真鍮の城の眷族に、良人を奪われたそのために、発狂をした女があったが、それが突然走り寄ると、手に持っていた鋏の先で、庄三郎の腕を突いた。と、そこから血が吹き出した。すぐ二三人が真似をした。着ている衣裳が破られた。腕や脛から血が流れた。

庄三郎の頭の中を、いろいろの幻影が通り過ぎた。

甲府の館。……信玄公の姿。……友人の真田源五郎。……爛漫と咲いている夜の桜。

……年寄りの紅巾売り。……そうして光明優婆塞の顔。……

「父上にも母上にももう逢うことは出来ないだろう。……死！　処刑！　教団の掟！　こんな所へ来なければよかった。……俺はすぐに殺されるのだ。……痛い！　小刀で突いたそうな。……いったいどこへ連れて行くのだ！　悪党どもが！　悪者どもが！」

　一隊はやがて辻を曲った。それから丁字路を左へ折れた。そうしてノロノロと進んで行った。

　行っても行っても群集であった。群集の顔は口ばかりであった。咒詛の声ばかりがぶつかって来た。

　またも一隊は辻を曲った。

　あらゆる町々を歩くのであった。

　彼は晒し物にされるのであった。そうしてそのあげくに殺されるのであった。

　次第に庄三郎は疲労れて来た。益々歩みがのろくなった。首を上げることが出来なくなった。心がだんだん恍惚となった。もう何んにも見えなくなった。幻影さえも消えてしまった。だが声ばかりは聞こえて来た。

「良人を返せ！」

「子供を返せ！」

「咒われておれ！　咒われておれ！」

一筋泣き声が響いて来た。つづいて笑う声が聞こえて来た。

歩かなければならなかった。見世物にならなければならなかった。

「お父様！」と突然庄三郎は云った。「おお、お母様！　お母様！　どこにおいででございます！　どこにおいでございます！　私はこんなに探しております！　私はこんなに探しております！」

五

歩かなければならなかった。

往来からは塵埃（ほこり）が立った。雲のように天に立ち昇った。

彼は死にたくなくなった。そのくせ肉体も精神も、ほとんど死にかかっているのであった。だから死にたくなくなったのであろう。

「これは不当だ！　不当すぎる！　誤解の下に殺されるなんて！」

弁解しようと決心した。血だらけの体を引き延ばし、群集へ向かって手を振った。

「聞いてくれ、聞いてくれ、静かに聞け！　俺は土屋庄三郎だ！　去年の春だ、桜の夜だ、甲府の神社へ参詣に行った。その時年寄りの布売りがいた。それが俺に売り付けたのだ、纐纈布を、紅巾を！　それには父の名が書いてあった。幼年で別れた父の名が。そこで俺は脱走した。甲府の館を、武田家を！　そうだ父を見付けようために。……そうしてここへ迷い込んだのだ。この清浄な教団国へ！　これが俺の一切だ！　紅巾を持っているのはそのためだ！　俺には何んの罪もない。纐纈城とは無関係だ、俺は敬虔な一信徒だ。この教団から出してくれ！　俺は父母を探しに行きたい！　そうして叔父を探しに行きたい！　ああ死ぬのは恐ろしい。俺は厭だ、俺は厭だ！　お前達は間違っている。恐らくすぐに後悔しよう。俺を放せ、自由にしろ！　……咽喉が乾く、水をくれ！　あッあッあッ、また斬ったな！」

　ドッと哄笑が湧き起こり、彼の声を葬った。

　歩かなければならなかった。

　忽然眼の前が暗くなった。おお夜が来たらしい。いやいや太陽は輝いていた。夕陽が御山を染めていた。

彼の視力は弱って来た。

もう歩くことが出来なかった。と急に肩の辺りへ、恐ろしい痛みが感じられた。で、彼は小走った。彼は鞭で撲られたのであった。

無感覚になろうとした。ともすると仆れそうになった。行っても行っても人の顔であった。みんなその顔は笑っていた。

やがて関門の前へ出た。

富士胎内神秘境へ、一筋通っている横穴の口で、楕円を為した銅の扉が、数人の門番に守られていた。

ギーと扉がひらかれた。と、三列の篝火が、真っ直ぐにどこまでも続いていた。

群集は従いて来なかった。

罵り騒ぐ声ばかりが、背後の方から聞こえて来た。

庄三郎は歩いて行った。

僧侶の群と武装した信徒が、五十人あまり従った。

黙々として歩いて行った。

道は狭く低かった。そうして左右の岩壁にはさまざまの彫刻が施されてあった。

道は次第に広くなった。そうして天井も高くなった。だが容易に尽きなかった。十里もあるように思われた。

よろめき、つまずき、また仆れ、庄三郎は歩いて行った。彼の全身は血に濡れていた。それが篝火に反射した。

どんなに苦しんで歩いたことか！　そのあげく彼を迎えるものは、掟であり死であった。しかも無辜（むこ）のために殺されるのであった。

彼はとうとう歩き通した。

胎内最初の関門が、彼をワングリ呑むことになった。その関門には衛士がいた。

「何者？」

と一人の衛士が訊いた。

「罪人」

と一人の僧が云った。

そこで関門が内側へひらいた。

富士胎内神秘境は、こうして一隊を迎えることになった。光明優婆塞が俗人の頃、はじめて発見した胎内とは、今は似ても似つかなかった。その頃の胎内は洞然とした、洞（ほら）

の国に過ぎなかった。今は無数の建物が、隙間もなく立っていた。

やがて一隊は寿相門を通り、岩石造りの楼門へ出た。四瀆（しとく）の塔と呼ばれていた。そこには四人の悪神の像が、呪縛されて置かれてあった。それを通ると鐘楼であった。梵鐘は青く緑青（ろくしょう）を吹き、高く空に懸かっていた。五岳の塔と六府の塔を、左の方に睨みながら、九曜殿の方へ進んで行った。黒木造りの宮殿で、教団に属する財宝は、そこに一切貯えられてあった。

弓形の門を通り過ぎた。右へ行けば籠（こも）り堂で、岩壁を刳（く）り抜いて造られてあった。左へ行けば苦行堂で、これも岩壁で造られていた。中庭へ出、坂を上った。その頂上に塔があった。朱塗りの美しい三重の塔で、経文が納められてあるのであった。

坂を向こうへ下って行った。

この時突然庄三郎は千切れるような悲鳴を上げ、握った拳を頭上で振った。そうして俯向せに地に仆れた。そうしてとうとう動かなくなった。

六

夜光虫の光で胎内の国は、紫陽花色に煙っていた。あらゆる人工天工が、陰影のない微光に照らされていた。

四辺は寂然と静かであった。

空は暗く高かった。その空の涯の極まる所は、富士の内側の岩組であった。だからそこには日月もなく、また辰星もないのであった。

夜光虫の光の届かない隈は、ただ暗々たる闇なのであった。

庄三郎は死んだのではない。――死んだのなら何んと安らかであろう。――だが彼は生きていた。ただ正気を失ったばかりだ。

三人の信徒は担ぐことになった。

一人が頭、一人が胴、もう一人が足を担ぐことになった。

僧侶の群れが先頭に立ち、気絶した庄三郎がその後から続き、その左右と背後から、武装した信徒が従った。

一隊は一言も物を云わない。足音ばかりが反響した。

一筋川が流れていた。短い石橋がかかっていた。その石橋を渡って行った。

長い廻廊が現われた。白木の懺悔堂が現われた。それを過ぎると河原であった。

天工自然の大巨巌が、燐火の海に浮き出ていた。それには少しの飾りもなかった。これまでのすべての建物の中で、これが一番神々しかった。

富士教団の守護神たる、役(えん)ノ行者の荘厳の木乃伊(ミイラ)が、昔ながらの形を保ち、そこに籠っているのであった。

一隊はその前を通り過ぎた。

と、遥かの薄明の中に、銀のような一筋の光が見えた。

すなわち一湾の湖水であった。

一隊はそっちへ進んで行った。

やがて湖水の岸へ来た。水は箔(はく)のように光っていた。夜光虫の燐の火が、燃え立つばかりに輝いていた。水は微動さえしなかった。それが広茫と湛えられていた。

岸は岩で畳まれていた。それが緩いカーヴをなして、左右へ遠く延びていた。

古風な独木船(まるきぶね)が舫(もや)っていた。しずかに上下へ揺れているのは、多少漣(さざなみ)が立つのであろう。

一隊ははじめて立ち止まった。それから掟が行われた。

庄三郎は信徒の手で独木船へ移された。

彼は死の湖水へ棄てられたのであった。二三人が船を押しやった。と、船は痙攣(けいれん)しながら、沖の方へ辷(すべ)って行った。

湖水は動いているのであった。きわめて緩慢ではあったけれど、沖の方へ、沖の方へと、渦を巻きながら動いていた。

で、船は渦なりに、沖の方へ引かれて行った。

船は湖心まで引かれて行った。

そこでしばらく静まった。それから徐々に流れ出した。

船は東南へ流れ出した。

湖水は大河に続いていた。仁田四郎忠常が、究めることが出来なかったという、人穴の奥の大河こそは、湖水に源を発しているのであった。船の中の庄三郎は、まだ気絶から醒めなかった。血にまみれた顔を上へ向け、木像のように動かなかった。

船は湖水から大河へ出た。河はゆるやかに流れていた。

どこまで流れて行くのだろう？　他の大河へ合するのであろうか？　それとも海へ入

るのであろうか？　それとも地軸へ落ち込むのであろうか？　富士の岩根を貫き流れる、名のない大河は名のないように、どこへ向かって流れるものか、今日も尚解らないのであった。

それは末無しの河なのであった。恐らくきっと地表の外へ、突然消えてしまうのであろう。

船は顫えながら流れて行った。

もう夜光虫はいなかった。水路は文字通り闇であった。

水音が次第に高くなった。

救いの道は絶えてしまった。

船は急速に流れ出した。

第十三回

一

船は駸々と流れて行った。

船の中では庄三郎が、まだ気絶から蘇生なかった。

水路は文字通り闇であった。水の音ばかりが響いていた。

富士胎内のことであった。水路の上や水路の左右は、恐らく岩か土なのであろう。そうして恐らく草木などは、一本も生えてはいないだろう。そうしてもちろん水路には一匹の魚さえ住んではいまい。水草もないに相違ない。生命ある物は一つもあるまい。水！　それは流れていた！　では水だけが生きていると云える。死の胎内を一道の大河が生きて駸々と流れているのだ。しかもその水の行衛と云えば、知っているものはないのであった。流れ流れて消えるのかも知れない。大地の底へ落ち込むのかも知れない。

船はしばらく速く流れた。

その中水勢が和(なご)んだと見え、次第に船は速力を弛め、間もなく穏かに流れるようになった。

その頃から四辺(あたり)が明るくなった。

最初遥かの行手にあたり、蛍火のような微光が見え、船が進むに従って、その微光が色濃くなった。月夜よりはやや暗く、暁の色よりは艶がなく、蒼褪(あおざ)めた他界的の光であったが、他ならぬ夜光虫の光であった。幾億万とも数えられない発光体の微細動物は、両岸の岩にも水の中にも、高い高い天井にも、べったり喰い付いているのであった。岩そのものが発光体であり、水そのものが発光体かのように、朦朧(もうろう)と光って見えるのは、当然のことと云わなければならない。

と、船は光の中へはいった。

蒼褪めた顔、落ち窪んだ眼、血にまみれた腕や足、船底に仰臥(ぎょうが)した庄三郎の姿は、呼吸(いき)のある人間とは見えなかった。このまま彼は死ぬのかも知れない。父母とも叔父とも逢うことが出来ず、闇から闇へ葬られるのかもしれない。

光の中を徐行した。

光はどこまでも続いていた。すると、水路はカーヴをなして、左の方へ緩く曲った。

やはり水勢は穏かであった。ほとんど瀬の音さえ聞こえない。漣（さざなみ）一つ立たないらしい。ただ一筋の長い水脈（みお）が船の船尾（とも）から曳かれていた。夜光虫の光に照らされて、それがひときわ鮮かに光り、駛（はし）る白蛇さながらであった。

水路が次第に拡がった。

一つの小さい入江へ出た。それは一方の断崖が、水勢のために穿（うが）たれたもので、周囲半町もあるだろうか、真ん中に岩の小島があった。

船は入江の岸に添い、島をゆるやかに巡り出した。灰色の漣が島の根方を、音を立てずに洗っていた。入江の水は平らかで、油を流したように穏かであった。

もし庄三郎が気絶から覚めて、その島を仔細（しさい）に眺めたなら、きっと驚いたに相違ない。

島を取り巻いている岩壁に、仏像が刻まれているからである。

鉄鉢（てっぱつ）を両手で捧げた者、猛虎を足に踏まえた者、香炉に向かって坐っている者、合掌し結跏（けっか）し趺坐（ふざ）している者、そうして雲竜に駕（が）している者……千態万状の羅漢の像が、昨日今日鑿（のみ）で彫ったかのように、鮮かに岩へ彫り付けられていた。

それは夜光虫が動くからでもあろう、入江一杯に充たされている、蒼い光はしばらくも待たず、ちょうどまばたきでもするように、チラチラチラチラ動いていたが、その光の動きに連れて、千体仏の表情が明るく暗く変化した、今、一つの羅漢の眼が、夢見るように閉ざされた。と、同時に法衣の襞が、一筋白く浮き出した。しかし次の瞬間には、閉ざされた眼が仄かに開き、その代り法衣の襞が消えた。しかしその次の瞬間には、香炉から立っている煙りの筋が、匂わしく軟かく浮き出した。

船はゆるやかに巡って行った。

船の進むに従って、千体仏の数々は、それを見送り見迎えた。

仏が刻まれている限りは、刻んだ人がなければならない。では無人のこんな境地にも、住んでいた人があったのだろうか？　誰が住んでいたのだろう？　数百年のその昔、役ノ行者がここに住み、日夜不断に鑿を揮い、岩へ仏を刻んだのであった。

人の知らない暗黒世界で、大に知られず努力した跡が、千体仏となって残ったのであった。

それは信仰の所産であった。

同時に意志の所産でもあった。

自己完成と衆生済度との、渾然融和した象徴でもあった。

とまれそこに厳然と千体仏は刻まれていた。そうしてそこは無人境であった。人の訪わない地の底であった。今、小船が流れ寄った。船の底には人がいた。しかし理性ある人間ではない。船は間もなく流れ去るだろう。そうしたら二度とは帰って来まい。ふたたび訪う人もないだろう。

偉大な聖者の苦心の跡は、こうして永久人に知られず、埋没されてしまうだろう。

二

一巡湾を廻わった後、船はようやく水路へ出た。

依然水流はゆるやかであった。微光を分け水に引かれ、船はゆるゆると流れて行った。両岸は朧ろに見渡された。岸がすぐに断崖となり、断崖がすぐに天井となり、天井は次第に低くなった。そこから滴がしたたって来た。水路は幾度か迂廻した。水路が見る見る逼り合い、水の面が膨れ上がり、断崖が左右から寄せて来た所に、一条の瀑布が落ちていた。

右手の断崖の高い所から、ちょうど水路の真ん中辺へ、その滝は落ちているのであった。滝の幅は五間もあろうか、轟々(ごうごう)という高い音は、空洞一杯に反響した。滝には縞が出来ていた。夜光虫の放つ光線が、水勢へ陰影(かげ)をつけるからであった。泡沫(しぶき)が水路を煙らせた。それが微光に色付けられ、鈍い真珠の宝玉(たま)を綴った。滝壺は湯のように煮え立っていた。四辺(あたり)が明るんで見えるのは、滝が微光に反射するからであろう。

船が滝壺に墜落(おちこ)もうとした。一つ大きく傾いた。その余勢で先へ進んだ。そうして船は助かった。

泡沫が船底に仆れている庄三郎の体へ降りかかった。庄三郎の全身は、泡沫のために濡れしおたれ、顔から滴が流れ落ちた。

渦巻く波の圏内から、船が遠く遁がれた時、滝の音は遠退いた。

やや水勢は速まった。

船は前後に躍りながら、先へ先へと進んで行った。

滝の音が全く消え、水の流れが和んだ時、ふたたび静寂が返って来た。

蒼い光を押し分けながら、船はその旅をつづけて行った。

こうして水路は徐々に広まり、やがて水路は大河となった。そうして瀬の音が聞こえるようになった。河幅が広まるに従って、河底が浅くなったらしい。泡沫を冠っても庄三郎は、理性を恢復（かいふく）しなかった。死の道を辿（たど）っていた。その顔色はいよいよ蒼褪め、唇にはほとんど血の気がなかった。一粒の滴が左の眼の、眼尻の下に止まっていたが、それが涙を想わせた。

古風な形の独木船（まるきぶね）は、こうして徐々に流れて行った。

と、一点の灯火が、右手の岸から見えて来た。人工の灯火だということは、火の色の赤いので察せられた。空色の面紗でも張り廻わしたように、蒼々と拡がっている夜光虫の光へ、一所（ひとところ）クッキリと斑点（しみ）を附け、桃色の灯火が燃えているのであった。

その灯火を中心に、一間四方の空間が、淡紅色に隈取られていた。そうしてその光に照らされながら、一人の若い美しい女が、河岸へ膝を突いていた。

何かを洗っているらしい。

背後（うしろ）は険しい絶壁で、その下部に穴があった。人穴へ通う口らしい。そうして女は月子らしい。

白い露出した長い腕を、肘の附け根まで水へ浸し、彼女は何かを洗っていた。

一つ洗っては傍（かたわ）らへ置き、一つ洗っては傍らへ置いた。

十数個の能面を次々に洗っているのであった。

船はゆるゆると流れ下った。

もし彼女が眼を上げたなら、船を見ることが出来たろう。そうしたら彼女は庄三郎を、船から陸へ救い上げたかも知れない。しかし彼女は一心に手もとばかり見入っていた。そうして仕事にいそしんでいた。

で、機会は失われた。

船は河下へ流れて行った。

夜であろうか昼であろうか？　もう幾時（いくとき）過ぎだろう？

庄三郎は気絶していた。時もなければ場所もなかった。夜もなければ昼もなかった。

流れ流れ流れるばかりであった。

河水がにわかに量を増した。

枝川が一筋注がれていた。

そこを過ぎると淵であった。そうしてその頃から次第次第に、蒼い微光が薄れて来た。

間もなく暗黒が襲って来た。

暗黒の中を暗黒の船が、生死未詳の若者を載せて、何処(いずこ)とも知れず流れるのであった。

どの辺を流れているのだろう？　駿河国の方面だろうか？　それとも甲州の側だろうか？　どっちへ流れているのだろう？　東へだろうか西へだろうか？

もし時刻が真昼なら、春の日光が裾野を照らし小鳥が歌い、花が笑い、笠を傾けた旅人が、楽しそうに歩いているだろう。

そうして甲府の城下では、あの豪快な信玄公が、観桜の宴(うたげ)をひらいているかも知れない。

だがここには生活はなかった。

寒さと闇と死と恐れとが、――それも誰にも知られずに、執念(しゅうね)く巣喰っているばかりであった。

三

船はひたすら流れて行った。

それは死への航海であった。

その時雷のような大音響が、行手の闇から響いて来た。

音のようすでその辺りに巨大な穴でも開いていて、そうして大河が驀地(まつしぐら)にそれへ落ち込んでいるようであった。

船は動揺し突き進んだ。

事実そこに大穴があるなら、もう船も庄三郎も、助かることは不可能であった。

大音響は近づいて来た。

と、闇の中にシラジラと、砕ける波の穂頭が、物(もの)の怪(け)のように見えて来た。大穴の周囲(まわり)に岩があって、それへ水がぶつかるらしい。

船は背後へ押し返され、グルグルと二三度ぶん廻わった。そうして次の瞬間には、矢のように速く走り出した。

と、突然横へ反(そ)れた。

そうして、何という奇怪なことだろう。穏かに船は漂った。

それから静かに流れ出した。

大穴の手前数間の所に、横穴が開いていたのであった。押し寄せる水と押し返す波とが、小さな独木船（まるきぶね）を挟み撃ち、大穴へ引き入れるその代りに、横穴へ船を押しやったのであった。

夜光虫が巣食っているからであろう、横穴はカッと明るかった。それも普通（ひととおり）の明るさではなく、真昼のような明るさであった。

横穴はかなり狭かった。庄三郎が眼を覚まし、左右へ両手を拡げたなら、指先が届くであろうほど、幅の狭い穴であった。

そういう狭い横穴へ、ベッタリ夜光虫がくっ付いているので、それでそんなにも明るいのであった。

天井は非常に高かった。そうして水は深かった。で、空気は清らかであった。それは横穴には相違なかったが、やはりそれは水路であった。と云うよりむしろ隧道（ずいどう）なのであった。

船は水路を辷って行った。

水路はおりから花盛りであった。そこでは「祭礼（おまつり）」が催されていた。

ゆるゆる流れている船の左右、狭い高い岩壁に、高山植物や富士植物が、爛漫と花咲いているのであった。一所（ひとところ）岩が飛び出していた。一面に苔が生えていた。そこにあたかも雪のように、純白の花を開いているのは、富士植物の踊子卯木(うつぎ)で、卯木の花は散っていた。微風がソヨソヨと戦(そよ)ぐからであろう。富士薊(あざみ)の紫の花が、花冠を低く水へ垂れ、姿鏡を写していた。燃え立つような草牡丹は、柳蒲公英(たんぽぽ)の黄金色の花と、肩を並べて咲いていた。そうして小さい一匹の羽虫が雌蕊(しずい)を分けて飛び出した。と、花粉が空へ舞い、砂金のように四散した。

　細い触角を顫わせながら、しばらく羽虫は宙を舞ったが、ちょうど小船を導くように、水路を先の方へ飛んで行った。その水路が曲った所に、石楠花(しゃくなげ)の花が咲いていた。小狸蘭の薄紫の花、車百合の斑点(はんてん)のある花、蟹蝙蝠草(かにこうもりそう)の桃色の花、そうして栂桜(つがざくら)の淡紅色の花は、羊歯(しだ)や岩蘭と雑(まざ)り合い、虹のように花咲いていた。

　水中には魚の家族達が、鬼ごっこをして遊んでいた。今、一つの背の赤い魚が、群を離れてつと進んだ。とたんに水藻の花が揺れた。と、その蔭から顔を覗かせたのは、母指ほどの山椒魚であった。

　清らかな空気には花の香が、咽(む)せ返るほどに籠っていた。

　お伽噺(とぎばなし)の空想の国！　船は辷って行くのであった。

　もし神がいますなら、こういう所にいるべきであった。

川底から突起した岩のために、時々船は止められた。岩壁から差し出した花木のために、しばしば船は支えられた。

だが、やっぱり進むのであった。

水路は右へ曲り左へ廻わった。そのつど新しい風景が、船を迎えて展開した。左右の岩壁のある所は、朱塗りのように赤かった。岩の亀裂が紋様を織り、悪鬼、菩薩、少年の姿をあらわしているような場所もあった。

だが庄三郎は眼覚めなかった。見ることも聞くことも出来なかった。ただ船底に仰臥して、船が進めば進むに委(まか)せ、船が停まれば停まるに委せ、生死の間に眠っていた。

船がまたもや迂廻した。

その時、遥かの前方から、意外な光が射して来た。新酒のような光であった。間違いなく朝陽の光であった。

朝陽が射し込んで来たのであった。ではその辺に外界(そと)へ通う、洞穴の口でもあるのだろうか？

船はそっちへ進んで行った。

水の流れが急になり、小さくはあったがハッキリと、洞(ほら)の口が見えて来た。

四

それはある日の朝であった。纐纈城の水門が、鈍い音と共に開かれた。と、一隻の帆船が波を蹴立てて走り出た。愉快そうな歌声が響き渡った。

　いざ鳥刺が参って候
　鳥はいぬかや大鳥は

頭巾、袖無し、裁着（たつつけ）、黐棹（もちざお）、甚太郎が船に乗っていた。いずれも衣裳は新調で、黐棹ばかりが元のままであった。

過ぐる秋のある日のこと、彼を載っけて纐纈城へ運んだ、それと同じ赤帆の船が、纐纈城から湖水の岸へ、彼を運んで行くのであった。

甚太郎はクリクリと肥えていた。血色も好ければ艶もあった。そうしてひどく元気であった。

「おお、おお船頭どんなものだい」船の中間に頑張りながら、彼は毒舌を揮い出した。「とっ捕えたら放しっこのねえ、纐纈城ともあるものが、俺を逃がすとはどうしたものだ。……うんにゃ、違う、逃げるんじゃアねえ。へん、この俺がなんで逃げる。大威張りに送られて帰るのよ。……だがな、本当に纐纈城は、俺にとっちゃいいとこだった。ふんだんにいい着物を着せてくれて、ふんだんに旨い物を食わせてくれて、気儘に遊ばせてくれたんだからな。……ええオイ本当にあんな所が、この世の極楽って云うんだろうぜ。トントン云う目が出るんだからな。……だがな、俺には一つだけ、気がかりの事があるんだぜ。と云うなあ他でもねえ。城の大将に逢えなかったことさ。……全く今でも残念だあな。歓迎してくれた大将に、逢わず仕舞いで帰るんだからな。噂によると大将は、仮面を冠っているそうだが、不自由なことをしたものさ。……うん、そう云えば仮面の大将を、俺らチラリと見たことがあった。……それはそうと、あッ、畜生！　相変らず濛気が立ってやがるなあ！」

人工の濛気は湖上から、一匹の白布を掲げたように、空を蔽って立っていた。ドンドンドンドン！　ドンドンドンドン！　濛気の奥、湖水の底から、何んとも云えない不気味の音が、こう間断なく響いて来たが、血絞り機械の音であった。

船は驀地に駛って行った。

しかし咫尺も弁じなかった。濛気の中を行くからであった。と、行手の一所から太鼓の音が鳴り渡った。それに答えて船中から法螺貝の音が響き渡った。いずれも合図の音であった。

振り返って見ても纐纈城は、どこにあるとも解らなかった。前路を見ても足下を見ても、遮る物の影もなかった。綿と云おうか練絹と云おうか、上へとへと立ち上る、白いものばかりが眼に触れた。

進むかと思えば後へ退き、左へ行くかと思えば右へ反れ、船の進路は定まらなかった。

要害を知らせないためであった。

船夫の姿さえ解らなかった。

それにも拘らず甚太郎は、その船夫へ話しかけた。

「……思い出しても気味が悪い。……庭を歩いていた時だ、ヒョイと上の方を見上げると、そのエテものがいたじゃねえか。赤い陣羽織に、灰色の仮面！　望楼の上からこの俺を、じっと見下ろしていたものさ。おやと思って見直すと、もうどこにもいなかったっけ。……なんだか酷く寂しそうだった。そうして酷く憐れっぽかった。心配があったに違えねえ。気の毒な人に違えねえ。寂しい寂しい人なんだろう。……うんそれから、こんな事があった。こいつあノベツにあったことだ！　ある晩廊下をブラッイていると、何奴か俺を背後から、確かに見詰めているじゃねえか。なんだか変にゾッとして、不意に背後を振り返って見ると、篦棒め誰もいないってものさ。が、確かにいた筈だ。あの人がいたに相違ねえ。うん、そうだ、仮面の大将がな。……俺らが自分の部屋にいると、何奴か窓から覗いたっけ。で、じっと眼を据えると、ふん、こいつも篦棒だ、誰も覗いちゃいねえじゃねえか。だが確かに覗いていた筈だ。やっぱりあの人に違えねえ。……歩いていても坐っていても、眠っていても起きていても、いつもきっとあの大将が、俺を見守っているような、変な気持ちがしたものさ。……だがもうそれともいい、おさらばだ」

船はグングン走って行った。

体がビッショリ湿って来た。厚い濛気の仕業であった。

濛気が薄れ、水の色が見え、やがて正面の空高く富士の全身が現われた。

「ワーッ、富士だあ！　お富士さんだあ！」

甚太郎は船の中で飛び上がった。

「お早う、お富士さん！　いい天気ですね！　久しぶりの対面だあ。濛気の野郎に遮られて、城の中じゃ見られなかったんだからな。……帰って来ましたよお富士さん！　そうだ、去年の秋だった、俺らが城へ行こうとした時、悲しそうな顔をして見送ったが、お気の毒様、帰って来ましたよ」

五

甚太郎ははしゃいではしゃいでまくし立てた。

「だがね、お富士さん、実のところ、俺(おい)らは失望しているんだよ。庄三郎さんはいないんだとよ。うん、そうとも、城の中にはね。そこで仕方なく出て来たのさ。そこでまたまたご探索だ。お前さんの胴(どう)っ腹(ぱら)を中心に、あっちへ行ったりこっちへ行ったり、裾野中探して歩かなけりゃあならねえ。……素敵だ！　相変らずだ！　綺麗なことだ！　春だ！　畜生！　綿帽子だ！　雪の綿帽子を着てますね。いつもお前さんは花嫁だ！　だから裾野は花盛りだ。それ裾模様って云う奴よ。……おおおそこで聞くことがある。どこかお前さんの腰の辺りに、なんとか云ったっけ富士教団か、そうだそうだ富士教団だ、そいつがあるって云うことだが、いったいどの辺にありますかね!? 教えてくんな、お願いだ！ 城の奴らが教えてくれた、富士の裾野をブラック者は富士教団か纐纈城か、どっちか一つへ入り込むってね。だから従兄弟の庄三郎さんは、富士教団神秘境へ迷い込んだに違えねえ。主命とあれば仕方もねえ。富士教団へ忍び込み、庄三郎さんを探さなけりゃあならねえ。人を尋ねて程遠く、海山越えて行くぞえな。小唄の文句にもちゃあんとあらあ。そこでちょっくらご相談、どこをどう行ったらよかろうかね？」

しかし富士は寂然(せきぜん)と眉を圧して立っていた。

弾力を持った山肌は、すがすがしい朝陽を真っ向に浴び、紫陽花(あじさい)色に輝いていた。降り積もった雪もなかば解け、中腹以下は裸体であった。

樹海の緑は去年のままで、黒く鉄のように錆びていたが、間もなく新鮮な今年の葉が、新緑を漲(みなぎ)らせるに違いない。ところどころに紅霞(べにがすみ)があった。桃でなければ山桜であろう。

今、一団の山鳩が、竜巻のように舞い上がった。と、パッと八方へ散った。が、再び一つに集まり、灰色の翼で日光を切り、湖水の岸まで翔けて来た。と、にわかに方向を変え、樹海の方へ引き返して行った。どうやら何かに驚いたらしい。はたして松の梢から一羽の鷹が舞い上がった。そうして鳩の群を追っかけて行った。

湖面は一所銀のように光り、一所風に波立っていた。永い永い冬眠から、呼び覚まされた湖水の水は、しかしまだ何んとなく寝呆けていた。眠気にドンヨリと膨らんでいた。

そうして色も冴えなかった。ただ、元気なのは水鳥で、喧しくカッカツと啼き立てながら、水掻で水を刎ね飛ばしていた。

そうして今や赤帆の船が、辷るように駛って行くのであった。

船首と船尾とに船夫がいた。纐纈布の袍を着た、若い逞しい船夫であったが、去年の初秋甚太郎を、纐纈城へ攫って行った、その船夫の中の二人であった。

「いい気持ちだ！　風が吹く！　暖い風だ！　春風だ！」

甚太郎は尚もはしゃぐのであった。

「船頭、頼む、廻わしてくれ！　グルリと船を廻わしてくれ！　一巡湖水を廻わるのよ。帆綱を握れ！　方向を変えろ！」

そこで船は岸に添い、輪なりに先へ駛って行った。

「やあ兎だ！　刎ねてらあ！」

甚太郎は嬉しそうに手を拍（う）った。岸の枯草の間から、栗色の兎が飛び出して、灌木の茂みへはいったからであった。

栗の木では栗鼠（りす）が鳴いていた。腐木（くちき）の洞では山猫が、何かに向かって唸っていた。

「おっ、変な船が流れて来らあ」

こう叫んで指差した。

古び穢（よご）れた独木船（まるきぶね）が、水に引かれて濛気の方へ、ノロノロとたゆ気に流れていた。

赤帆の船と独木船とは、次第次第に接近した。そうして素早く擦れ違おうとした。

独木船の船底に、若い侍が仆れていた。蒼褪めた顔、落ち窪んだ眼、血にまみれた腕や足、呼吸（いき）のある人間とは見えなかった。

「おお可哀そうに、死んでるよ」

甚太郎は咳いた。しかしその時は赤帆の船は、数間の先を駛っていた。

距離が漸次（だんだん）遠ざかった。そうして間もなく独木船は、濛気に蔽われて見えなくなった。

微風。日光。野花。水鳥。山上湖の春は穏かであった。そうして何事もなかったのであった。

恐らく独木船は水に引かれ、纐纈城の水門へ、横附けされるに相違ない。そうしたら水門は開くだろう。そうしたら別個の運命が、自(おのずか)ら開拓されるだろう。

赤帆の船は岸へ着いた。高坂甚太郎は上陸した。春の朝(あした)の露を踏み、新しい旅へ発足した。

樹海の方から聞こえて来たのは、例の鳥刺の歌であった。

　いざ鳥刺が参って候

…………………

だがその声もやがて消えた。

ようやく朝日は昼の日と変り、草木の露が消えはじめた。

そうして本栖湖は水鳥以外、動くもののない静けさとなった。

六

「俺は昔を思い出した。俺は甲府へ行って見たくなった」

仮面の城主は呟いた。

夜はまだ宵ではあったけれど、纐纈城内は静まり返り、物音一つ聞こえない。賓客達も寝たらしい。

ただ一基の灯火が、部屋の中に灯っていた。

窓から舞い込んだ白い蛾が、灯火の射さない暗い床へ、クッキリと斑点を印けていた。と、それがひらひらと舞い、宙で突然静止した。それは不思議でも何んでもなかった。そこに黒い卓があったからであった。

卓の向こう側に城主がいた。牀机に腰をかけていた。鉛色の仮面の横顔と、纐纈布で作られた、深紅の陣羽織の肩の上で、テラテラ灯火に光っているのが、畸形な彫刻でも見るようであった。

神聖とは類例ない謂いであった。彼の持っている悪病は、この世に類例のないものであった。で、神聖な病気であった。神がいつも孤独のように、彼もいつも孤独であった。

孤独の彼を喜ばせたのは、高坂甚太郎の来訪で、彼はそのため忘れていた血縁の親しみを感じることが出来た。で、彼は甚太郎へ、城の掟を破ってまで、自由自在の生活をさせた。そうしていつも物蔭から、その行動を窺った。

甚太郎の奔放な行動から、彼は彼の少年時代の、奔放な生活を思い出した。甚太郎の唄う歌声から、彼は彼の少年時代の頃、よく唄った流行唄を思い出した。

憎人主義者の彼の心へも、いつとも知れず人情の味が、こっそり忍び込んで来るようになった。

で彼はその日頃、幸福でさえあったのである。

だがその甚太郎は立ち去った。今日の払暁に立ち去った。で再び荒涼たる孤独が、城主の心へ甦って来た。近くに愛すべき何物もない。恐らく近い将来においても、彼を慰めるいかなるものも、訪問しては来ないだろう。孤独。寂寥。孤独。寂寥。永遠に続くに相違ない。

なまじ慰めを見付けたのが、今の彼には苦痛であった。

「俺は昔を思い出した。俺は甲府へ行って見たくなった」

彼、従来の彼ならこんな事は、夢にも思わなかったに相違ない。神聖なる悪病の持ち主の
――衷心からの憧憬であった。

た。たとえどこへ行こうとも、歓迎などはされないだろう。故郷とは惨酷の別名であっ
い。世間的成功をした者だけが、その故郷で容れられた。彼は、城主は、成功者ではな
い。故郷の甲府へ行ったところで、なんの慰めを見付けることが出来よう。

しかし彼は餓えていた。充たさるべく願っていた。食を選ばない彼であった。

彼がゆらりと立ち上がった時、部屋の戸をコツコツと打つ音がした。

「はいれ」と彼は放心したように云った。

はいって来たのは万兵衛であった。

「賓客が参りましてございます」

「そうか」と放心を続けながら、「珍らしくもないな。何者だ？」

「珍らしい賓客でございます。富士教団特有の、独木船に乗って参りました。……若い侍でございます。気絶を致しておりましたところ、介抱致しましたところ、蘇生致しましてございます」

万兵衛は恭しく一礼した。

「よろしい」と城主は冷淡に、「掟通りに、……賓客部屋へ。さて、万兵衛、船の用意！」

「どちらへお出掛けでございます？」

「船の用意だ！　水門をあけろ！」

仮面の城主は繰り返した。

二つの影が前後して、長い廊下を伝って行った。

その人影が消えた時、水門のひらく音がした。続いて帆鳴りの音がした。

この夜月は出なかった。空も湖心も星ばかりであった。

と、太鼓の音がした。答えて法螺貝（ほらがい）の高音がした。

それも途絶えた闇の湖を、駛（はし）る駛る船の帆が、夜の墨色に消されもせず、燃え立つばかりに赤いのは、纐纈布であるからであった。

第十四回

一

仮面の城主は陸へ上がり、船は後へ引っ返して行った。

富士の裾野は闇であった。星ばかりが空へ穴を穿けていた。その暗澹たる漆色の夜を、二つの焔が遠ざかって行った。一つは陸を行く仮面の城主の、身に纏っている袍であり、一つは帆船の帆であった。

纐纈布で製られた、帆と袍とは闇の中を、焔のように輝きながら、水と陸とに別れたのである。

故郷の土地を恋しがり、故郷の人を懐しがり、甲府を差して行くのであった。

だが、はたして故郷の人々は、彼を歓迎するだろうか？　彼は奔馬性癩患であった。

「神聖な病気」の持ち主であった。

神聖とは「二つ無い」謂いであった。それは「無類」ということであった。神が「唯一」でなかったなら、決してそれは「神聖」ではない。神は「唯一」であり「一切」であり「宇宙」であるの故をもって、はじめて「神聖」と云われるのである。

仮面の城主の癩患は、世界唯一のものであった。最後に残ったその物であった。癩患はこの世に多かろう。しかし城主の癩患は、その悪性の点において、他に類例がないのであった。

仮面の城主は歩いて行った。

去年の草に溜っていた、夜露がパラパラと降りかかった。彼の両足は白い布で、隙間なくキリキリと巻き立てられていた。で寒くはない筈であった。

袍の光に照らされて、一間四方の空間が、彼を中心にして光っていた。ポッと明るい円光の中を、深紅の袍が焔のように燃え、前へ前へと行くのであった。

彼の歩みは「歩み」というより、むしろ彷徨というべきであった。否むしろよろめきというべきであった。

彼は左右へよろめきながら、前へ前へと進むのであった。

彼の着けている少将の仮面は、深紅の袍に照らされて、同じ色に輝いていた。額の辺りがテラテラと映ろい、今にもそこから血の滴を、ポタポタ足下へ落としそうに見えた。しかしその顔は無表情であった。ただ丈高い草の葉や、横へ突き出された木立の枝が、彼の行手を遮る時、あるいは可笑し気なあるいは悲し気な、幾筋かの陰影が付くばかりであった。

彷徨いよろめき歩くにも似ず、彼の歩き方は速かった。それは遥かの行手から、故郷の声が呼ぶからであった。彼は征矢のように走ることさえあった。それはその時故郷の声が、ひときわ高く聞こえて来るからであった。しかしすぐに歩みを弛め、さも苦しそうに喘ぎ声をあげた。

草を踏み分ける足の音と、時々洩らす喘ぎ声とが、次第に更けて来る夜の裾野の、たった一つの音であった。

一匹の布が焔のように輝き、その頂上の縊れ目に、斜に付いた太い眉と、魚の形の長い眼と、削ったような高い鼻と、なかば開いた唇とを持った、能面が載っているということは――しかも暗夜の荒野の中を、動いているということは、何んと云ったらいいだろう？

仮面の城主は歩いて行った。

荒野が尽きて深林となり、その深林へ分け入った時、ひとしきり彼の姿が消えた。しかし間もなく一団の焔が、木と木の間を縫って行った。

白樺が彼を迎えた時、粉を吹いたような木の幹が、彼の袍に反射して、しばらく桃色に色附いた。しかし彼が立ち去ると同時に、再び闇に埋ずもれた。胡頽子（ぐみ）の灌木が行手を遮り、それを彼が迂廻（まわ）った時、巣籠っていた山鳩が、光に驚いて眼を覚ました。そうして長い間啼き止まなかった。

一所（ひとところ）に熔岩の層があった。その裾を清水が流れていた。その縁を彼が行き過ぎた時、一瞬間水が火となった。

暖かい人情に憧憬（あこが）れながら、産れ故郷の甲府を差して、仮面の城主は歩いて行った。

林が途切れて禿山（はげやま）となった。

その禿山を向こうへ越した。

そこに谿（たに）が横仆（よこた）わっていた。そうして谿底へ下りた時、彼は最初の休憩（やすみ）をとった。

夜は容易に明けようとはしない。

彼は歩かなければならなかった。

また一団の燃える焔が、谿の斜面を這って行った。

甲府よ甲府よ懐しい甲府よ！

で、彼は上り切った。

狼が一匹眠っていた。彼は饑えてはいなかった。今は既に冬ではなかった。彼の獲物は到る所にあった。地に仆れた朽木の洞に、満腹の体を長々と延ばし快さそうに眠っていた。

彼の眼を覚ますものがあった。それは熱のない火光であった。彼は猛然と洞を出た。しかしすぐに背を縮め、尾を両脚の間へ入れ、耳を背後へ思うさま引いた。何故吠えないのだ狼よ！

産まれて初めての恐ろしいものが、その前を走るように通るからであった。

二

精進湖の岸まで来た時にも、まだ春の夜は明けなかった。岸辺を北の方へ歩いて行った。藤丸の渓流を渡る時、彼は苦心して裾を捲った。掲げられた裾のその下から、太い純白の布を巻いた脚が、ヌッと二本現われたのは、なんという不気味の光景だったろう。その脚を不器用に曲げながら、石伝いに越えなければならなかった。

無生野（むしょうの）というのは落葉松（からまつ）の林で、そこには毒蛇が住んでいた。彼は何物をも恐れなかった。林の中へはいって行った。と、シュッシュッと音を立て、枯草の中から無数の蛇が、鎌首を上げて走り出して来た。しかしもちろん一匹といえども、飛びかかって来ようとはしなかった。いずれも波のように背を持ち上げ、同じ所でのたくっていた。意外の時に意外の物を――煌々（こうこう）と輝く深紅の光を、意外に見たということが、鈍感の彼らをも驚かせたのであろう。

音久和の古池の縁を過ぎ、乳守の古代古戦場をも、走るようにして越えて行った。蘆川の流れは速かった。そうしてそこまでやって来た時、東の山の端が色付いた。

「夜が明ける」

と呟いた。

しかし彼は進んで行った。

一千二百二十尺の、王岳（おうたけ）山の頂きが、次第に水色を呈して来た。しかし山肌はまだ暗く、山全体は眼醒（めざ）めなかった。王岳と向かい合った釈迦岳（しゃかがたけ）は、しかし半分醒めかけていた。

と、嵐が吹き出した。暁に吹く嵐であった。忽（たちま）ち木々がざわめき出し、そうして雑草が靡き出した。

新葉を芽まない雑木林は、その枝を空へ帚木のように延ばし、それを左右に打ち振った。また常盤木の群木立は、去年のままの暗い緑を、さも物憂そうに顫わせた。

今、一陣の飃風が、王岳の、頂きから吹き下して来た。山の麓の落葉松林が、まず真っ先に動揺した。それに続いた杉の林が、間もなくヒューヒューと呻き声を上げた。と、枯草の丘があった。嵐はそれへもぶつかった。そうして枯草を薙ぎ仆した。だが嵐は勢いを弱めず、先へ先へと突進した。橅、榛木、赤松、黒松。――嵐の進路にあるほどのものは、洗礼を免れることは出来なかった。谷から岩を転ばした。野兎の群を狩り出した。

そうして仮面の城主の袍を、その体を中心にして、左右前後に渦巻かせた。

今や飃風が城主を襲った。

いままでは煌々と静かに輝いた、一道の光に過ぎなかった。しかし今はそうではなかった。今は燃え狂う業火であった。全くそれは活き不動であった。前へ前へと進んで行った。動かないものが一つだけあった。他でもない仮面であった。

やがて嵐は彼を見棄て、釈迦岳の方へ走って行った。忽ち彼の左手にあたり、同じ動揺が湧き起こった。木立から林、林から森、森から平原、平原から丘。そうして山骨へぶつかった。岩の狭間(はざま)に眠っていた、若い野猪が眼をさまし、木精(こだま)を起こして吠えたのが、嵐の最後の名残りであった。

死んだように四辺(あたり)は静かになった。

動くものとては一つもなかった。

ただ一人城主ばかりが、先へ先へと進んで行った。

その頃から星が消え出した。

一番小さな屑星が、真っ先に光を失った。つづいて二つ、つづいて三つ、そうして順次に消えて行った。

東の空の水色が、次第にその色を変えて来たのも、ちょうどこの頃からのことであった。

夜の明けるにも順序があった。

まず暗い水色が、次第次第に透明になり、やがて薄い樺色(かばいろ)となった。そうして徐々に孛藍色(はいらんしょく)となり、おもむろに変って卵黄色となった。そこへ紅が点じられた。ちょうど花弁でも開くように、その紅色は拡がった。

山々の肌が襞(ひだ)を現わし、窪んだ所は尚暗く、突き出た所は色着いて見えた。

この前後から雀達が、木々の梢で啼き出した。

色と音との合奏が、いまや裾野を占めようとしていた。

空の大半が紅潮を呈し、その紅の極まった頃、一筋の金箭(きんせん)が王岳の峰から、空へ燦然(さんぜん)と射出された。つづいて無数の黄金の箭(や)が、空を縦横に馳せ違った。

仮面の城主の纐纈の袍は、その光を全然(すっかり)収めた。平凡な紅色の衣裳となった。

三

一本の樫(かし)の木が立っていた。

それは非常に高かった。その梢の一本の枝へ、陽の光が、射(さ)したと思った時、王岳の頂きへ今日の太陽が、はじめて額を現わした。

裾野は露に濡れていた。

その露が一時に輝いた。

しかし裾野は次の瞬間には、靄(もや)に鎖(と)ざされて見えなくなった。

仮面の城主はその靄の中を、下へ下へと下って行った。

古関、飯田、梯、新屋、点々と小さな部落があった。彼は部落を故意と避け、先へ先へと進んで行った。

次第に靄が上って来た。

人に見られるのも厭であった。

彼の足は疲労れて来た。

やがて滝戸山の斜面へ来た。

巨大な一座の枝垂桜が、根もとまでベッタリ花をつけていた。

その蔭で彼は眠ることにした。

鉛色の少将の能面を、桜の花越しに空へ向け、後脳へ枯草を積み重ね、両足を延ばし、両手を重ね、地の上へ仰向けに寝た。

はたして彼は眠られるだろうか？

彼といえども人間であった。睡眠はとらなければならないだろう。しかし眠りは円ではあるまい。だが彼は疲労れていた。間もなく眠りに入ったらしい。

それは奇怪な絵であった。――神代桜の枝垂れた枝々には、盛り切れないほど花が着いていた。そうしてその花は老いていた。で絶えず繽紛(ひんぷん)と散った。仮面(めん)の上へ落ちるのもあり、袍の上へ落ちるのもあり、手足の上へ落ちるのもあり、落花は彼を埋めようとした。

春昼の陽は暖かかった。花を蒸し人を蒸し、大地を蒸し草を蒸した。その大地からは陽炎が立ち、空の方へと上って行った。

花を洩れ枝を洩れ、新酒の色をした日の光は、仮面の城主の仮面の上へも、その体へも斑点(はんてん)をつけた。

彼は眠りに落ちていた。しかし仮面は眠っていない。表情のない魚形の眼は、表情のないままに見開かれていた。表情のないその唇(くち)は、表情のないままに開いていた。

四辺(あたり)は明るくて華やかで、万物が生々と呼吸(いき)づいていた。

蕗(ふき)の薹(とう)は土を破り、紫の菫(すみれ)は匂いを発し、蒲公英(たんぽぽ)の花は手を開き、桜草は蜂を呼んでいた。

あらゆる種類の春の花を、受胎に誘う微風(そよかぜ)は、花から花へ渡っていた。

と、雉(きじ)の声がした。

すると、山鳩の声がした。

と、雲雀（ひばり）の声がした。――空の大海を流れながら、漂泊の歌を高らかにうたい、容易に啼きやまない雲雀の唄だ！

城主の眠りは醒めなかった。

万物は成長（のび）よう成長ようとしていた。一人城主の肉体ばかりは、破壊に向かって進んでいた。

恐るべきことが行われた。

一羽の雀が地に飛び下り、餌はあるまいかと見廻わした。と城主を発見した。そこで彼は無邪気に飛び、ピョンと城主の手に止まった。布は手の甲まで巻かれていた。出ているものは指ばかりであった。しかし、それは指だろうか？　とにかくそれは三本しかなかった。爪もなければ肉もなかった。あるものはあざれた骨ばかりであった。しかも鉤（かぎ）のように曲っていた。そうしてドロドロした不気味な液が、骨の先から滲（にじ）み出ていた。

それは「神聖な液」であった。膿（うみ）などとは云われない。

それへ雀がさわった時、恐るべき事が行われた。

痙攣（けいれん）！　羽搏（はばた）き！　全身麻痺！　雀は鞠（まり）のように固まった。

そうしてコロリと地へ落ちた。死骸となって落ちたのである。

間断（たえま）なく花は散っていた。

光と音楽との洪水が、天と地とを溺らせていた。

城主の眠りは醒めなかった。

傍らの橅（ぶな）の木の茂みから、喧（かしま）しい喋舌（しゃべ）り声が聞こえて来た。やがて姿を現わしたのを見れば、十数匹の甲州猿であった。

彼らは隠れん坊をやっていた。枝から枝を渡りながら、大はしゃぎにはしゃいでいた。

とりわけ大きな雄猿が、仮面の城主を発見した。

四

そこで彼は侶（とも）を呼んだ。

いつも見慣れている人間とは、城主の様子が違っているので、最初彼らは不思議そうに、グルリを囲繞（とりまい）て眺めていた。

その中に例の大猿が、忍び足をして這い寄った。そうして袍の袖を引いた。が、城主は動かなかった。図に乗った猿は一層近付き、鉤のような指を引っ張った。やはり城主は動かなかった。一斉に猿達は喝采した。彼らはすっかりいい気持ちになり、次々に大猿の真似をした。

やはり城主は動かなかった。

あまり相手が穏しいため、彼らは次第につまらなくなった。そこで彼らは城主を見棄て、また以前の隠れん坊をやり出した。

十分あまりも経っただろうか、枝垂桜に上っていた、例の大猿が悲鳴を上げた。そうして枝から転がり落ちた。

痙攣！　萎縮！　そうして強直！　……大猿は一瞬にして死骸となった。つづいて幾匹かの甲州猿が、同じ径路をとって死んで行った。

世界唯一の奔馬性癩患は、触れるものの命を奪うのであった。

城主の眠りはさめなかった。

自然の美しさには変りなかった。遥かの山の中腹を、大鹿の列が走って行った。百舌鳥が声を納める頃となった。永い春の日も暮れ逼って来た。

纐纈布の赤袍が、ふたたび焔のように輝く時刻になった。

一つ一つ星が生れて来た。

その時城主は眼をさました。そうしてやおら立ち上がった。

それは一本の火柱が、ノビノビと上へ延びたようであった。その頂きに顔があった。

「甲府へ」

と彼は呻くように云った。

火柱はのろのろと動き出した。それが次第に速くなった。

なつかしい故郷の呼び声がした。急がなければならない。急がなければならない！

鍛治屋街道に添いながら、城主は飛ぶように走って行った。左右口（うばぐち）、心経寺、中岡、滝川、禄岱、寺尾、白井河原、点々と部落が立っていた。彼はもちろん避けて通った。

しかし恐らく部落の人達は、彼の姿を見ただろう。

「おや、光物が通って行く！」

「おや、火柱が走って行く！」

「悪い事があるに違いない！」

「神様よ、お守りください！」

彼らのある者は祈ったかも知れない。

「甲府へ！」

と城主は呻くように云った。

そうしてひたむきに走って行った。

甲府の人よ、気を付けるがいい！「神聖な病気」が入り込もうとしている。いそいで門を鎖ざさなければならない。いそいで窓を閉めなければならない。そうして一人も戸外へ出るな！見ないがいい！さわらないがいい！注意しろ！人種を！

信玄の威力をもってしても、恐らくこればかりは防ぐことは出来まい。馬場、山県、真田、高坂、これらの人々の智謀をもってしても、これればかりはどうにも出来ないだろう。御親類衆、御譜代家老、先方衆、大将衆、御曹司様、奉行衆、どんなに勇気があったところで、悪病を防ぐことは出来ないだろう。

上杉、北条、今川、織田、これら敵方の勇士より、仮面の城主を恐れなければならない。

仮面の城主は走って行った。

浜、落合、小湊も過ぎた。笛吹川もついに越した。山城、下鍛冶屋、小瀬、下河原、住吉、小河原、畔まで来た。

と、遥かの前方に、甲府の城下の灯火が見えた。

「故郷！」

と城主は憧憬れるように云った。

「故郷！」

と彼はもう一度云った。


永禄二年春以降、大いに甲府に癘風起こる。ただ、風土記にはこう記されてある。しかしどういう径路をとり、どういう有様に流行したかは、知る人きわめて少いだろう。


花嫁の行列が通っていた。甲府城下の夜であった。提灯の火が輝いた。沢山の人達が花嫁を囲み、さざめきながら歩いていた。

行列は辻を曲ろうとした。と、忽然火柱が立った。火柱のてっぺんに顔があった。人達は八方へパラパラと散った。残ったのは花嫁ばかりであった。顫えながら花嫁は立っていた。

その時、火柱の主が云った。

「故郷の人。……祝福あれ！」

そうして花嫁へ手を触れた。それは愛撫の手であった。

そこで花嫁は恐る恐る云った。

「神様、ありがとう存じます」

火柱の主は辻を曲り、深紅の光は見る見る消えた。

ふたたび行列は進むことになった。

と、花嫁が呻くように云った。

「体を虫が這うようだ」それからさらに花嫁は云った。「ああ体中が燃えるように熱い。……ああ、両肘（ひじ）が痒（かゆ）くなった。……ああ膝頭が痒くなった。……皆様、どうしたのでございましょう。……眉の上が痒くなりました。……むくんだようでございましょう。……おお眼が変になりました。……体から何か垂れるようです。……おお、おお、どうしたのでございましょう！　……小指と薬指とが曲ってしまいました。……延ばそうとしても延びません。……痛い痛い体中が！　おお、おお、足が動かなくなった。……体がだるくてなりません。……足が引き釣ってなりません。……指が！　指が！

十本の指が！　鉤のように曲ってしまいました。……眼をつむることが出来なくなった。……ああ厭なものがヌラヌラする。……」

　だが人々は祝し合った。

「神様がお祝いなされたのだ」

「めでたい婚礼だ。めでたい婚礼だ」

「お顔を見たか！　神々しかったことは！」

「お体から後光が射していた」

　しかし花嫁は呻きつづけた。二町あまりも行った時、急に前のめりに昏倒した。忽ち混乱が湧き起こった。一人の老人が花嫁を抱いた。無数の提灯が差し付けられた。

　その時、花嫁の綿帽子が取られた。

　そこには花嫁の顔はなく、見も知らないところの妖怪の顔が、婚礼の晴着の襟を抜き、ヌッと提灯の火に晒されていた。

　その顔色は鉛色であった。無数の紫の斑点が、痣のように付いていた。額はテカテカ銅のように光り、眉毛と睫毛とが抜け落ちていた。もちろん頭髪も脱落し、前額は奥まで禿げ上がっていた。眼！　そうだ！　眼を見るがいい眼ばかりはカッと見開いていた。永久閉じられない眼であった。下瞼がムクレ返り、毛細血管がふくれ上がり、あたかも赤い絹糸のようであった。だが視力は持っていた。しかし瞳は開いていた。そうして白眼は血で充たされ、炭火のように熾っていた。口は斜に釣り上がり、夜具の裾のようにふくれ上がっていた。そうしてその色は鉛色であった。ダラダラ涎が流れ落ちた。耳の附け根から頸へかけ、水腫がギッシリ出来ていた。膿ではない「神聖な液」だ！　それが水腫から流れ出していた。

十本の指が鉤のように曲がり、十個の爪は跡さえなかった。みんな抜け落ちたのである。手にも足にも水腫があった。

見る見るうちに眉が脹れた。そうして獅子顔を現じ出した。ポロリと小指が一本取れた。

だが彼女は死んだのではなかった。意識は非常に明断なのであった。しかし全身は麻痺していた。

彼女は「ヒーッ」と悲鳴を上げた。神経痛が襲ったからである。

三年五年ないしは十年、さらに長きは二三十年の間に、徐々として行われる腐肉作用が、一瞬の間に行われたのであった。奔馬性癩患の性質であった。

彼女はもはや花嫁ではなかった。恋婿を棄てなければならなかった。家を棄てなければならなかった。乞食(ものごい)にならなければならなかった。

彼女を抱いていた老人は、悲鳴を上げて手を離した。

提灯の火がバラバラと散った。

婚礼の行列は四散した。

呼び合う声ばかりが入り乱れた。

第二の犠牲者は老人であった。彼は花嫁を抱いたばかりに「神聖な病い」に取りつかれた。

眉毛が抜け睫毛が抜け、紫斑と水腫と結節とが、彼の姿を醜いものにした。

三番目の犠牲にあげられたのは、不幸な老人の妻であった。良人(おっと)の介抱をしたばかりに、同じ運命に墜落(おちい)った。

その時闇の夜を明るく照らし、一団の提灯が走って来た。変を聞き知った花婿が、家族と一緒に走って来たのである。

花婿は礼装で身を飾っていたが、地に仆れている花嫁を抱いた。が、あまりの恐ろしさに、抱いた花嫁を投げ出した。

見る見る彼の男らしい姿は、恐ろしい姿に変って行った。そうして花嫁と折り重なり、癩人として横仆った。

さわってはいけない病気なのであった。それは「さわるな」の病気であった。

花嫁とそうして花婿との親は、めいめい子供達を介抱した。で、親達も「さわるな」にさわった。

こうしていずれも同じ運命となった。

五

それは恐怖の夜であった。かつて一度も外寇を受けない、信玄治下の甲府城下は、思いもよらない悪病のために、苛まれなければならなかった。

たった一晩のその中に、幾十人人が仆れたろう。

迂闊に歩いていた旅人は、旅人に縋られて介抱した。で自分も病人になった。

病人が病人を拵えて行った。

呻吟の声、詛(のろ)いの声、詈(ののし)る声、悲しむ声——四方の辻で聞こえていた。

夜はもうかなり深かった。そうして今夜は月がなかった。星の数さえまばらであった。

信玄公のお館ばかりは、寂然と静まり返っていた。

夢見山は東南に聳え、躑躅(つつじ)ケ崎は東北にあった。

山々は黒く落ち着いていた。

だが町々は発狂していた。

それは「赤の恐怖」であった。

群衆の逃げる音がした。それが家々へ反響した。何かに驚いて逃げるのであった。と、また集まる足音がした。大勢一所(ひとところ)に塊まらなければ、恐ろしくて恐ろしくてならないのであった。

「どこへ行った？」

「どこにいる？」

「何んだ何んだ！　何があったのだ！」

雨戸がバタバタと開けられた。窓がガラガラと開けられた。

反対に雨戸の閉じる音がした。閂（かんぬき）を下ろす音もした。

雲を洩れた大きな星が、お濠へ影をうつしていた。

一人の武士が鍛冶小路を、お館の方へ走って行った。

と、曽根屋敷の土塀の蔭から、一人の武士が走り出た。

「待て！」

「何を！」

「待て！」

「黙れ！」

突然刀が抜き合わされた。

間もなく「あっ」という声がした。一人の武士が切り斃（たお）され、一人の武士が見下ろしている。

「桝形東馬だ。俺の親友だ。……何んのために俺は殺したんだ。……何んだか知らない。恐ろしかったからだ。……俺は生きてはいられない。……腹を切ろう腹を切ろう」

大地へ坐って腹を切った。

赤の恐怖の所業（しわざ）であった。

一軒の家では摑み合っていた。一軒の家では泣き喚いていた。

何かが、そうだ、恐ろしい何かが、潜入したに相違ない。

だがやがて夜があけた。

憐れな行列が通って行った。

花嫁姿の若い女が、顔へ四角の白布を下げ、よろめきながら先に立っていた。つづいて若い男が行った。花婿姿は派手やかであったが、やはり白布で顔を隠していた。後に続いて数十人の人が、一様に顔を白布で隠し、あるいは這い、あるいはいざり、またはノロノロと歩いて行った。

指のもげた者、片足欠けた者、腕の取れた者、耳の腐った者――一夜で出来た癩人であった。

家を見捨て、故郷を出で、どことも知らず彷徨うのであった。

と、鉦がチーンと鳴った。胸にかけた鉦であった。

それが家々に反響した。

どんよりと空は曇っていた。

と、また鉦がチーンと鳴った。

城下外れの街道を、ノロノロと行列は辿って行った。犬が吠え、鶏が啼き、田家からは炊煙が立っていた。畑には菜の花が盛りこぼれていた。

行列の唄うご詠歌が、次第次第に遠ざかって行った。帰るあてのない旅であった。ご詠歌の声は遠ざかって行った。

不安の一日が暮れた時、恐怖の夜が襲って来た。夜の城下は陰森と寂れ、人っ子一人通ろうともしない。深夜三更の鐘が鳴った。

その時、お厩の土塀の角へ、薄赤い光が茫っと射した。次第に光は赤味を加え、やがて焰々たる火柱となった。土屋右衛門の屋敷の方へ、土塀に添いながら進んで行く。

依然無表情の少将の仮面が、火柱の上に載っかっていた。信玄の居城、甲府の城下を、祝福しようそのために、仮面の城主が現われたのであった。

「なつかしい故郷！　恋しい甲府！　俺の祝福を受けてくれ！」

第十五回

一

「そんなに甲府はひどいのか。俺にとっちゃあ初耳だ」

こう云ったのは陶器師であった。

ここは富士の三合目であった。

火が竈で燃えていた。それが飴のように粘って見えた。

今日はお山は曇っていた。空気も変に湿っていた。で小鳥達も悄気返り、葉蔭に隠れて歌わなかった。

「お話にも何んにもなりゃあしない。餓莩巷に満つるというのは、応仁時代の京師だが、今の甲府は癩患者で、それこそ身動きも出来ないほどだ」

春とは云っても寒かった。竈の火口へ手を翳しながら、草賊の長毛利薪兵衛は、物臭さそうにこう云った。

「火柱が立つっていうのだな」陶器師は好奇的に訊いた。

「そうだ、毎晩立つそうだ」

「そいつが悪病の主なのだな」

「うん、そうらしいということだ」

「お前見たのか、火柱を?」

「幸か不幸か見なかった。……目ぼしい仕事はあるまいかと、甲府の城下へ行ったのだが、今からちょうど十日以前、仕事どころかそういう騒ぎだ。ほうほうの態(てい)で逃げ帰ったやつさ」

　薪兵衛はここで苦笑した。

「莫迦(ばか)な奴だ。意気地なしめ」陶器師は冷笑した。「そういう騒ぎだ、ドサクサ紛れに、信玄の首でも掻けばよかった」

「え、何んだって、信玄の首? 冗談じゃあねえ、何を云うんだ。そんな放(はな)れ業(わざ)が出来るものか。それにそんな怨みもねえ」

「怨みはなくとも手柄になる。日本第一の豪の者、世間から折り紙を附けられる。故主へ帰ればお取り立て、一万二万の知行になる」

「駄目だ駄目だ」と薪兵衛は、不器用に左右の手を振った。

「第一俺は帰参して、知行を貰おうとは思わない。今の身分で結構だ」

「ふん」と陶器師は鼻を鳴らした。「十人の泥棒の頭でか」

「だがお前よりは偉い筈だ」

「なるほど、俺には手下はない」

「一人ぼっちとは気の毒なものさ」

「俺には俺の考えがある」

「聞きたいものだ。どんな考えかな」

「俺には自信があるからよ。それから俺は人間が嫌いだ」

「人間が嫌い？　これは面白い。ではサッサと死ぬがよかろう」

すると陶器師は笑いもせず、

「そうだ、俺は人間が嫌いだ。だから俺は養生して、うんと長生きをするつもりだ」

薪兵衛には意味が解らなかった。黙って竈の火を見詰めた。

と、陶器師は何気なく云った。

「ひどく斬りよいな、お前の首は」

薪兵衛は思わず身顫いした。

「何を云うのだ。気味の悪い奴だ」……あわてて首を引っ込ませた。

「死その物は恐ろしくない」自分で自分へ云うように、穏かな口調で陶器師は云った。

「死の連想が恐ろしいのだ。……そうして本当に恐ろしいのは、生きているということだ。……死の連想に脅かされながらいつまでも人間は生きたがる。……それは恐ろしさを味わいたいからだ。……人生に恐怖がなかったら、どんなに退屈なものだろう。……臆病者は自殺する。死の連想に喰われたのだ。……それはそうと降らねばよいが」

チラリと陶器師は空を見た。

空は一様に灰色であった。

今は真昼に相違なかった。

だが太陽は見えなかった。

一所黒雲が塊まっていた。縁が一筋白かった。そこに太陽がいるのかもしれない。

薪を一本手に取ると、陶器師は火口へ押し込んだ。パッと火の子が四散した。その一つが飛んで来て、陶器師の左の頬を焼いた。

「信玄も困っているだろう。いかに戦は強くとも、悪い病気には勝てまいからな」

「そうだ」と薪兵衛は頷いた。「周章(あわ)てているということだ」

「不レ動如レ山、この旗標も無効かな」

「それに上杉が兵を出して、国境へ逼ったということだ」

「そうか、いよいよ面白いな」

「北条殿も兵を出し、やはり国境へ逼ったそうだ」

「ううむ、そうか、北条殿もな」陶器師は妙に息苦しそうに、

「殿には益々元気らしいな。……お互い浪人して久しいものだ」

「だがあの頃は窮屈だった。……懐しいとは思わない。……今の身分が一番いい。……お前はどうだな思い出すかな？」

　薪兵衛の口調は揶揄(やゆ)的であった。

「俺か」と陶器師は物憂そうに、「思い出すまいとしているのさ」

二

「アッハハハそうだろうて」薪兵衛は益々揶揄的になった。

「ある人にとっては思い出は、ひどく楽しいということだ。お前にはそうでもないらしいな。だがこれはどうしたことだ。北条家の北条内記といえば、立派な家柄の武士ではないか。侍大将の筆頭で、しかも主君とは縁辺だ。非常な勇士で武道の達人、殿のお覚えめでたかった筈だ。いいことずくめのお前だった筈だ。昔思えば懐しい。こういかなければならない筈だ。それだのに思い出は苦しいという。解(げ)せぬぞ解せぬぞ少し解せねえ。アッハハハ解せねえなあ。……とは云えつらつら考えてみるに、無理もねえ節があるかもしれねえ。おおあるある一つある。こいつを思うと辛かろうよ。浪人をした原因だからな。武道の恥ならまだいいが、密夫されたとあってみれば、これ以上の恥はねえからなあ。が、そいつも仕方がねえ。そうだそいつも仕方がねえ。が、ここに一番困ったことには、家中一般の同情が、密夫密婦に蒐(あつ)まって密夫されたお前に集まらなかったことだ。『北条内記の面相なら、連れ添う女房でも厭になろう』『その女房の園女と来ては、家中一等の美人だからな』『うまくやったは伴源之丞、あの園女を手中に入れ、他国するとは果報者だ』『そのまた伴源之丞と来ては、家中一番の美男だからな。似合いの夫婦というやつさ』などと蔭口を利いたものさ。さすがのお前も参ったらしい。そこで北条家を浪人し、気の利かねえ女敵討ち、なるほど思い出は辛かろうな」

毛利薪兵衛は面白そうに、後から後からと毒吐いた。

「さて、ところで、ここに一つ、お前に聞かせてえことがある。他でもねえ居場所だ。密夫密婦の居場所だ。チラリと俺は聞き込んだ。どうだどうだ聞きたかろう。甲府の城下で聞いたのさ。よかったら聞かせてやってもいい。が、只じゃあ勿体ねえ。いくらかよこせ、え、いくらか」

陶器師は返事をしなかった。ゆるゆると彼は寝そべった。右手を敷いて枕とし、左手を脇腹へ自然に置き、唇を閉じ眼を瞑ぎ、寂然として聞いていた。

「おいどうした、陶器師殿、痩我慢なら止めるがいい。権式張るならおいてくれ。なるほど昔の俺らなら、位置の高下もあったろう。俺はわずかに蔵奉行、お前は素晴しい大身だ。しかし今じゃあ同じよ。富士の裾野に巣食っている、魑魅魍魎の仲間だあね。なんの差別があるものか。うん、これだけでもいい気持ちだ。そうともそうとも俺にはな。なんの昔が恋しいものか。……おおおおどうするえ陶器師、出すか厭か、聞きたくねえか」

嵩にかかって云い募った。

恐ろしく薪兵衛は愉快そうであった。

同じ家中にいた頃は、身分の相違で圧迫され、同じ剽盗になってからも、技倆の違いで威圧された、その鬱憤を晴らすのが、何んとも云えず楽しいらしい。云い募り云い募りしながらも、絶えず彼はヘラヘラ笑った。

だが陶器師は動じなかった。右手を敷いて枕とし、左手を自然に脇腹へ置き、眼を瞑じ唇を閉じていた。しかし顔色は蒼かった。益々蒼くなって行った。そうして左手の爪先が、幽かに幽かに痙攣した。

「薪兵衛」と陶器師は不意に云った。それは落ち着いた声であった。氷のように冷たかった。だが一脈凄気があった。

「お前のためだ、喋舌るのは止めろ」

「何を？」と薪兵衛は憎さ気に云った。「まだお前は威張る気か」

「古傷をつつくと破れるぞ」

「おおさ、お前の古傷がな」

「いけない、いけない疼(うず)き出して来た」

「気の毒なものさ。可哀そうなものさ」

「血は復讐する。気を付けろよ」

「それがどうした。なんのことだ」

「古傷をつつくと破れるぞ」

「と、生血(なまち)が流れ出る」

「血は復讐する、気を付けろよ」左手を腹まで下ろして行った。

だが薪兵衛は気が付かなかった。

「三合目殿、さてさて出し惜みをする奴だな。よしよしそれでは只で話す。……中府で聞いた物語、夢のような話だが、根のねえことでもなさそうだ。甲斐と信濃の国境、富士見高原のどん詰り、八ケ岳の渓谷(たにあい)に、極楽浄土があるそうだ。僧院があるということだ。密夫密婦の隠れ場所、院主は尼僧だということだ。だが有髪(うはつ)だということだ。一旦そこへ飛び込んだら、どんな悪業の人間でも、匿(かくま)ってくれるということだ。恐らくそこにいるだろうよ、お前の目差す二人もな。尼僧と聞いては色気がねえ。有髪とあってはそうでもねえ。とまれ結構な極楽さ。別れ別れて住むじゃあなし、好いた二人の共住みだ。そうして懺悔(ざんげ)の生活だ。こういう懺悔は悪かあねえ」

三

陶器師はやはり動じなかった。

しかし左手は徐々に動いた。一寸二寸と動いて行った。いつか腹から辷り落ちた。土を指先で探りながら、足の方へと動いて行った。

薪兵衛はそれでも気が付かなかった。

いささか彼は張り合いが抜けた。

あんまり相手が冷静なので、的を外した思いがした。で彼は焦心(あせ)って来た。もっともっとえぐい事を云って、反応を見たいと思い出した。

「いいないいな、いい商売だ。密夫商売気に入ったな。そこで俺らも探すとしよう。間抜けた亭主はなかろうかな。お前のような亭主がよ」

「薪兵衛」

とその時陶器師が云った。押し付けたような声であった。

「なんだなんだ、何か用か」

薪兵衛は唇を舌で嘗めた。

「俺は寝返りを打とうと思う」

「え、寝返り？　何んのことだ？」これには薪兵衛も吃驚した。

「薪兵衛、だからそこを退け」

「何を！」と薪兵衛は威猛高になった。「増長するな、昔とは違う」

「俺は光明優婆塞に逢った」こういう間にも陶器師の手は、足の方へ足の方へと動いて行った。そっちに太刀が置いてあった。そっちへ動いて行くのであった。

「富士教団の教主にか」

「そうだ」と陶器師は冷静に、

「俺はそいつをとっちめてやった」

「俺とは関係のねえことだ」

「が、この俺もとっちめられた。爾来殺人が出来なくなった。自然釜奴も空腹よ」

「それがどうした。どういう意味だ」

こう云いながらも気味悪そうに、竈にかけてある巨大な釜へ、薪兵衛はジロリと眼をやった。

「そこへお前がやって来て、俺の古傷を発いてくれた」

「気の毒だな。苦しいだろう」

「で、寝返りを打とうと思う」

陶器師の手は動いて行った。刀の柄から二寸の此方、そこまで行くと動かなかった。

「おい」と陶器師はまた云った。やはり冷静の声であった。「俺の眼を見ろ、開いてはいまい」

まさしくその眼は瞑じていた。

ゴロリと陶器師は寝返りを打った。

刀がスルリと引き抜かれ、腰から逆に上の方へ、しかも左手で輪が描かれた。曇天で陽の光が射さなかった。で、ピカリとも光らなかった。

突然「わっ」と悲鳴が起こった。

陶器師は立ち上がった。

小鳥がにわかに啼き出した。

別に風が吹いたのではない。

蒲公英の花が咲いていた。

それが真赤に色彩られた。

血に浸されているのであった。

一つの死骸が転がっていた。まことに剽軽な形であった。足が二本浮いていた。空に向かって浮いていた。それがピクピク動いていた。二本の腕が延ばされていた。指先が虚空を摑んでいた。それは首のない死骸であった。

切り口から血汐が流れていた。さも愉快そうに吹き出していた。首は一間の彼方にあった。竈の横に転がっていた。口が枯草を銜えていた。

無心に陶器師は立っていた。何んの変ったこともなかった。

「だが」と彼は嬉しそうに云い、右手を後脳へ持っていった。

「いい気持ちだ、この辺が。詰まっていた物が取れたようだ」

死骸の側へ寄って行き、死骸の袖で刀を拭い、バッチリ鞘へ納めてしまった。それから死骸の両足を摑み、釜の側まで引き擦って行った。片手で釜の蓋を取った。と湯気が立ち上った。ザンブリ死骸を投げ込んだ。つづいて首を投げ込んだ。それから釜の蓋をした。

「さて」と彼は考え込んだ。「どっちへ行ったらよかろうな？　……まずともかくも甲府へ行こう。それから八ケ岳へ行くとしよう。……存分人が斬れそうだぞ」

彼はスタスタ山を下った。

四

ちょうど同じ日の事であった。

鍛冶屋街道を甲府の方へ、二人の老人が辿（たど）っていた。

同じような年恰好、同じように道服を着、そうして二人ながら長髪であった。

一人は小太刀、一人は木刀、いずれも腰に手挿（たばさ）んでいた。木刀を手挿んだ一人の方が、肩に薬箱を担いでいた。一見お供と見えるけれど、話の様子では友人らしい。

木刀の主が塚原卜伝（ぼくでん）、もう一人の方が直江蔵人（くらんど）、大声で愉快そうに話して行く。

「気の毒だな、俺が持とう」蔵人は薬箱へ眼をやった。

「それには及ばぬ俺が持つ」卜伝は薬箱を揺すり上げた。

街道の左右の耕地では、カッと菜の花が咲いていた。曇天だけに色が冴え、眼眩むばかりに明るかった。

二人は甲府へ行くのであった。

富士の裾野鍵手ケ原、直江蔵人の療養園へ、この数日来癩患者が、十人二十人と詰めかけて来た。蔵人はすっかり驚いてしまった。そこで彼は彼らに訊いた。そうして甲府の乱脈を知った。悪病の主？　火柱の怪！　彼はそれらを知ることが出来た。

「ははあ奔馬性癩患だな」

早くも彼は直覚した。

「しかし奔馬性癩患は、根絶やしになっている筈だ」――そこで彼は癩に関する、色々の文献を調べて見た。

泰西では古く聖書にあった。「癩病は浄められん」こう基督は云っている。東洋にも古くからあったらしい。既に論語にも現われている。「伯牛疾あり子之を問ふ、斯人にして斯疾あり」と。日本では神代の太古から、早く既にあったらしい。中臣の祓いに現われている。「国津罪とは生の膚断ち、死の膚断ち、白人古久美」と記されてある。白人というのは白癩であり、古久美というのは黒癩であった。

「亜刺比亜(アラビア)の沙漠に悪疫あり、奔馬して一瞬に人体を壊(やぶ)る。マホメットの時終滅す」

風論篇に記されてあった。

「その恐ろしい奔馬性癩患、根絶やしになった筈の悪疫が、どうして今頃現われたのだろう？」

蔵人には不思議でならなかった。

そこで彼は甲府へ行き、ともかくも様子を見ることにした。

この頃塚原卜伝は、蔵人のために説服され、忠実な蔵人の相談(はなし)相手として、療養園にとどまっていた。二人は連れ立って行くことにした。

で、今歩いているのであった。

雨になりそうな空模様であった。

「蔵人」と卜伝は話しかけた。「薬はないのか、癩を癒(なお)す薬は」

「さあ」と蔵人は渋面(じゅうめん)を作り、「特効薬は目付からない。大黄(だいおう)、皁莢(さいかち)、白牽子(はくけんし)、鬱金(うこん)、黄蓮(おうれん)、呉茱(ごす)の六種、細抹にして早旦(そうたん)に飲む。今のところではこんなものだ。だがそのうち目付かるだろう。いやこの俺が目付けてみせる。……それから金銀円方として、金粉、銀粉、鹿頭、白花蛇、烏蛇(からすへび)、樟脳(しょうのう)、虎胆の七種を、丸薬として服(の)ませもするが、これとて対症的療法に過ぎない。東洋では鍼術を行うが、これはほとんど無効らしい。純粋薬物療法として、枹木子、天雄、烏頭、附子、狼毒、石灰を用いるが、これは一層験めがない」

「癩の種類は多いのか?」

「いや大して沢山はない。斑紋癩に天疱瘡、断節癩に麻痺癩がある。丘疹癩に眼球癆、獅子癩に潰瘍癩、だがおおかたは混合する」

「案外長命だというではないか」

「病勢が遅々として進むからだ。だが奔馬性癩患は、二十年三十年の道程を、あたかも奔馬の勢いをもって、一瞬の間に経過する。だから非常に恐ろしいのだ」

　益々空は曇って来た。

　二人は少しずつ足を早めた。

「だが結局は死ぬのだな」

「あらゆる病人が死ぬようにな。あらゆる人間が死ぬようにな」蔵人は一向平気で云った。「脳や内臓を犯された時、癩患者はコロリと死ぬ。しかし俺から云わせると、あらゆる病気は甲乙なしに、同じように恐ろしいものだ。ただ癩患は醜くなる。そこで人が酷く嫌う。で、癩患は恐れるのだ。固い信念さえ持っていたら、癩になったところで恐ろしくはない」

日が次第に暮れて来た。

降りそうでなかなか降らなかった。

甲府はまだまだ遠かった。

住吉宿まで来た頃には、日がトップリと暮れてしまった。月も星もない闇夜であった。

と、卜伝が耳を傾げた。

「はてな?」と彼は口の中で云った。「蔵人、お前先へ行け」

「何故だ?」と蔵人は訊き返した。

「並んで歩いては険難だ。なんでもよい、先に立て」

で、蔵人は先に立った。

「よいか、蔵人、云っておくが、背後を見てはいけないぞ」

「よし」と蔵人は忍び音で云った。

卜伝は木刀へ手を掛けた。が、何事も起らなかった。二人は足早に進んで行った。

スルリと卜伝は木刀を抜いた。いわゆる春の夜の花明り、闇とは云っても仄(ほの)明るかった。薄(うっす)り一筋木刀が闇の中へ浮いて見えた。卜伝は切っ先へ眼を付けた。と、気合いが充ちたのか、

「カーッ」

と一声声を掛けた。

五

声は二町も響いたろう。木精(こだま)を返すばかりであった。

「もうよかろう」と卜伝は云った。それから木刀を腰へ差し、薬箱をユサリと揺すり上げた。

「いったい何んだ?」と蔵人は訊いた。

「さあ、それが解らない。とまれ凄じい殺気だった。俺もちょっと恐ろしかった」

「誰か俺達を狙ったのか?」

「そうだ、それだけは疑いない」

「そんなに業の出来る奴か」

「業も業だが」と卜伝は、ちょっとその声を顫わせた。「凄かったのはその心だ。……いや実際世間には、恐ろしい奴がいるものだ。お前一人なら切られたろう。俺がいたから助かったのだ」

「あの掛け声は極意かな？」

「極意というようなものではない。剣の極意なんてつゝまらないゝものだ。ただカーッと叫んだまでだ。敵の心を反らせたに過ぎない。禅の一喝と思えばいい」

「ははあ剣禅一致だな」

「うむまずそういったところだろう。だが本当はそう云ってはいけない。剣も禅も何もない。ただカーッと掛けたまでさ」

「面白いな、気に入った」

二人はズンズン歩いて行った。

畔宿を通り南池を過ぎ、二人はようやく甲府へはいった。

鍛冶屋街道住吉の外れ、往来に茫然立っているのは、他ならぬ三合目陶器師であった。

彼はホーッと溜息をした。

「浮世は広い。偉い奴がいる。カーッと掛けられたあの気合い、雷に打たれたようだった。あいついったい何者だろう？　一見ヨボヨボの爺だったのに。……ああまだ耳に残っている」

抜き身をソロソロと鞘へ納めた。

「光明優婆塞と今の爺、斬れなかったのは二人だけだ」

彼はノロノロと歩き出した。

「あいつらも甲府へ行ったらしい。……甲府へ行くのが恐ろしくなった。……だが素敵な楽しみだとも云える。巡り合ってただ一討ち、どうがな斬って捨てたいものだ。さぞ腕が上がるだろう。さぞ度胸が坐るだろう」

彼はガタガタ顫え出した。血を予想した武者顫いであった。

で、一散に走り出した。

甲府城下へ入り込んだ。

この夜信玄の館では、大評定が行われていた。

広間正面へ並んだのは、武田典厩、武田逍遥軒、武田勝頼、一条右衛門、武田兵庫、穴山梅雪、以下十一人の親類衆で、馬場美濃守、内藤修理正、山県三郎兵衛、高坂弾正、小山田弥三郎、甘利三衛尉、栗原左兵衛、今福浄閑、土屋右衛門尉、秋山伯耆守、原隼人佐、小山田備中守、跡部大炊介、小宮山丹後、すなわち御譜代家老衆は、その左側に控えていた。真田源太左衛門、真田兵部、すなわち信濃先方衆や、小幡上総守、松本兵部、すなわち西上野先方衆や、朝比奈駿河守、岡部丹波守、すなわち駿河先方衆や、間宮武兵衛、伊丹大隅守、海賊係の人々は、その右側に控えていた。江間常陸守、入沢五右衛門、すなわち飛驒先方衆や、椎名四方介、同姓甚左衛門、すなわち越中先方衆や、永井豊後守、小幡三河守、すなわち武蔵先方衆は、それと向かい合って坐っていた。横田十郎兵衛、原与左衛門、市川梅印、城伊閹、多田治部右衛門、遠山右馬介、今井九兵衛、江間右馬丞、関甚五兵衛、小幡又兵衛、大熊備前守、三枝新三郎、長坂釣閑、曽根内匠、曽根喜兵衛、三枝勘解由左衛門、すなわち足軽大将は、やや離れて坐っていた。近藤三河守、桜井安芸守、すなわち城内公事奉行や、青沼助兵衛、市川宮内助、すなわち城内勘定奉行や、坂本武兵衛、塚原六右衛門、すなわち城内御目付や、萩原豊前守、久保田助之丞、すなわち城内横目衆は、一段下がって坐っていた。

御曹司様衆と称された、貴族の若殿の一団も、前髪姿で控えていた。

この他槍奉行、旗奉行、御蔵奉行、御料人様衆、御小姓衆、御しょう堂様衆、御同朋衆、御使者番、御右筆衆、御伽衆、御茶堂衆に至るまで、その数およそ五百人、座を圧して居流れていた。尚三十人の蜈蚣衆——すなわち忍術の名人達が、隣り部屋に詰めていた。

六

わざわざ領国から夜を日に継ぎ、馳せ参じた者もあった。

信玄は脇息に倚りかかりながら、上段の間に坐っていた。傍らに快川長老がいた。白須法印、日向法眼、二人の奥医師が引き添っていた。

紙燭は煌々と部屋を照らし、真昼のように明るかった。

一座寂然と声もなかった。

思案に余っているのであった。

上は信玄から下は茶堂、身分の高下を取り去って、一堂に集めて諮ってみても、悪疫蔓延を取り締まるべき、何んらの名案も浮かばないのであった。

で、寂然と声もなかった。

この時ドッと鬨の声、裏門の方から聞こえて来た。剣戟の触れ合う音もした。

「また押し寄せて来たそうな」

渋面を作って信玄が云った。

「そんな様子でございますな」

快川長老がこう云った。「考えて見れば憐れなもので」

「さりとて城門を開けることはならぬ」

「さよう、あけたところで無意味でござる」

館の大門は四つとも、数日前に鎖された。

癩患者の潜入を恐れたからで、またやむを得ない政策であった。しかし城下の人々は、それを無慈悲だと憤った。そうして大挙して押し寄せて来た。

ふたたびドッと鬨の声が上がった。表門へ寄せて来たらしい。

「これ」と信玄は不安そうに、「どうせ評定は永くなる。固めの方が肝腎だ。持ち場持ち場へ帰るがいい」足軽大将の居並んだ方へ、括れた二重顎を刎くって見せた。

足軽大将は十六人の中八人がやおら立ち上がった。

横田十郎兵衛は表門へ、大熊備前守は裏門へ、三枝勘解由左衛門は西門へ、曽根十郎兵衛は東門へ、市川梅印は中曲輪へ、原与左衛門は東曲輪へ、長坂釣閑は西曲輪へ、各自の持ち場へ帰って行った。

後はまたもや森然となった。

どこからか風が吹き込むと見え、一斉に紙燭の灯が流れた。信玄の大きな影法師が、床の間の壁でユラユラと揺れた。

戸外を春風が渡るのだろう。

にわかに信玄が驚いたように云った。

「道鬼が見えぬ、道鬼はどうした？」

「は、山本道鬼殿は、お屋敷においでてございます」

小姓の真田源五郎が云った。

「これは呆れた、どうしたと云うのだ。これほどの大事な評定に、道鬼が不参しようとは。源五郎迎えに行って来い」

「いや」と云ったのは譜代の筆頭、馬場美濃守信勝であった。

「道鬼殿は参りますまい」

「何故だ!?」と信玄は眼を見張った。

「いつも同じような無駄評定、参ったところで仕方がない。道鬼殿はかよう申されました」

「なに、無駄評定だと？　不届き千万！」信玄の眉はキリキリと上がった。常時(ふだん)は垂れている八字眉が、にわかに尾端を上げたのであった。

「実は私も道鬼殿の、そのお言葉には賛成なので」美濃守は平然と云い切った。

「ふうむ、お前も賛成か。無駄評定と思うのか」信玄は厭な顔をした。

「まずさようでございます。奔馬性癩患は不可抗力、患者を捉えて隔離する以外、他に手段はございません。それより国境に押し逼った上杉、北条の軍勢を打ち破らなければなりますまい。道鬼山本勘助殿も、さよう申されておりました」

「何んの」と信玄は嘲笑うように、「謙信はともかく氏康なんど、一蹴するに手間暇いらぬ。道鬼を呼べ！　道鬼を呼べ！」

「それに道鬼殿は一心こめて、戦車考案中でございます」

「うん、それも知っている。が、急場の役には立たぬ。源五郎行って呼んで来い！」

「は」と源五郎は小走って行った。

その時大きな笑い声がした。

信玄は吃驚(びっくり)してそっちを見た。快川長老は笑っていた。

「殿」と長老は揶揄(やゆ)するように、「徐如レ林(しずかなることはやしのごとし)、どうやらそろそろこの文句が、役に立たなくなりましたな」

「なぜな？」と信玄は怪訝(けげん)そうに訊いた。

長老はいよいよ揶揄的に、

「殿の様子を見ていると、火の子が懐中(ふところ)へはいったようでござる。クルクルクルクルクル廻わっておられる」

信玄は不機嫌な顔をした。だがいささかテレたようであった。

「それほどの大事だ、周章(あわ)てるが普通だ」

「周章てて何んになりますな」

長老は益々揶揄的になった。

七

信玄は頰をふくらませた。脂肪太りの垂頰が、河豚のようにプッと脹らんだ。

突然彼は吠えるように云った。

「憎い奴だ！　火柱奴！　鉄砲足軽百人を出し、撃って取ろうとしたところ、狙うことさえ出来ないそうだ。変幻出没するそうだ。おっ！　出没で思い出した。蜈蚣衆を呼べ、蜈蚣衆を！」

隣室に詰めていた蜈蚣衆、その頭領の琢磨小次郎が、黒小袖に黒頭巾、黒の鼻緒の草鞋を穿き、黒の伊賀袴に黒手甲、眼だけ頭巾の隙から出し、膝行して末座へ平伏した。

当時忍術衆の心掛けとして、同じ家中の侍へも、生地の姿は見せなかった。生地の姿を知っているものは、同じ仲間の忍術衆だけで、主君といえども知らなかった。ただ細作として敵国へ向かう、その時ばかりご前へ出て、盃を貰うことになっていた。

それほど用心しないことには、細作として技倆を揮うことが、出来なかったに相違ない。

琢磨小次郎は琢磨流の始祖、容貌年齢は解らなかったが、身体は小さく敏捷であった。

「小次郎」と信玄は声を掛けた。「その方達一度に繰り出して、悪病の主を引っ捉えろ」

無言で恭しく一礼した。それから小次郎は女のような——もちろん拵えた声であるが、優しい声で言上した。

「忍術の秘訣は第一が小人数、で、私ともう一人、莫座右門と罷り越し、引っ捉えますでございます」

「おおそうか、それは勝手だ」

辷るように小次郎は退出した。

またもや後は森然となった。

鬨の声が起こってすぐ消えた。

門を叩く音がした。

それを叱咤する声がした。

「いいところへ気が付いた。小次郎奴うまく捉えるかもしれない」信玄は四辺を見廻わしたが、

「法印法印、白須法印」

六十を過ごした奥医師の、白須法印は手を仕えた。

「座中を見廻わせ、この座中を。どうだ癩患者はおるまいな」

法印は勿怪な顔をした。それでも座中を見廻わした。

「はい、おりませんでございます」

「俺の顔を見ろ、俺の顔を。どうだ癩患ではあるまいな」信玄は顔を突き出した。

「はい、大丈夫でございます」法印は軟かく苦笑した。

やはり信玄は不安らしかった。

「法印法印」とまた呼んだ。「症候は何んだ、最初の症候は？」

「はい」と云ったが法印は、いよいよ軟かく苦笑した。「まず蟻走と申しまして、顔や手足を蟻が這うような、厭な気持ちが致します」

「待て待て。なるほど、蟻走感、そういえばちょっと痒くなったぞ」

快川長老が哄笑した。

「ええとそれから眉毛睫毛が、少しずつ脱けて参ります」

「どれどれ」と信玄は眉を引っ張った。「いや大丈夫だ、脱けはしない」

快川長老が哄笑した。

「ええとそれから額や頬に、境界不明の紅潮を呈し……」

「で、俺はどうだろう?」

「殿は満面朱色を呈し、よいご血色でございます。……それから次第に顔が崩れ……」

「もういいいい。気味が悪い」信玄が周章(あわ)てて手を振った。

快川長老が哄笑した。

そこへ源五郎が戻って来た。

「戦車の模型出来上がり、殿のご覧に供したければ、こっちへおいでくださるようにと、道鬼様かよう申されました」

「や、本当か?」

と信玄は云った。それからゲラゲラ笑い出した。

「道鬼奴、偉いことを仕出来(しでか)したな。きゃつの計画の戦車さえ、思う通りに出来上がったら、天下に恐ろしいものはない。謙信ごとき木葉微塵(こっぱみじん)だ。どれどれそれでは行って見よう」

ヒョイと立つと走って行った。

快川長老が五度笑った。

「いや今夜は面白かった。今夜ほど殿の天真が、流露したことはないからな。まるで子供だ、駄々っ児だ。それがいいのだ。結構結構。……先刻までは癲患が玩具だった。今ではそれが戦車になった。何か玩具がないことには、殿にはどうにも退屈らしい」

だがこの夜城下では、凄じい格闘が行われていた。

第十六回

一

「……ね、妾は思うのよ、お助けが来る、お助けが来るとね」女の声がこう云った。どこにいるとも分らなかった。若い女の声であった。夜の闇が彼女を包んでいた。

「来やあしないよ、来るものか」

これは老人の声であった。どこにいるとも解らなかった。女の側にいるのかもしれない。少し離れているらしい。夜の闇が彼を包んでいた。

「来ない筈はないわ、来ますとも」女の声は繰り返した。

「おや、大きな星が出たよ」

これは子供の声であった。子供の姿も解らなかった。だが抱かれてはいるらしい。その母の膝の上に。

「ああ駄目だ、消えてしまった」

「ね、妾は思うのよ、お助けが来る、お助けが来るとね」女の声は云いつづけた。「来ない筈はないじゃあありませんか、こんなにこんなに苦しんでいるのに」

「黙っておいで」

と別の声が云った。若い男の声らしかった。

「もう沢山だ！　もう沢山だ！　もうそんな事は思わないがいい」

若者の声は絶望的であった。若者の姿も解らなかった。女と向かい合っているらしい。どうやら女の良人（おっと）らしい。

月も星もない闇の空が、その人達を蔽（おお）うていた。遥か彼方の伝奏（てんそう）屋敷の方から、ワーッ、ワーッという鬨（とき）の声が起こった。だんだんこっちへ来るらしかった。が、急に北へ逸（そ）れた。大熊備前の屋敷の角を、右の方へ曲ったらしい。

寂然（しん）と後は静かになった。

戸を叩く音が聞こえて来た。

トン、トン、トン。……

トン、トン、トン。……

栗原兵庫の屋敷らしかった。

ザワザワと風の渡る音がした。

「寒いよう」

と子供が云った。「お母様！　お母様！　寒いよう」

「ね、妾は思うのよ、お助けが来る、お助けが来るとね。ああ妾には眼に見える。紫の法衣（ころも）をお召しになり、金襴（きんらん）の袈裟（けさ）をお懸けになり、片手に数珠、片手に水盤、お若いお美しい神々しいお方が、刺繍（ぬいとり）をした履（くつ）を穿き、どこか遠くのお山から、城下へおいでになるお姿がね。そうして水盤をお傾げになる。するとご神水がタラタラと落ちる。それがあなたの手へかかる。ええそうよあなたの手へね。すると脱（も）げた七本の指が、すぐに自然に生えて来る。また水盤をお傾げになる。するとご神水がタラタラと落ちる。お父様の頭へかかるのよ。ええ今度はお父様のね。すると瞽（めし）いたお父様のお眼が、急にポッとお開きになる。どんな物でも見る事が出来る。とまた水盤をお傾げになる。するとご神水がタラタラと落ちる。今度は坊やの足へかかる。股から落ちた坊やの足が、すぐに自然に生えて来る。そうしてピョンピョン飛ぶことが出来る。また水盤をお傾げになる。するとご神水がタラタラと落ちる。今度は妾の胸へかかる。おお冷たい、身に泌みるようだ！　急に心が清々しくなる。破壊（くず）れた妾の二つの乳房が、すぐに癒（なお）ってまん丸くなる。ドクドク沢山お乳が出る。坊や、お乳を上げましょうね！　さあお飲み、うんうんとお上がり。……誰も彼も皆んな癒ってしまう。妾達四人は幸福（しあわせ）になる。近所のお方とお交際（つきあい）をする。親切に妾達を扱ってくださる。楽しいことばかりが起こって来る。すっかり以前（まえ）の生活（くらし）になる。……おおなんていいんでしょう！　みんなそのお方のお蔭なのよ。山からおいでになったお方のね。信じましょうよ、ねえあなた！いらっしゃるとも、いらっしゃるわ。いらっしゃらなくてどうしましょう。こんなにこんなに苦しんでいるのに」

　誰も返辞をしなかった。闇が四人を包んでいた。

　と、若者の声がした。

「気の毒なお前、思わないがいいよ。俺は何んにも信じない。この浮世には救いはない。ましてそんな奇蹟はね」

　若者の声は湿って来た。咽（むせ）び泣く声がふと洩れた。

「俺は、俺は、こう思うのだ。成るなら皆んなが成るがいい。うんそうとも病気にな。怨みっこなしに誰も彼もな」

にわかに憤りの声となった。

「何故城門を閉じたんだ！　何故あいつらだけ健康なのだ！」

また咽ぶような啜り泣きとなった。

その泣き声は長く続いた。

一本の細い蒼白い棒が、天鵞絨を張ったような夜の闇を、一筋どこまでも延びて行くように、その泣き声は延びて行った。

「寒いよう」

と子供が云った。

桜の花の季節であった。しかし甲府は寒かった。四方山に囲まれていた。いわゆる甲府の盆地であった。山々には雪が残っていた。夏暑く冬寒かった。三更を過ごした深夜であった。地面から湿気が立ち上っていた。

と、足音が近付いて来た。

啜り泣きの声が急に止んだ。

「おい誰だ？　そこへ来たのは？」

すると足音がすぐ止まった。

「そういうお前は何者だ？」

足音の主が訊き返した。

「病人だよ、病人だよ」

「ああそうか、俺も病人だ」

で、足音は近付いて来た。

二

「仲間にしてくれ、俺は寂しい」

新来の病人は蹲（うずくま）ったらしい。

「ああいいとも、一緒にいよう」

これで話は絶えてしまった。

誰の姿も解らなかった。

溜息ばかりが闇に散った。

突然女の悲鳴がした。長坂屋敷の方角からであった。若い女が犯されたらしい。

だがそれも一声で止んだ。

と、鉄砲の音がした。神明の社の方角からであった。お館から繰り出された鉄砲足軽が、ぶっ放した鉄砲の音なのだろう。鉄砲の音は反響した。家、四辻、石垣、山、そういう物に反響した。その木精が止んだ時、静けさが一層静けくなり、暗さが一層暗くなった。

五人の者は塊まっていた。臭気が四辺へ広がった。臭気の持ち主の五人には、それが不快とも感じないらしい。

甲府城下そのものが、臭気と黴菌との巣窟なのであった。

その時またも子供が云った。

「お母様、お母様、寒いよう」

絶え入るような声であった。

と、新来の病人が云った。

「どれ、焚火でも焚こうではないか」

人の立ち上がる気勢がした。その辺を探る音がした。

「おや、ここに土塀がある。……おやここに門がある。……いったい誰の屋敷だろう？」

　若者の答える声がした。

「一条様のお屋敷だよ」

「ああそうか、右衛門様のな」

板切れをひっ放す音がした。

「おい、お若いの、手伝ってくれ」

「何をするのだ？　え、何を？」

「うん、焚物を目付けたのだ」

「枯木でもあるのか？　枯木でも？」

「土塀の屋根だ。構うものか」

「うんそうとも、構うものか」

若者の立ち上がる気勢がした。

屋根をひっぺがす音がした。屋根板を投げる音がした。しばらくそれが継続した。

「もうよかろう」

「うんよかろう」

二人の蹲(うずくま)る気勢がした。屋根板を掻き集める音がした。

「だが」と若者の声がした。「俺は燧石(ひうち)を持っていないよ」

「いや、俺が持っている」

新来の病人の声であった。

カチカチと火を切る音がした。火の粉がパッパッ闇に散った。

と、ボーッと燃え付いた。

一所(ひとところ)闇が千切られた。そこへ楔形(くさびがた)の穴が穿いた。焔が楔形に燃え上がったのであった。五人の者は火を囲んだ。風に消されまいと取り囲んだ。闇に燃え出した火の色は、天鵞絨(びろうど)の上へ芍薬(しやくやく)の蕾(つぼみ)を、ポッツリ一輪置いたようであった。パチパチと音を立てるのは、屋根板の燃える音であった。焔の舌が三つに分かれ、ヒラヒラ空の方へ立ち上る態(てい)は、芍薬の蕾が花弁を開き、その尖端(せんたん)を顫(ふる)わせるようであった。焔が延びるにしたがって、闇の領分が押し退けられた。しかしすぐにその闇は、四方八方から逼(せま)って来て、焔の領分を押し縮めた。

焚火の上へ翳(かざ)されたのは、五人の九本の腕であった。その一本には指がなかった。指のあるべき掌(てのひら)の端が、杓子(しやくし)のように円くなっていた。手首の辺から下へ曲り、あの陶器の招き猫の、あの手首そっくりであった。銅色の皮膚へ脂肪が滲み、それが焔に照らされて、露でも垂れそうにテラテラした。太い静脈が手の甲を、蚯蚓のように這っていた。その腕と並んでいるもう一本の腕の、掌の端から生えているのは、爪のない三本の指であった。中指と食指と薬指とで、三本ながら膨れ上がり、鼈甲のように透き通っていた。で、関節は見分けられなかった。ズンベラ棒に円いのであった。それは若者の腕であった。

杓子のような腕と並んで、枯木のようなものが突き出ていた。だが、それも腕であった。肘の辺から指先まで、ベッタリ瘡蓋が飛び散っていた。枯木を蔽うている苔のようであった。中指の附け根の瘡蓋の上に、モジャモジャと一房の毛があった。黄金色に変色して顫えている様子が、苔の花を聯想させた。

それは新来者の右の腕で、左の腕は見えなかった。だがその右腕と並行し、左の腕のあるべき位置に、着物の袖ばかりがブヨブヨと、火気に煽られて戦いでいるのは、いったいどうしたというのだろう？　袖口の中は暗かった。どうして左腕を出さないのだろう？　誰かが袖口を覗いたなら、二の腕の関節の附け根の辺に、腕を脱ぎ取られた裸人形の、あの切り口を想わせるような、白布で捲かれた短い腕が、その先をヒョロヒョロ動かしているのを発見したに相違ない。つまり彼の左の腕は、第二関節から脱げているのであった。

三

新来の病人の手のない袖の、左側に並んで突き出されているのは、普通の人間の腕から見て、二倍も太い腕であった。肘から指までがギッシリと、大小の瘤で埋まっていた。それはむしろ腕というより、脛といった方がいいようであった。これは老人の腕であった。結節のために膨れ上がり、大きさが二倍になったのであった。脛のような腕は上下に揺れた。それが下へ下がった時、焰の舌がそれを嘗めた。神経の麻痺したその腕は、なんの痛痒も感じないと見え、引っ込まそうとはしなかった。

老人の腕のすぐ側に、小さい子供の手があった。これだけは人間の手であった。その手は時々悪戯をした。老人の手をつゝ突いたり、燃え上がる焰を煽いだりした。だが一本の母指の附け根に、黄色い腫物が出来ていた。間もなくそこから母指がポロリと脱げるに相違ない。

子供を抱いている母親の両手は、布で隙間なく巻かれていた。

火は元気よく燃えていた。

しかし高くは燃え上がらなかった。そして燃え上がっては困るのでもあった。火柱の主と誤られ、鉄砲を打たれる恐れがあった。二尺ぐらいしか燃え上がらなかった。

火を囲繞（いにょう）した五人の男女は、火の光を他へ洩らすまいとした。ピッタリ体を寄せ合った。彼らの火に向いた半面だけが、明るく華やかに照らされていた。焚火を囲繞（とりま）き円を描き、ピッタリ塊まっている彼らの姿は、黒土で作った炉のように見えた。人間炉の真ん中で、火が赤々と燃えているのであった。

どんなに火の光を洩らすまいとしても、絶対には防ぐことは出来なかった。しらじらと四辺（あたり）が明るんで見えた。

彼らの一団とやや離れて、巨大な門が立っていた。その礎（いしずえ）の花崗岩（みかげいし）と、その扉の下半分とが、茫（ぼう）と薄赤く描き出されていた。どうした加減か一つの鋲（びょう）が、鋭くキラキラと輝いていた。

門の左右は土塀であった。土塀は白く塗られていた。それが火の光に浮き出していた。巨大な爬虫類ではないだろうか？　二抱えほどもある老松が、土塀の前に背を延ばしていた。ワングリと盛り上がった幹の一所へ、焚火の光が届いていた。今にもウネウネ動き出しそうであった。

五人は五人ながら黙っていた。

遠くで破壊の音がした。槌で家でも破壊すのだろう。

と、近付いて来る足音がした。

ギョッとして人達はそっちを見た。老人だけが見なかった。それは彼が瞽目だったからであった。顔に焚火があたっていた。両眼の瞼がむくれ返り、真紅な肉裏を見せていた。眼球が一面に白かった。瞳が融けてなくなっていた。磁器のようにピカピカ光っていた。

闇の中から人の声がした。

「火があるようだ。あたらせてくれ」

光の圏内へはいって来た。それは犬のような動物であった。がやはり人間ではあった。四ん這いに這っているのであった。膝頭に草鞋が繋りつけてあった。両手に草履が繋り付けてあった。膝と手とで歩いていた。彼はヒョイと顔を上げた。その顔を火の光がカッと射た。顔中真っ白の歯ばかりであった。上下の唇が欠けていた。

火の側にいた若者が云った。

「お仲間だね、さあおあたり」

その若者の顔と云えば、さながら獅子の仮面(めん)のようであった。額がグッと突き出ていた。それに蔽われて両眼の辺が、暗い陰影(かげ)を作っていた。若者は妻の方へ身を寄せた。でそこへ空席が出来た。

「有難う、有難う」

四ん這いの男はいざり寄った。有難うとは云ったものの、声は言葉を為(な)していなかった。上下の唇がないからであった。

こうして一人仲間が増えた。

が、みんな黙っていた。

パチパチと火の粉が四散した。その一つが飛んで行って、女のはだけた懐中へはいった。

女の胸には乳房がなかった。乳房のあるべき位置の辺りに、椀ほどの穴が穿(あ)いていた。剝げた朱塗りの椀のように、諸所に赤い斑点があった。

焚火の勢いが弱くなった。片腕の男がその腕を延ばし、側に積んであった屋根板を、苦心して掴んで火へくべた。

パッと焔が高く上がった。ひとしきり皆んなが輝いた。

女の膝に子供がいた。母の胸へ後脳をあて、眼を閉じて眠りに入りかけていた。五歳ばかりの子供であった。濃い睫毛(まつげ)が隈(くま)をつくり、下瞼(したまぶた)へ墨でも塗ったようであった。左の頬に腫物(はれもの)があった。腫物の頭は膿を持っていた。火に照らされて果物のように見えた。

母親が子守唄をうたい出した。小さい声ではあったけれど四辺がひっそりと静かなので、遠くまで響いて行くようであった。昔は美人であったろう、いや今でも彼女の顔は、片耳欠け落ちているばかりで、その美しさを保っていた。特にその眼が美しかった。信仰を持った人の眼であった。奇蹟を待つ人の眼であった。

彼女は子守唄をうたいながら闇の空を眺めていた。

おいでなさりませ神様よ
どうぞご神水をくださりませ

これが彼女の子守唄であった。

四

みんなの様子は親しそうであった。虐(しいた)げられた人間が、虐げられた人間同志、憐れみ合い助け合うように、みんなは仲よく塊まっていた。

とまた闇の中から足音がした。

菰(こも)を冠った人間が、杖を突きながら現われた。

「火があるね、あたらせておくれ」

嗄(しわが)れた声でこう云った。

で人達は空席を設けた。

その男はそこへ割り込んだ。その頭には毛がなかった。銅のようにテカテカ光っていた。

とまた闇の中で足音がした。一人の出家が現われた。千切れた法衣(ころも)を纏っていた。顔の真ん中に穴があった。深い三角の穴であった。鼻が融けてなくなっていた。

こうして次第に癩人達が、焚火の周囲(まわり)へ集まった。

十四五人の人数となった。彼らはポツポツ話し出した。

「まだ今夜は出ないそうな」

頭巾を冠った癩人が云った。

「山県屋敷の方へ出たそうな」

十八九の癖に頭髪の白い、片眼の癩人がこう云った。

「道鬼様、道鬼様、道鬼山本勘助様、ああいう偉いお方にも、どうすることも出来ないのかな」

誰とも知れずこう云った。

「工場の仕事で夢中だそうな」

誰とも知れずこう云った。

「新兵器のご製造か。……が、そいつが出来上がった頃には、甲府に人種がなくなるだろう」

笠を冠った癩人が云った。その癩人は肥えていた。四斗樽のように膨れ上がっていた。

「健康ならどんなにいいだろう。……地獄の工場へでも行ってやる」

山伏姿の癩人が云った。指が鉤のように曲がっていた。

「働いても働いても食えなかった。昔はね、昔はね。ああ今は働くことさえ出来ない」

蔭の方で誰かが云った。

「可愛がっていた女も癩になったよ。ヒ、ヒ、ヒ、……ヒ、ヒ、ヒ」

笑う声が聞こえて来た。

誰も何んとも云わなかった。

闇は益々濃くなった。寒さはいよいよ強くなった。

と、突然鬨（とき）の声が起こった。お館の方へ行くらしかった。門を叩く音がした。烈しい叱咤の声がした。バタバタと逃げ去る足音がした。

次第次第に静まった。また静寂（しずけさ）が返って来た。

しかし普通の静寂ではなかった。底に無限の恐怖を湛えた、それは一時的の静寂であった。

焚火は漸次（だんだん）消えて来た。

と、一人が立ち上がった。土塀の側へ歩いて行った。屋根板を**むしる**音がした。二三人が立ち上がった。土塀の側へ歩いて行った。そうして仕事を手伝った。で、円陣に空が出来た。そこから火の光が土塀の方へ射した。

やがて人達が帰って来た。円陣の空が塞（ふさ）がった。屋根板が山のように積み重ねられた。幾本かの手がそれを摑んだ。火の中へくべられた。パッと焔が立ち上った。数十本の手が翳（か）された。どうして人間の手と云えよう！　穢（きたな）い枯木や杓子であった。

シクシク泣く声が聞こえて来た。

誰もそっちを見るものがなかった。

「さようなら」

と云う声がした。

「妾（わたし）は行きます、さようなら」

一人の癩人が立ち上がった。襦袢（じゅばん）一枚の老婆であった。一本一本肋骨が数えられるほど痩せていた。白髪が顔へかかっていた。で顔は解らなかった。

光の圏内から抜け出した。

みんな何んとも云わなかった。

こうしてしばらく時が経った。

一人の癩人が振り返った。老婆が行った方を隙かして見た。と、彼は呟くように云った。

「……あそこに桜が咲いている。……太い枝が突き出ている。……白い物が散っている。……何か枝へブラ下がっている。……婆さんが首を吊ったらしい」

誰も何んとも云わなかった。身動き一つしなかった。

もちろん驚きもしなかった。珍らしいことでもないからであった。そうしてやがては誰も彼も、そうならなければならないからであった。

五

夜は容易に明けそうにもなかった。

遠くで幾度か鶏（にわとり）が啼いた。夜啼鶏の啼き音であった。夜の深さを思わせた。

焚火がまたも消えそうになった。みんなじっと考え込んでいた。それに気の附く者がなかった。

と、この時松の本の背後へ、朦朧（もうろう）と人影が現われた。いずれ癩人に相違あるまい。焚火を慕って来たのだろう。どうして声を掛けないのだろう？　親しそうに近寄って来ないのだろう？　何故足音を立てないのだろう？　何故盗むように歩くのだろう？

焚火は今や消えようとした。

その人影は近寄って来た。

誰もそれに気が付かなかった。

人影は彼らの背後に立った。その前に子を抱いた女がいた。乳房の脱(も)げた女であった。その人影は女の頸(くび)を、じっと上から見下ろした。と、斜に身が捻(ねじ)られた。と、右手が動いたようであった。何やらピカリと光ったようであった。

声一つ立てなかった。だが何か重い物が、屋根板の上へ落ちて来た。と、屋根板の山が崩れ、焚火の中へなだれ込んだ。焚火がパッと燃え上がった。人々は始めて気が附いた。

焚火の横に女の首が、仰向けになって転がっていた。その切り口から一匹の紅巾(もみ)が、ズルズルズルズル引き出されていた。上下の歯がガチガチ鳴った。つづいてドンという音がした。首のない女の死骸が、子供を両手に抱えたまま、背後(うしろ)向きに転がったのであった。

人々は茫然と眺めていた。子供が大声で泣き出した。

もう一つの首が地へ落ちた。鼻のない出家の首であった。首は焚火の反対側へ落ちた。瞼を二三度痙攣させた。そうして切り口から一匹の紅巾が——紅巾のような真紅の血が、後から後からと流れ出した。と、首のない胴体が、前のめりに転がった。

一斉に人達は立ち上がった。そうしてバラバラと逃げ出した。

一人の癩人は這って逃げた。両足の脱げた癩人であった。一人の癩人は一本足で逃げた。片足欠けている癩人であった。

焚火が景気よく燃え上がった。

二つの首と二つの胴と、踏み潰された子供ばかりが、焚火の光に照らされていた。

そうして一人の美男子が、しょんぼりとして佇んでいた。

宗匠頭巾を冠っていた。利休茶の十徳（じっとく）を纏っていた。そうして右手にドンヨリと光る、抜き身をダラリと下げていた。

玲瓏（れいろう）と美しく磨きのかかった、しかし一向表情のない、ちょうど精巧な仮面のような顔が、頭巾の下に描き出されていた。

彼は少しも動かなかった。聞き澄ましてでもいるようであった。

しかし漸次（だんだん）蒼白い顔へ、鮮かな血の気が射して来た。急に唇が綻（ほころ）びた。彼はまさしく微笑したのであった。

「姦婦！」

と突然呻くように云った。

「姦婦！」

とまたも呻くように云った。

どういう意味だか解らなかった。

とは云えこれは陶器師（すえものし）の、人を斬った時の慣用語であった。

おお魔王、血吸鬼、しかし何んと瀟洒（しょうしゃ）とした、しかし何んと雅味を持った、茶人のような血吸鬼であろう！

甲府よ、お前は呪われている！　悪病の主が入り込んだ。そうして黴菌（ばいきん）を振り蒔いた。恐らく人種は尽きるだろう。

のみならず血吸鬼が入り込んだ。切って切って切り捲（ま）くるだろう。

ふと陶器師は耳を傾（かし）げた。闇の方を窺った。シトシトと足音が聞こえて来た。獲物が近付いて来たらしい。

陶器師は退歩（あとじさ）りをした。老松の蔭へ身を隠した。主のない焚火は燃えつづけた。飴のように長く延び、時々その先が千切れて飛んだ。トロトロトロトロトロと燃えつづけた。

闇から二人の老人が産まれた。吐き出されたように現われた。

「おやここにも癩人がいる」

一人の老人がこう云った。長髪が肩で波打っていた。寛(のび)やかな道服を纏っていた。それは直江蔵人(くらんど)であった。

「や、こいつは切られている」

もう一人の老人がこう云った。それは塚原卜伝(ぼくでん)であった。薬箱を担いでいた。

「いかにもな、切られている」

蔵人は立ち止って眼をひそめた。

卜伝は薬箱を担いだまま、死骸の側へ膝を突いた。

「これはこれは、驚いたなあ」

卜伝はひどく感心した。「素晴らしい手利(てき)きが切ったと見える」

六

「そんなに立派な切り口なのか?」

蔵人は立ったまま声を掛けた。

「さよう、とても素晴らしいものだ」卜伝は何やら考え込んだ。

「はて、何者の所業かな？」

蔵人は焚火へ手をかざした。

「まあさ卜伝、一あたりおあたり」

「うん」と卜伝は云ったまま、尚も思案に耽っていた。「人間放れがしている」

「さてその人間放れだが、火柱の主に逢いたいものだ」蔵人は独言を云い出した。「百人の患者を調べるより、大本の一人を調べた方が、ずっと効能があるのだからな。……卜伝、あたったりあたったり、素敵な焚火だ。暖い暖い」

卜伝は返辞をしなかった。

「いや、どうも俺も驚いた」蔵人は独言を云い出した。「ひどい有様だとは聞いていたが、こうまでひどいとは思わなかった。これじゃあ全然癩地獄だ。行き逢う人間行き逢う人間、満足な者とてはないのだからな。さわったが最後体が破壊れる。『さわるなの病気』と云うのだからな。どうにもこれじゃあ手が付けられない。薬師如来でも匙を投げよう。ましていわんや我輩においては、袖手傍観するばかりだ。だが火柱の主に逢い、そいつをとっくりと調べたら、うまい発明が出来るかも知れない。意地の悪いものさ今夜に限って、霊験著(いやちこ)な火柱大明神、ご出現遊ばさぬということだからな。どこに隠れていることやら？　……おいおい卜伝、もうよかろう。そろそろ御輿(みこし)を上げようではないか」

卜伝は返辞をしなかった。

蔵人は皮肉な微笑をした。足で焚火を踏み消した。

「アッハハハこれでいい。火がなければ見ることは出来ぬ。そこで御輿をヨイと上げの、ご出立というところさ」

卜伝の囁く声がした。

「蔵人蔵人、動いてはいけない」

押し付けたような声であった。

ギョッとして蔵人は棒立ちになった。そこから探るように訊き返した。

「え、卜伝、どうしたのだ？」

「うん、出たのだ、例の奴が。鍛冶屋街道の一件物が」

「ううむ」と蔵人は呻き声を上げた。

文目(あやめ)も知れぬ闇であった。人影などは見えなかった。

と、卜伝の声がした。

「後へ退れ、一間後へ。後退りに歩け、背を向けるな」

そこで蔵人は後へ退った。

卜伝は闇の中に立っていた。片手で薬箱を肩に担ぎ、片手で木刀を青眼に構えた。眼を据えて暗中を睨んだ。

心眼に昼夜無矣(なし)!

黒々と相手の姿が見えた。老松を背にして立っていた。抜き身を下段に付けていた。仄々(ほのぼの)と一道の白気が立った。刀身から上る殺気であろう。プンと腥(なまぐさ)い匂いがした。

と、人影が右へ揺れた。どうやら右手へ廻わり込むらしい。卜伝も右手へ緩(ゆるや)かに廻わった。間は二間離れていた。闇ばかりが立ちこめていた。

シーンと四辺(あたり)は静かであった。

その時であった、遥かの彼方、小幡屋敷の辻にあたって、一本の火柱が燃え上った。

「出たあーッ」

と蔵人が声を上げた。

火柱がしばらく躊躇っていた。だが、ユラユラと左右へ揺れた。東に向かって歩き出した。武田左典厩の屋敷の方へ、辻を曲がって行くらしかった。

蔵人には我慢が出来なかった。もう危険などは眼中になかった。闇を突っ切って走り出した。

「浮雲い！」

と卜伝が一喝した。

暗中の人影が蔵人に向かって、ただ大鷲の羽搏くように、颯と飛び掛かって行ったからであった。

物の破壊れる音がした。誰かが何かを投げたらしい。地に落ちて破壊れたらしい。

だが悲鳴は起こらなかった。

しかし火柱は倏忽と消えた。辻を東へ曲がったらしい。

闇！　寂寥！　鬱々たる殺気！

峠を越して行く旅人でもあろう、夢見山の腹を松火の火が、点々と闇を縫っていた。

旅人よ、行き給え。

早く地獄を遁がれ給え。

しかしそっちにも焦熱地獄が、待っていないとはどうして云えよう。

木の間に隠れ、木の間を出で、松火の火は蠢いて行った。

火柱が出現したからでもあろう、甲府城下のあちこちから、叫喚の声が湧き起こった。

第十七回

一

人穴の中は暗かった。
一枚の筵が敷いてあった。藺で編んだ新しい筵であった。
端麗な女が坐っていた。身に行衣を纏っていた。
鑿で能面を彫んでいた。刃先がキラキラと火に光った。
と、部屋の戸を叩くものがあった。
女は静かに立ち上がった。束髪が地に垂れた。
閂を外して戸をあけた。外光が真珠色に流れ込んだ。
可愛いらしい子供が立っていた。
「まあ」と女は驚いたように云った。
「おや」と子供も驚いたように云った。赤い頭巾に赤い袖無し、伊賀袴を穿き、黐棹を持った、それは十三四の鳥刺であった。

他ならぬ高坂甚太郎であった。

そうして女は月子であった。

「姉さん今日は」

と甚太郎は云った。「休ませて頂戴、疲労れてしまった」いかにも疲労れたらしい声であった。

「おはいりなさい。さあ坊や」

で、甚太郎は中へはいった。

「坊はどこからいらしったの？」また月子は筵へ坐った。

「俺ら道に迷ったんだ」甚太郎は岩へ腰かけた。

「それはそれは、可哀そうに」

だが月子には不思議であった。魑魅魍魎猛獣毒蛇、剽盗の巣食っている富士の裾野を、どうしてこんなちっぽけな子が、無事に旅して来られたのだろう？

だが甚太郎にも不思議であった。魑魅魍魎猛獣毒蛇、剽盗の巣食っている富士の裾野に、どうしてこんな若い女が、無事に住んでいられるのだろう。

甚太郎の来訪は月子にとっては、弟に逢ったほどの喜びであった。月子に逢ったということは甚太郎にとっても喜びであった。姉に逢ったほどの喜びであった。

で、二人は仲よくなった。

「鳥は捕れて？　え、坊や？」

「捕ろうと思えばいくらでも捕れる。だが俺らは捕らねえのさ」

「おやどうしてなの？　捕ればよいに」

「捕る物が他にあるからさ」

ここで甚太郎はニヤリと笑った。三白眼は気味悪かったが、両頬に靨（えくぼ）が出来たので、その気味悪さは埋め合わされた。

「この子はちょっと変りものだよ」月子には可笑（おか）しく思われた。

昔ながらの洞窟（ほらあな）であった。

三方四方岩壁であった。その岩壁は鉄色であった。

岩壁には無数に皺があった。その一所に龕（がん）があった。剔（えぐ）り抜いて作った龕であった。

そうしてその龕の奥の方で、獣油の灯明が灯っていた。火盞（ほざら）の真鍮は錆びていた。

岩から一筋水が落ちていた。それを湛えた石槽があった。石槽には苔が生えていた。錦の帳がかかげてあった。その向こうに部屋があった。すなわち造顔手術部屋であった。

二つの部屋の天井は、どっちも大変低かった。

それが人心を憂鬱にした。

だが空気は乾いていた。で、ひどく暮らしよかった。

洞窟の生活には昼夜がなかった。そうして四季の推移さえなかった。いつも薄暗く涼しかった。仕事に疲労れると月子は寝た。寝る前にきっと水を浴びた。石槽の水を浴びるのであった。

その夜も彼女は水を浴びた。

まずクルクルと行衣を脱いだ。

一糸も纏わぬ彼女の裸体は、鴻のように白かった。灯明の火が陰影を付けた。紫立った陰影であった。彼女は一つの姿勢をとった。片膝を立て背を曲げた。立てた膝頭へ肘を突き、掌の上へ顎を乗せた。それを灯明が正方から照らした。肘の外側が仄々と光った。薄瑪瑙色の光であった。立てた膝頭から脛にかけ、足の甲まで仄々と光った。

薄瑪瑙色の光であった。だが爪と足指とへは、灯明の火は届かなかった。で朦々と煙っていた。右足は地の上へ敷かれていた。股の附け根の奥の方から、円く曲げられた膝頭まで、何んと張り切った健康そうな肉が、ムックリ盛り上がっていることだろう。そこへ小柄を落としたなら、ピンと刎ね返るに相違ない。股の内側は暗かった。だが膝頭は明かるかった。立てた片膝と立てた肘とで、彼女の胸は陰影をなしていた。灯明の火を遮るからであった。だが左の乳房だけが、うずたかく盛り上がって見えていた。男を知らない乳房であった。椀を伏せたように丸かった。その下側には陰影があった。そのため一層ふくよかに見えた。嬰児の口のような桃色の乳首！　嬲られた事のない乳首であった。腹部は立膝に隠くされていた。光もそこへは届かなかった。ダラリと垂れた左の腕には、光と陰影との斑が付いていた。太くはあったが逞しくはなかった。グンニャリと力が抜けていた。だがその腕が力をこめ、異性の胴を巻いたなら、窒息させずには置かないだろう。両肩が光を浴びていた。厚い丸い肩であった。肩甲骨の存在など、考えることさえ出来ないような、肉ばかりで出来たような肩であった。

二

彼女の顔は上向いていた。その両眼は瞑（とざ）されていた。彼女は祈っているのであった。眼の縁を陰影（かげ）が隈取（くまど）っていた。陰影を一層濃くしているのは、眼瞼（まぶた）からはみ出した睫毛（まつげ）であった。唇が半分開いていた。上下の歯の間から、闇の口腔が覗いていた。陰影の加減で唇の色が、薄墨色を為していた。何かキラキラと光るものがあった。上の一本の糸切り歯であった。

鉄色の岩壁を背景にして、彼女の裸体は浮き出していた。

突然彼女は立ち上がった。

にわかに姿勢がバラバラになった。

光と陰影（かげ）とが崩れてしまった。

彼女は真っ直ぐに火に向かった。

どこもかしこもまる見えであった。

ちょうど蛙の腹のように、下腹が丸く張り出していた。巨大な臀部（でんぶ）はにわかに括（くく）れ、S形の腰を呈していた。ピッチリ合わされた股と股、肉が互いに押し合っていた。

彼女は両足を左右へ開いた。その隙間から覗いたのは、背景の鉄色の岩壁であった。彼女は両腕を差し出した。無限に長い腕のように見えた。と、彼女は前折になった。腹が弛んで皺が出来た。芋虫のようにウネウネした、二筋の太い皺であった。両腕の先に水槽があった。その側に小桶があった。両手を小桶の縁へかけた。宙にスーッと持ち上げた。ドボンという水音がした。小桶を水の中へ漬けたのであった。

小桶をそろそろと持ち上げた。タラタラと滴が滴った。スーッと肩まで持ち上げた。全体格が弓のように撓った。思うさま胸が突き出された。ワングリと両乳房が膨れ上がった。全身の力が腰に集まった。

と、小桶を覆えした。左の肩から胸へかけ、真っ直ぐに水が流れ落ちた。

彼女は水を浴びたのであった。

肩の弾力に刎ね上げられ、煙りのような泡沫が上がった。彼女の裸体は簾を懸けた。それは硝子の簾であった。一時に裸体は艶を持った。灯明の灯が吸い寄せられた。テラテラと全身が閃めいた。指の先から水が垂れた。乳首の先から水が垂れた。それはあたかも蠟涙のようであった。太股を素走る水の縞！　両足の母指が上を向いた。寒さに耐えている証拠であった。

水は地へ落ちて音を立てた。

面(おもて)が一斉に眼を開けた。邯鄲(かんたん)男、痩(やせ)男、泥眼、不動、弱法師(よろぼうし)、岩壁に懸けられて夢見ていた、二百の面が彼女を見た。

見られて恥ずかしい姿ではなかった。

晄々(こうこう)たる発光体！　それが彼女の姿であった。

部屋の暗さにいよいよ白く、彼女の五体は背延びをした。

と、また彼女は身をかがめた。

小桶に水を一杯充たせた。

ザ――ッと水の音がした。

またも彼女の裸体へは、右の肩から簾が懸かった。

二百の面は眼を見張った。溜息の声が聞こえて来た。二百の面の溜息であった。

四散する泡沫(しぶき)が灯火(ひ)に光った。もちろんほんの一瞬間であった。すぐ煙りのように消えてしまった。

彼女は白布で体を拭いた。ポッと紅味が潮(さ)して来た。瑪瑙(めのう)の仙女像が出来上がった。

その仙女像は半透明であった。

まことに仙女の水浴であった。邪心の起こるべき光景ではなかった。

「坊やおいで」

と彼女は云った。

それから錦の帳（とばり）を開いた。二人は隣り部屋へはいって行った。

手術部屋ではあったけれど、同時に彼女の寝室でもあった。


二人は一緒に十日暮らした。

寝る時二人は一緒に寝た。姉弟として寝るのであった。

訪問客は少なかった。裾野に春が訪れて以来、めっきり物騒になったからで、裾野を横切り月子を訪ね、顔を直して貰うことは、容易な業（わざ）ではないからであった。

かえって月子には幸いであった。

彼女は懸命に面（おもて）を彫（きざ）んだ。

出来上った面は壁へ懸けた。

五十面（めん）、百面、百五十面、二百面近くの面（おもて）が出来た。

長い長い昔から、今日までかかって彫んだものであった。

気に入ったものは一つもなかった。

どれもこれも駄目であった。

満足することは出来なかった。

「聖徳太子様、淡海公、弘法大師様の作られたような『神作』のようなものは出来ないものかしら？　日光、弥勒夜叉(みろくやしゃ)、福原文蔵、石川竜右衛門、赤鶴重政、日氷(ひみ)忠宗、越智吉舟、小牛清光、徳若忠政、こういう人達の作られたような、『十作』のようなものは出来ないものかしら？」

彼女は時々絶望的になった。

だが絶望はしなかった。

絶望することは出来なかった。

絶望することが出来たなら、どんなに彼女は嬉しかったろう。

宿命にはどうしても歯向かえなかった。

彼女は「絶望」を禁じられていた。

彫(きざ)まなければならなかった。

今日も明日も明後日も！　「極重悪人の新面(にいおもて)」を、彫み上げるまでは永遠に、彫まなければならないのであった。
だが彼女は何者であろう？
どういう身分の女だろう？
何故宿命を背負ってるのだろう？
誰も知ることは出来なかった。
そうして彼女も語らなかった。

三

甚太郎には珍らしかった。
で、能面の前に立ち、永い間眺めたりした。
とうとうある日月子へ訊いた。
「姉さん、姉さん、この面は？」一つの面を指さした。
「ああそれはね、鼻瘤悪尉」
「鼻瘤悪尉？　厭な名だなあ」甚太郎は愉快そうに笑い出した。

「玉の井や大社を舞う時にね、着けなければならない面なのよ」

「姉さん、姉さん、この面は？」

「ああそれはね、茗荷悪尉」

「変梃（へんてこ）な名だなあ、茗荷悪尉だなんて」甚太郎はまたも哄笑（こうしょう）した。

「張良や寝覚を舞う時にね、着けなければならない面なのよ」

「これは何んだろう、この面は？」

「ああそれはね、大悪尉」

「おやおややっぱり悪尉か」

「氷室（ひむろ）を舞う時に着ける面」

「姉さん、姉さん、これはナーニ、この厭らしい女の面は？」

「鉄輪や橋姫に使う面よ。生成（なまなり）っていうの生成ってね」月子の説明は真面目であった。

「おやここに般若があらあ」

「葵（あおい）の上、道成寺、そういうものに使うのです」

「姉さん、姉さん、この面は？」

「放生川の石王兵衛」

「どいつもこいつも変な名だなあ。これはナーニ、この面は？」

「黒塚に使う近江女」

「そうしてこれは、この面は？」

「ああそれはね、熊坂の面」

「ああ熊坂か、知ってらい」

甚太郎は胸に落ちたらしい。

「狐の面があるね、狐の面が」

「小鍛冶に使う野干の面」

「こいつは鷹だ。鷹の面だ」

「鵺を舞う時に着けるんですの」

「ワーイ天狗の面があらあ」

「ええ、大癋見と小癋見とがね」

「どう考えても変梃な名だ。おっとこいつア何んだろう」

「一角仙人の面ですの」

「随分沢山あるんだなあ。いったいみんなで幾個あるの？」

月子は返辞をしなかった。

ただ優しく微笑した。

「みんな姉さんが作ったの？」

「ええそうなのよ、長い間にね」

「みんな上手に彫れてるんだね」

「いいえ、みんな駄物ばかりよ」

月子の声は寂しそうであった。

「そんな事あないよ。傑作だよ」

甚太郎は忽ち批評家になった。

「坊やに善悪（よしあし）が解るかしら？」

「皮肉だなあ、姉さんは」

甚太郎はにわかに悄気（しよげ）てしまった。

月子にはそれが可愛らしく見えた。

やがて甚太郎は不思議そうに訊いた。

「だがいったい姉さんは、どんな面が作りたいの？」

「極重悪人の新面（にいおもて）をね」

「極重悪人とはどんなもの？」

「一番悪い人間のことよ」

「一番悪い人間とは？」

月子は返事が出来なかった。

すると甚太郎がこんなことを云った。

「悪人なんていう者も、善人なんていう者も、この世に一人だってありゃあしないよ。悪い事をした時が悪人で、善い事をした時が善人さ」

「では悪事とはどんな事？」

「泥棒したいと思った時、泥棒しなけりゃあ悪事だよ。泥棒したいと思った時、泥棒すれば善事だよ」

大変簡単な解釈であった。

だが恐ろしい言葉であった。

そうしてひどく迷語的であった。

月子は何んとなくゾッとした。

考えなければいられなかった。

「そういう解釈もあるものかしら？……妾（わたし）の考えは反対だった。自分の心を抑えることが、善いことのように思っていた。……それだのにこの子はあんなことを云う」

だがまだこれはどうでもよかった。

彼女にとって恐かったのは、定まった悪人というものが、この世にないということであった。

四

裾野の春は酣（たけなわ）であった。

ある日甚太郎は黐棹（もちざお）を担ぎ、春の裾野を歩いて行った。

一所に櫟（くぬぎ）の林があった。新芽を吹いたばかりであった。そこで鶫（つぐみ）が啼いていた。

一所に小さい沼があった。そこでは鴨が泳いでいた。渡り損なった鴨であった。鴨はひどく痩せていた。

一所に野茨の叢（くさむら）があった。五月が来たら花が咲こう。今は芽さえ出ていなかった。

ただ穢（きた）ならしく塊（かた）まっていた。

草の芽が顔を出していた。

甚太郎は宛（あて）なしに歩いて行った。

行手に茅萱（ちがや）の斜面があった。

数頭の馬が草を食（は）んでいた。骨と皮ばかりの痩せ馬であった。どこかの戦場から逃げて来て、ひとりで生活（い）きている馬らしかった。

「ワーイ」と甚太郎は声を上げた。馬は横眼で彼を見た。それから一散に逃げて行った。

甚太郎の声は木精（こだま）を起こした。「ワーイ」と声が返って来た。

甚太郎は茅萱の斜面を越した。と、灌木の野があった。一所に焚火（たきび）の跡があった。錆びた刀が落ちていた。

尚彼は歩いて行った。

行手に狼井（おとしあな）の跡があった。穴の中は暗かった。底に白い物がちらばっていた。それは人間の白骨であった。

尚甚太郎は歩いて行った。

南向きの丘があった。

花毛氈（もうせん）が敷き詰められていた。蓮華草（れんげそう）と蒲公英（たんぽぽ）の毛艶であった。

甚太郎はゴロリと寝た。

空は海のように拡がっていた。水蒸気を含んでいるからであろう、ぼんやりとして低く見えた。諸所に斑点（しみ）があった。斑点はゆるゆると動いて行った。絹糸のような片雲であった。眼界を掠（かす）めて飛ぶものがあった。雀でなければ烏（からす）であった。

日光が彼を酒浸しにした。

ブーンと耳もとで唸るものがあった。労働蜂（はたらきばち）の羽音であった。

五匹、十匹と飛んで来た。その一匹が黐棹へ止まった。と、黐が食っ付いた。蜂は翅（はね）を顫わせた。そうして飛び立とう飛び立とうとした。飛び立つことは出来なかった。小さな体が黐にまみれた。翅を鳴らすことさえ出来なくなった。触角だけを顫わせた。その触角も動かなくなった。一つの黒い塊（かたまり）となった。何んでもなかった。小さい「死」だ。

「さてこれからどうしたものだ」

甚太郎は考え出した。

「お月姉さんはいい人だ。だがどうにもしようがない。夫婦になれるものじゃあなし」

こんな悪いことを考え出した。

「あれは仙女だ。人間じゃあねえ。綺麗だけれど冷っこいや。まるで血の気なんかありゃあしねえ。……だがマアそんな事あどうでもいい。うん、そんな事あどうでもいいが、よくねえ事が一つある。他でもねえ俺の役目だ」

役目のことを考え出した。

「有難くねえ役目だよ。現在の従兄をとっ捉まえて、しょびいて帰ろうって云うんだからな。俺(おい)らは褒美(ほうび)を貰うだろうさ、だがその代り庄三郎さんは、掟通り首を切られなけりゃあならねえ。どうもこいつがよくねえなあ」

彼はここで渋面を作った。三白眼が打ち顰(ひそ)んだ。

変に甘ったるい匂いがした。微風が花野を渡ったのであった。草花のこぼす匂いであった。

「と云って一旦引き受けたからは、目付かりませんでございます、などと云っては帰れねえ。考えて見りゃあ降参だよ」

ひどく心持ちが憂鬱になった。

「信玄公の坊主頭、飛んでもねえ事を云い付けやがった」

呪いたいような気持ちがした。

「そういう俺らも利口じゃあねえ。へいへいよろしゅうございます。二つ返辞で引受けたんだからなあ」

今度は自分を呪い出した。

「このままどこかへ行ってしめえてえ。フラフラフラッとどこかの国へ」

漂泊(ひょうはく)の情が起こって来た。

「何が甲府なんか面白いものか。気に食わねえ奴ばかり揃っている。ああどこかへ行きてえなあ」

彼は行き場所を考え出した。

少年にあり勝ちの空想が、次から次と美の国を産んだ。草双紙で見た竜宮が見えた。荘子で読んだ胡蝶の国が見えた。快川長老の説教で聞いた、極楽浄土が見えて来た。美しい国ばかりが見えて来た。お菓子の山や蜜の川や、玩具(おもちゃ)の森が見えて来た。どこへ行ってもよさそうであった。そうしてきっとどこへ行っても、歓迎されそうに思われた。

「山を越して行きてえなあ」

憧憬(あこが)れるように呟いた。山を越したらいい国があろう！　山国に育った少年の、おおかた起こす空想であった。

五

二人の若者がよって来た。

「おい、この辺で休もうじゃあないか」

浅黄の頭巾の若者が云った。肩から釣るした人形箱が、胸の上でガタンと揺れた。

「うん、そうして待ち合わそうぜ」

同じ色の頭巾に人形箱、少し若い方がすぐ応じた。

諸国を巡る傀儡師(くぐつし)であった。

「甲府にゃあまったく驚いたなあ」

芒(すすき)を折りながら年上の方が云った。「あぶなく癩患になるところよ」

「命からがらって云う奴さな」年下の方は汗を拭いた。「逃げられたのが不思議なくらいだ」

「可哀そうなのは藤六さ。とうとう一生を棒に振りゃあがった」

「よせばいいのに親切気を出して、病人の介抱なんかしたからよ」

「ここまで来りゃあ大丈夫だ」年上の傀儡師は芒を投げた。「俺らの役目も大体じゃあねえ」

「そうさ」と若い方は溜息をした。「細作係りという奴は、実際あぶねえ役目だからな」

二人はちょっと黙り込んだ。

投げ出した二人の足先から、ユラユラと陽炎が立ち上った。

傍らの藪から鶯が鳴いた。声は老けてはいなかった。

「俺は確かに煤煙を見たよ」

ふと年長の傀儡師が云った。

「噂はまんざらでもなさそうだ」

「俺は松火の光を見たよ」若い方が忍び音で云った。「確かに夢見山の中腹でな。……そうさ、噂は本当らしい」

「俺も見たよ、松火の火をな」年長の傀儡師は頷いた。「諸方の国境で誘拐した、工人ともを警護して、兵器廠へ送る連中の松火の火だと睨んだがな」

「油断も隙も出来ないなあ、あの信玄の不道人奴」

「チラリと城下で聞いたんだが」年長の傀儡師は不安そうに、「戦車の模型が出来たそうだ」

「ふうん、そいつあ大変だなあ」

「何しろ勘助が付いているからなあ」

「信玄よりは恐ろしいよ」

「素晴らしい新武器だということだ」

「城下があんなでなかったら、俺は夢見山へ分け上り、信玄経営の兵器廠を、すっかり調べて来たんだがなあ」年下の傀儡師が残念そうに云った。

「夢見山へは上らせないそうだ」

「わざと誘拐されるのよ」

「一旦はいったら出られめえ」

「いずれ厳重には相違あるまいがな」

二人はここで沈黙した。

すぐ眼の前の藪の中から、子を連れた雉が現われた。

二人を見ると引っ込んだ。

と、年長の傀儡師が云った。

「だがな、こいつは内密だが、殿にもご用意はあるのだそうだ」

「へえ、そうかなあ、初耳だが」

「宇佐美の殿様の新案で、素晴らしい仏狼機を造っているそうだ」

「誰に聞いたな、え、梶井？」若い傀儡師は眼を丸くした。

「遅れ馳せに来た松浦からな」

「どんな兵器かな？　教えてくれ」

「何を云うのだ、え、石堂、そんなことが俺に解るものか」

「どこで造っているのだろう？」

「春日山の城中だそうだ」

数人の人影が現われた。

その中には女もいた。

虚無僧、放下、修験者、瞽者、その風俗は色々であった。

つづいて幾人か現われた。人の数が十五六人になった。そのうち女が五人いた。二人の傀儡師は立ち上がった。

「これから裾野は物騒だ。離れちゃあいけねえ、揃って行こう」

梶井というのが注意した。

「さあ引き上げだ、急げ急げ」

越後上杉家の細作は、こうして一団に塊まって、裾野の東へ横切って行った。

四辺がにわかに静かになった。啼き止めた鶯が啼き継いだ。

この時ムックリ起き上がったのは、隠れて聞いていた甚太郎であった。

三白眼を輝かせた。黐棹を素早く抱い込んだ。

「越後へ行こう、越後へ行こう」

一隊の後を追っかけた。

裾野には人影がなくなった。

一匹の鼯鼠が走って来た。栗色の鼬が飛び出した。二匹は劇しく格闘した。鼬は頸を嚙み切られた。赤黒い血が流れ出た。それが春陽に蒼光った。

鼯鼠は餌物を貪り食った。ピンと上げた太い尻尾が、銀鼠色に輝いた。骨を嚙み砕く音がした。

六

月子は面（おもて）を彫（きざ）んでいた。

甚太郎は帰って来なかった。

サクサク、サクサクと、鑿（のみ）が鳴った。木屑が蛾のように四辺（あたり）へ散った。

「坊やは帰って来ないそうな」

手を止めて呟いた。寂しそうに眉を顰（ひそ）めた。

「迷児になったんじゃあるまいか?」

これが彼女には心配であった。

また面を彫み出した。

「駄々っ児だけれど、可愛い児だよ。駄々っ児だから可愛いのかも知れない」

微笑したいような気持ちがした。

「だが」と彼女は考え出した。「いつぞやあの子の云ったように、定まった悪人というようなものは、ほんとにこの世にないのかしら？　もし本当にないのなら、妾はどうしたらいいだろう？」

この事を考えると不安であった。

「造顔術を施すのは、決して妾の希望ではない。術を施している中に、極重悪人の顔を持った、男か女かに会いたいのが、妾の本当の希望なのだが、悪人がこの世にないとすれば、そういう顔の持ち主とは、永久会うことは出来ないかも知れない」

鑿の鈍るような気持ちがした。

清水の滴る音がした。

滴水の音と鑿の音、それ以外には音がなかった。いや時々彼女の洩らす、溜息の声が聞き取られた。

今は戸外は昼かも知れない。洞窟の中は夜であった。戸外には日光が溢れていよう、洞窟の中は薄暗かった。草の芽、木の芽、昆虫の卵、戸外では発育していよう、洞窟の中の生物といえば、年齢未詳の月子ばかりであった。

鑿の運びが果取らなかった。

「考えてはいけない、考えてはいけない」

彼女は自分で自分へ云った。

考えられてならなかった。

「刹那刹那の心の動きで、悪人ともなれば善人ともなる。これはどうにも動かせない」

自分の心を考えて見た。

「妾の心にしてからが、そうでないとは云われない。一刻の間も半刻の間も、同じ状態でいたことはない。いつも動き移っている」

鑿が全く動かなくなった。

「考えてはいけない、考えてはいけない」

で、彼女は彫み出した。

だがやっぱり考えられた。

「極重悪人というような言葉は、内容のない形容詞で、そんな人間はこの世になく、自然そんな人相の、持ち主などもないのかもしれない。では今日まで待っていたのは、つまらない事と云わなければならない。極重悪人の人相がなければ、極重悪人の新面を作り出すことは出来そうもない。それを作ることが出来なければ、妾は人の世へは出て行けない」

また鑿の手が止まってしまった。

眼を垂れて考え込んだ。

過去は暗く無慈悲であった。無意味な禁慾の生活であった。楽しい思い出は一つもなかった。鑿一本で心不乱、無性、精進の生活であった。

そうして将来には光明はなかった。

どうしたらいいだろう？　どうしたら？

「いけない、いけない、こういう考え方は」

彼女は心を取り直した。

「彫むことにしよう、これまで通り。何かを攫むに相違ない」

彼女は鑿を揮い出した。

と、その時、コツコツと、入口の戸を叩く者があった。

「坊やが帰って来たそうな」

彼女は立ち上がって閂(かんぬき)を外した。

二人の男女が立っていた。

一人は若い武士であった。一人は武士の妻らしかった。

「何んのご用?」と月子は訊いた。

「顔をお直しくださいますよう」

若侍は小声で云った。恐れているような声であった。ひどくその声は嗄れていた。

「まずおはいりなさいませ」

月子は横へ身を開いた。そうして油断なく二人を見た。

二人辷るようにはいって来た。悪い物にでも追われているように、入口の方を隙かして見た。ありありと恐怖の表情があった。月子は入口の戸を閉ざした。

それから二人を観察した。苦労な旅の結果でもあろう、二人の姿は窶れていた。しかしそれにも関らず、武士も妻も美しかった。淫らと云いたいほど美しかった。ちょっとの間三人は黙っていた。

「失礼ながらお名前は?」威厳をもって月子は訊いた。

「私は伴源之丞」

「妾は園女と申します」

忍ぶように名を宣った。

第十八回

一

万像（ものみな）は育つといへど
ここのみは育つものなし
春の来て明るしといへど
ここのみは黄泉（よみ）なる姿
岩窪に水を湛へて
龕（がん）の灯のともしく映る
人の住む岩窟（いわや）ならぬに

鑿(のみ)の音しかも聞こゆれ
野の小鳥訪ひしことなし
野の獣(けもの)訪ひしことなし

面造る女(おみな)ぞ一人
籠(こも)らうよ謹みにつつ

「伴源之丞様と園女様？　ああさようでございますか」

月子は幽かに頷いた。「失礼ながらお産まれは？」

「はい」と源之丞は躊躇したが、「小田原の産でございます」

「で造顔する目的は？」

「はい」とまたも躊躇したが、「実は久しい以前(むかし)から、敵を持つ身でございます。恐ろしい敵でございます。腑甲斐(ふがい)ないようではございますが、遭って刀を交えたが最後、私に勝ち目はございません。必ず討たれてしまいましょう。恐ろしい敵でございます。

で、是非とも人相を変え、たとえ敵に遭いましても、それと敵に感付かれないように、致したいものと存じまして」

「なるほど」と月子は微笑した。「浮世は様々でございますね。承われればお気の毒、笑止などとは申しますまい。……が以前妾のもとへ、造顔に参りましたお侍様は、怨みある敵を討とうとしても、昔ながらの容貌では、邂逅っても逃げられるだろう、そこで手術をするようにと、このように申しておりました。……さて造顔致しますにしても、拠り所がなければ致しかねます。沢山面がございます。どれなりとお選びなさいませ」

岩壁に懸けられた能の面を、月子は振り返って指さした。「いえ」と源之丞は首を振った。「私には望みがございます。恐怖の顔をお造りください」

「そうして妾へは悲哀の顔を」つづいて園女がこう云った。

月子はちょっと眼を瞶り、改めて二人の様子を見た。「大変悲劇的の人らしい」心の中で呟いた。「ほんとに人間というものは、誰彼となく何かしら、悩みを持っているものと見える」

で彼女は頷いた。「恐怖の顔と悲哀の顔、よろしゅうございます造りましょう。どちらからお先に致しましょう?」

「はい、どうぞ、妾（わたくし）から」園女は一足進み出た。

「ではこっちへ」

と月子は云った。それから錦の帳（とばり）を開けた。

「園！」

と源之丞は呼び止めた。「もう一度顔を見せてくれ。一旦手術をしたからには、二度と見ることは出来ないだろう。お前の顔の見納めだ」

「そうして妾にとりましても」

二人はじっと向かい合った。龕（がん）の灯がチラチラと瞬（また）いた。二人の半面が照らされた。

「心の悲哀（かなしみ）が顔へ出て、今でもお前は悲しそうだ。一層悲しくなるがいい。だがお前は美しい。美しい顔へ悲哀が纏（まと）い、二重の美しさとなっている。それが私には煩悩（ぼんのう）の種だ」

「妾（わたくし）もそうなのでございます」園女の声は咽（むせ）ぶようであった。

「あなたのお顔を見ていますと、妾には悩みが湧いて来ます。お心にある悔恨が、お顔へ現われているからでしょう。あなたはお美しゅうございます。悔恨がお顔に刻まれていて、いよいよ美しく思われます」

「こっちへお出でなさいませ」隣室から月子の呼ぶ声がした。

「はい」と園女は帳をかかげた。そうして隣室へはいって行った。

源之丞は岩壁へ背をもたせた。

「ああ永い間苦しんだなあ」彼は瞑目（めいもく）して考えた。「しかも苦しみは続くのだ。彼奴（きゃつ）が死ぬか、俺達が死ぬか、一方の死なないその間は、いつまでも苦しみは続くのだ。ああ永い間苦しんだなあ」

清水の滴たる音がした。油の煮える音がした。血の油が煮えるのであろう。

隣室から月子の声がした。

「寝台へお伏せりなさいまし。お顔を上へ……真っ直ぐに」

園女の声は聞こえなかった。寝台の軋る音がした。

源之丞は茫然（ぼんやり）と眼をあけた。そうして部屋の中を見廻わした。

「こういう所にも住む人がある。静寂（しずけさ）、暗黒（くらさ）、非人情！　だがこれもいいかもしれない。恐らく悩みはないだろう」うっとりと仮面（おもて）へ眼をやった。「まるで生首でも並んでいるようだ」

隣室から月子の声がした。

「心がお顔に現われます。悲しいお顔を造ろうとなら、努めて悲しいお心持ちを、お持ちにならなければなりません。……妾がお話し致しましょう。悲しい悲しい物語を。……」

ここで月子の声が絶えた。

源之丞は両手の指を見た。龕の灯が幽かに爪を照らした。

「爪に筋がはいっている。恐怖に衰えた人間の、不健康の証拠がここにある」手を裏返して甲を見た。「艶のない手だ、膏気のない手だ、青い筋ばかりが這っている」

錦の帳が波立った。そこへ当たっていた龕の灯が、襞の処だけを暗くした。

と月子の声がした。

「昔々近江の国、琵琶湖の岸の朝妻に、白拍子が住んでおりました。『おぼつかな伊吹おろしの風さきに朝妻船のあひやしぬらん』可哀そうな歌を詠みました。それをお公卿様へ送りました。一度逢って二度とは来ない、薄情な薄情なお公卿様へ」

二

源之丞は隣室へ耳を澄ました。「朝妻船の物語か。うむ、悲恋の物語だな。全く恋にも色々ある。逢えぬ恋、逢った恋、別れた恋、見ざる恋。そうして俺達二人の恋は、脅されている恐ろしい恋だ」

月子の声が聞こえて来た。

「悲しいことにはお公卿様からは、何んの返辞もございませんでした。それで白拍子は小舟に乗り、琵琶の湖へ乗り出しました。春の夕暮れでございました。満月が空へかかりました。面紗を冠った満月が。微風、水鳥、花咲いた水藻、湖水は平かでございました。烏帽子、水干、丹塗りの扇、可哀そうな失恋した白拍子は、揺られ揺られて行きました。風よ吹けよ、浪よ立てよ、舟もろともに水底へ、妾の体を葬れよ。……で白拍子は泣きました。流した涙が壺の中へ、一杯に溜ったと申します」

「恐怖の恋だ、俺達の恋は、泣こうとしても泣けない恋だ。語っても同情されないだろう」源之丞は項垂れた。「もう幾年になるだろう？　百年も以前の出来事のようだ。そうかと思うとつい最近、二三日以前の出来事のようだ。……晩春初夏、藤の花の盛り、それは四月のある日だった。鎧橋通りの屋敷を出て、海岸の方へ歩いて行った」

月子の声が聞こえて来た。

「舟は唐崎へ着きました。誰か植えたる一つ松！　唐崎の松はびょうびょうと、夜風に鳴っておりました。が白拍子は船から出て、上陸しようとはしませんでした。山を越え、河を渡り、どうして京都へ行かれましょう。一杯になった壺の涙を、湖水の中へ捨てました。と琵琶湖の水量が、一時に増したと申します。で小舟はユラユラと、沖へ出かけて行きました」

『浜には沢山人がいた。干潟に貝が散っていた。そこで逢った一人の女！　その時見た女の眼！」源之丞は蹲まった。

「……妾は空虚でございます！　妾は満たされておりません！　どうぞ妾を満たしてください！　こう云っているような眼であった。……愛に饑えている眼であった。待ち設けている眼であった。……その眼が俺を見詰めていた！　……醜貌と武道とで名の高い、北条内記の妻女の眼！　……瞬間に俺は退治られた。……間もなく結ばれた悪因縁！　それから逃亡！　それから流浪！」

　月子の声が聞こえて来た。

「小舟は漂って行きました。水鳥の群の中を分け、一筋白い水脈を曳き。……そこで白拍子は詠いました。『鳥をわけて朝妻船も過ぎぬれば同じ水脈にぞまた帰りぬる』こうして堅田へ着きました。壺に涙が溜まりました。でまた湖水へ覆けました。水量が増したと申します」

源之丞はじっと動かなかった。立てた膝頭へ額をあて、背を丸くして固まった。「それから逃亡、それから流浪……。逃げて逃げて逃げ廻わった。俺は柔弱、しかも無学、取柄といえば美貌ばかり、仕官することは出来なかった。だがそのうち路金が尽きた。仕官しなければならなかった。戦国の慣いどこへ行っても矢叫びの声武者押しの音、有能の士は抱えられた。だが俺だけは駄目だった。弓を引くことも馬に乗ることも、太刀を抜くことも、兵法も、何一つ手掛けていなかったからだ。饑死しなければならなかった。だが死ぬのは厭だった。そこで俺は考えた。俺は俺の取柄をもって、妻は妻の取柄をもって、禄を得て命を繋ごうと。……妻は諸大名の妾となり、俺は諸大名の奥方や、側室に体を委せることにした。そうしてこれは成功した。駿河へ行って今川家を訪ね、俺は奥方の寵を受け、園は義元の寵を受けた。だが三月目に逃げ出した。お手もと金を奪い取り、二人こっそり手に手を取り。……江州へ入っては佐々木家へ仕え、京へはいっては三好家へ仕え、播磨へ行っては別所家へ仕え、出雲へ行っては尼子家へ仕え、備前へ行っては浮田家へ仕え、安芸へ行っては毛利家へ仕えた。いずれも二月か三月であった。逃げる時はいつも盗みをした。体を穢すに従って、妻は益々美しくなり、そうして俺も美しくなった。二人はどうしても離れられなかった。ああ悪の美の牽引力！……四国へはいっては長曽我部へ仕え、九州へ渡っては大友家へ仕え、肥前へ行っては竜造寺家へ仕え、薩摩へ入っては島津家に仕えた。……そのうち故郷が懐しくなり、窃り二人で帰って行った。そうしてそこで俺達は聞いた、北条内記が国を遁がれ、女敵討ちに出立したと！」

月子の声が聞こえて来た。

「いつまでもいつまでも、小舟は漂って行きました。『見し夢の朝妻船や立ちかへる涙ばかりを袖にのこして』こう白拍子は詠いました。涙が壺に充ちました。また覆けなければなりませんでした」

三

「ほんとの恐怖の逃亡が、はじめられたのはそれからだ。東北の方へ遁がれることにした。相変らずの色奉公、妻は妾、俺は男妾、乱倫無慙の生活が、次から次と行われた。

越後へ行っては上杉家へ仕え、会津へ行っては蘆名家へ仕え、奥州へ行っては伊達家へ仕え、盛岡へ行っては南部家へ仕え、常陸へ行っては佐竹家へ仕え、結城へ行っては結城家へ仕え、安房へ行っては里見家へ仕えた。いつも不安でならなかった。北条内記の恐ろしい顔が、絶えず眼の先へチラツイていた。いっそ宣り出て討たれようか、その方がどんなに気安いかしれない。醜い浮世、窒息的生活、死んだ方がいい死んだ方がいい！　幾度こんなように思ったろう。しかし俺は考えた。逃げろ逃げろ逃げ切ってしまえ！　それが勝利というものだ。弱いなりに徹底しろ、それが勝利というものだ。そうして俺は考えたものだ。俺はこの世に未練はない。死のうと思えばいつでも死ねる。そうして園女もそうらしい。一緒に死んでくれるだろう。二人にとっては死は楽だ。決して決して苦痛ではない。だから死ぬのは止めようではないか。活きていて苦痛を味わおうではないか。そうして恐ろしい恋敵を、あくまで焦心してやろうではないか。信濃国八ケ岳、立科山との谿合に、尼僧寺院があると聞き、訪ねて行ったのもそのためだ。隠れ終わそうためだった」

　月子の声が聞こえて来た。

「舟は石山に着きました。しかし上陸はしませんでした。死を覚悟した白拍子には、陸は恋しくはありませんでした。一杯になった壺の涙を、また湖水へ捨てました。なんと悲しいではございませんか。三杯の涙！　壺三杯！　浮草の身の白拍子、それが一人の男を恋し、流した涙でございます。でまた舟は波に漂い、沖の方へと出て行きました。『このねぬる朝妻船のあさからぬ契を誰にまた交はすらむ』いえいえ白拍子は二度とふたたび枕を交わそうとはしませんでした。湖心一点舟一葉、饑えてかつえて死ぬつもりでした」

源之丞はやはり蹲まっていた。悪の灯が仄々と背を照らした。トコトコトコトコと滴たる音。岩槽へ落ちる水であった。

「僧院の生活も不安であった。そうして俺達には相応わなかった。その時造顔師の噂を聞いた。どんなに俺は喜んだか！　で、山伝いに行くことにした。そうして今やここへ来た。顔形さえ変えたなら、未来永劫北条内記奴、見付けることは出来ないだろう」

源之丞はフッと顔を上げた。皮肉の嘲笑が浮かんでいた。

と、月子の声がした。

「おおおようやくあなたのお顔へ、悲しみの色が浮かびました。さてそれではまず仮面を……」

何か物でも取り上げたらしい。軟い石膏でも練るような、篦(へら)の音が聞こえて来た。

と、月子の声がした。

「さあ出来ました。生身(いきみ)の仮面」

後はしばらく寂然(しん)となった。

とまた月子の声がした。「よいお髪(ぐし)でございますこと。これから変えなければなりますまい。悲哀(かなしみ)の人の頭髪(かみのけ)は、このように黒く、このように長く、このように沢山ありましては、不自然と云わなければなりません。一朝の悲哀に頭髪は、白くなるものでございます」

また何かを取り上げたらしい。金属製の器物(うつわもの)が、棚にあたるような音がした。

と、月子の声がした。

「甘扁桃油(かんへとうゆ)、苦(く)扁桃油、接骨木花水(せっこつぼくかすい)、沈降硫黄(ちんこういおう)、そうして闇夜に絞り取った、売春婦(いろをうるおんな)の肝臓の血、それを合わせた冷罨剤(れいあんざい)、これを塗ることに致しましょう。……おうおう白くなりました。卯(う)の花のように真っ白に」

頭髪を梳(くしけ)ずる音がした。シュッシュッという幽かな音！　が、それもすぐ止んだ。

とまた月子の声がした。

「可愛らしい額でございますこと。秀でた天停、調った生え際、これも変えなければいけますまい。三横文の皺をつくり、落涙の相と致しましょう」

物を鞣（なめ）すような音がした。とまた月子の声がした。

「情のある眼付きでございますこと。傾城眼（けいせいがん）と申します。これも変えなければいけますまい。眼尻に皺を刻みましょう。眼瞼（まぶた）へ黒子（ほくろ）を作りましょう。涙を誘う泣き黒子」

何かを取り上げる音がした。

少しの間静かであった。

トコトコトコトコ、トコトコトコトコトコ……岩壁から滴たる水の音。いっそう岩窟（いわや）はひっそりとなった。

四

「人相さえ変えたら大丈夫だ。少しも恐れることはない」依然源之丞は蹲（うずく）まっていた。

「わざと求めて邂逅（いきあ）ってやろう。そうだ北条内記奴（め）に。そうして彼奴（きゃつ）の眼の前で、思うさま大声で笑ってやろう。ゲラゲラゲラゲラと崩れるように」

またも月子の声がした。

「素直な鼻つきでございますこと。円満鼻と申します。これも変えなければいけますまい。親に別れ良人に別れ、生涯住所定まらず、轗軻不遇に世を送る、鷹觜鼻に変えることに致しましょう」

源之丞は隣室へ耳を澄ました。

「うん、それがいい、うんと変相するがいい。昔の面影のないように。園女が園女だと知れないように」

ひとしきり寂然と静かであった。龕の灯がユラユラと揺らめいた。どこからか微風がはいったと見える。面が一斉に瞬いた。がしかしすぐ止んだ。龕の灯が静止したからであろう。

トコトコトコトコと水の音！

「深い人中でございますこと」月子の声が聞こえて来た。「上狭く下広く、理想的の形でございますこと。これも変えなければなりますまい。薄く短く致しましょう。そうして斑紋を着けましょう。帯運の相！　薄命の相！」

パタパタと叩くような音がした。鋏で刻むような音がした。

「探せ探せ北条内記！」源之丞は呟いた。「日本国中を探すがいい。が、永久目付かるまい」

また月子の声がした。

「愛らしい唇（くち）付きでございますこと。薄くて紅くて小さくて、花弁（はなびら）のようでございますこと。これも変えなければなりますまい。覆舟口（ふくしゅうこう）に致しましょう。神（しん）枯れて気濁り、家破れて一族四散、寄る辺ない悪運の唇に」

源之丞はいつまでも蹲まっていた。

彫りかけた楠の木の面材が、荒菰（あらごも）の上に置いてあった。木屑が四辺（あたり）に散っていた。

とまた月子の声がした。

「歯並（はなみ）も変えなければなりますまい。調った歯並でございますこと。当門二歯と申します。参差歯（しんさば）にすることに致しましょう」

コツコツと叩く音がした。金鎚（かなづち）で前歯を砕くらしい。

「耳の形のふくよかなことは。これは水耳（すいじ）と申します。木耳（もくじ）にしなければなりますまい。六親（しん）を失い財帛（ざいはく）不足孤苦無援の木耳にね」

ジョキジョキ不気味の音がした。肉を削（そ）いでいるらしい。

とまた月子の声がした。

「さて次は奴僕宮、――頤を変えなければなりません。よい頤でございますこと。方潤豊満でございますこと。……これを楔形に致しましょう。そうして乱文斜文をつくり、暗濁昏瞑に致しましょう。……四壁全く定まらず、眷族惨害の兇相に」

象牙の篦ででも擦るような、滑らかな音が聞こえて来た。

しばらく岩窟は静かであった。時々帳の揺らぐのは、月子が隣室で歩くからであろう。

源之丞はいつまでも動かなかった。肩と背へ龕の光を浴び、岩壁の裾へ蹲まっていた。

またも月子の声がした。

「声音も変えなければいけますまい。……木声は高く清らかく、火声は焦れて潤いなく、土声は重く且つ沈み、金声は響鐘の如く、水声は円く滞りなく、これを五音と申します。……声あれども響きなきは、吉もなければ凶もなく、声丹田より出る時は、上相声と申します。また舌端から出る時は、下賤破敗と申します。……最も不吉は羅鋼声！　ではこの声に致しましょう。……薬をお飲みなさいまし」

器物へ水薬でも注ぐらしい、トコトコという音がした。

「怯とはいったい何んだろう？　勇とはいったい何んだろう？」

源之丞は呟いた。「怯勇無差別ではないだろうか？　勇を揮って功を現わし、高禄を得て世を渡る。なるほど男子の本懐だろう。だが臆病に逃げ廻わり、短い一生を好きな女と、日蔭の花として暮らすのも、人間らしくていいではないか。……勇を現わすということは、表面立って生活す手段に過ぎない。だが余り表面立つと、その生活し方が窮屈になる。それは偶像にされるからだ」

月子の声が聞こえて来た。

「これで全然出来ました。昔の面影はございません。誰に逢っても大丈夫です。感付くものはありますまい。……おおお何んと悲しそうな、貧しいお顔になったことか。孤貧の涙相でございます」

カタンと何か取り上げたらしい。

「鏡をご覧なさいまし」

五

「俺は疑いなく臆病者だ。いつも恐怖に襲われている」源之丞はフラフラと立ち上がった。しかし岩壁からは離れなかった。

「だが権利は持っている。この世に活きる権利はな。そうしてあからさまに云う時は、肩身を狭め、日の目を恐れ、土鼠(もぐら)のように活きることに、俺は興味さえ持っている。……活きて行く道は幾通りもある。白昼雑踏の大道を、大手を振って行く道もあれば、暗夜に露地をコソコソと、蠢(うごめ)いて行くような道もある。どっちがいいとも云われない。……暗夜に露地を歩く者は、家の雨戸の隙間から、一筋洩れる灯火(ひ)の光、そういうわずかな光明(ひかり)にさえ、うんと喜悦(よろこび)を感ずるものだ。……糜爛(びらん)した神経、磨ぎ澄まされた感覚、頽廃(たいはい)した情緒、衰え切った意志、――いわゆる浮世のすたれ者！　そういう者にはそういう者だけの、享楽の世界があろうというものだ」

その時園女の泣き声が、隣室から弱々しく聞こえて来た。訴えるような泣き声であった。つづいて月子の声がした。

「お泣きなさいまし園女様、悲しいお顔が涙のために、二倍悲しくなりましょう。……

お驚きになったのでございましょうね。それで泣かれるのでございましょうね。……鏡に映ったあなたのお顔！　どこに一点美しかった昔の面影がございましょう？　昔のお顔は満開の海棠、今のお顔は腐った山梔、似たところとてはございません。……その代り安全でございます。もうどなたに会われようとも、目付かる気遣いはございません。昔のあなたが消えてなくなり、新しいあなたが忽然と、お産まれなされたのでございます……。だがその代り命ある限り、人に恋されはしますまい。そのお顔がその顔であるうちはね。……」

園女の泣き声は尚続いた。岩窟の壁へ懸けられた、非情の能面さえ耳を澄まし、聴き入るような声であった。寂しい絶望した声であった。

「ああ園が泣いている」源之丞はじっと耳を澄ました。

「造顔手術が終えたそうな。変面異相、穢くなったろう。……よいではないか、穢くなっても。浮世には二つよい事はない。……さあ今度は俺の番だ」

月子の声が聞こえて来た。

「少しお眠りなさいまし。眠りながらお泣きなさいまし。涙が磨きをかけましょう。……お飲みなさいまし、眠剤をね。……お顔へ覆面を掛けましょう」

後はひっそりと静かであった。

だんだん泣き声が幽かになり、やがて寝息が聞こえて来た。

「源之丞様」と呼ぶ声がした。「こちらへおいでなさいませ」

で源之丞は帳を掲げ、辷るように隣室へはいって行った。

と帳が蜒をつくり、龕の灯がそこだけ暗くなった。

と、月子の声がした。

「寝台へお伏せりなさいまし。あなたの奥様と並んでね。……お顔を上へ……真っ直ぐに……」

寝台の軋る音がした。

とまた月子の声がした。

「心がお顔に現われます。恐怖のお顔を造ろうとなら、努めて恐怖のお心持ちを、お持ちにならなければいけません。……妾がお話し致しましょう。恐ろしい恐ろしい物語を。……」

ここでしばらく声が絶えた。

物語を考えているらしい。

どんな話をするのだろう？

恐怖に追われ駈けられている、伴源之丞のような人間を、さらに一層の恐怖の淵へ、落とし入れるような物語が、いったいこの世にあるだろうか？

と、月子の声がした。

「富士の裾野の三合目に、一人の剽盗がございます。字名を陶器師と申します。大きな陶器の竈を作り、毎日陶器を造っております。いえいえ陶器ではございません。裾野を通る旅人を竈へ入れて蒸すのです。……殺人が好きでございます。一つの口癖がございます。男を殺すと『姦夫』と叫び、女を殺すと『姦婦』と叫ぶ。これが口癖でございます。……本名は何んと申すやら、妾は一向存じません。元の身分が何んだやら、それも妾は存じません。……だがその人の目的は、女敵討ちだと申します」

源之丞の呻く声がした。

「おおおどうやらあなたのお心へ、恐怖が湧いたようでございますね。お顔の上へ現われました。それをお持ち続けなさいまし。……さてそれではまず仮面を」

軟い石膏でも練るような、篦の音が聞こえて来た。

「さあ出来ました、生身の仮面。……もしもご覧になりたければ、いつでもおいでなさいませ」

六

後はしばらく静かであった。

とまた月子の声がした。

「富士の裾野の三合目へは、決して行ってはなりません。巣食っているのでございます。その殺人鬼の陶器師が。……だが一方から云う時は、可哀そうな男でございます。不貞の妻の身状から、あたら武士道を捨ててしまい、活きながらの地獄入り、鬼になったのでございますもの。……利休茶の十徳宗匠頭巾、瀟洒とした好男子、それにご用心なさいませ。それが陶器師でございます。……非常な腕利き、ただ一刀に、項を斬るそうでございます。……直刃に迷心乱雑、新藤五郎国重の刀それで斬るそうでございます。……時々左の片手斬り、それで一度の間違いもなく、首刎ねるそうでございます。……師匠は土子土呂之介、このように申しておりました」

源之丞の呻く声がした。呼吸の詰まるような声であった。

と月子の声がした。

「斬っても血粘が刃に着かず、鋒子先からタラタラと、滴るそうでございます。ダラリと刀を下げたまま、唇をわずかに綻ばせ、美しい前歯を白々と見せ、嬉しそうに笑うそうでございます。……そうしてそれから姦夫姦婦！」

「顔をお直しくださいまし！」源之丞の嗄れ声！

「頭髪から変えることに致しましょう。よい頭髪でございますこと」

どうやら壺でも取り上げたらしい。コトンという音がした。

と月子の声がした。

「男の頭髪と女の頭髪、色を変えるに致しましても、いささか薬剤が違います。……鳶尾根末、亜鉛華、麝香草、羊脂、魚膠、雷丸油、疱瘡で死んだ嬰児の脳漿、それを練り合わせた塗抹剤……お着けすることに致しましょう」

髪を梳る音がした。

深い溜息が聞こえて来た。源之丞の洩らす溜息らしい。

と、月子の声がした。

「次は三停でございます。……額が天停、鼻が人停、それから頤を地停という。……

これを変えることに致しましょう」

皮膚を鞣す音、肉を削ぐ音、骨を削る音が聞こえて来た。金属製の器類の、触れ合う音が聞こえて来た。歩き廻わるらしい足の音、荒い呼吸の音も聞こえて来た。

錦の帳を一枚隔て、行われている造顔術！

とまた月子の声がした。

「次は五官でございます。……眉が保寿官、眼が監察官、鼻梁が審弁官、口が出納官、そうして耳が採聴官。……これを変えることに致しましょう」

何か刃物でも落としたらしい。ジーンという音が響き渡った。

ひっそりと時間が経って行く。

岩壁に懸けられた面達は、眼を開いたり眼を閉じたり、口を開いたり口を閉じたり、龕の焔の揺れるに連れて、その表情を変えていた。

岩壁から落ちている滝の水、一筋の銀の棒のようであった。石槽には水が溢れていた。パッパッと時々泡沫が飛んだ。

と、月子の声がした。

「さあ、これで出来ました。……お声も変えなければなりますまい。……これをお飲みなさいまし」

水薬を注ぐらしい音がした。

とまた月子の声がした。

「鏡をご覧なさいまし」

しばらく物音が聞こえなかった。

と枯葉の擦れ合うような、老人の声が聞こえて来た。

「誰だ、誰だ、この男は!?」

「伴源之丞様でございます」

「うッ、うッ、うッ、俺の顔か!」

「あなたのお顔でございます」

「百歳以上の老人の顔!」

「恐怖のお顔でございます」

「満面の皺! 白い頭髪!」

「能の面の重荷悪尉。……」

「飛び出した頬骨! 刳られた顳顬!」

「すっかり変ってしまいました」

「ひしゃげた鼻！　膨（ふく）れ上がった唇！」

「永劫（えいごう）恋は封じられました」

「食い反らせた乱杭歯（らんぐいば）！」

「しかも三本欠けております」

「ドンヨリと黄色く濁った眼！」

「おうおう膿（うみ）が垂れそうだ」

「左の耳髱（みみたぼ）が千切れている！」

「はい、狼に嚙まれたように」

「蜘蛛（くも）のような額の痣（あざ）！」

「人の厭がる豎剣文（じゅけんもん）」

ゲラゲラ笑う声がした。

「北条内記奴（め）！　目付けて見やがれ！」

第十九回

一

富士の裾野、人穴の奥、造顔術師月子の部屋、そこの扉の開く音が、ギーと幽かに聞こえたのは、その翌日の払暁であった。

「さようならば月子様」

「源之丞様、園女様、ご無事においでなさいませ」

別離の挨拶の声がした。後は暫時静かであった。とまたギーと音がした。月子が部屋の扉を閉じたらしい。

お喋舌りの小鳥も啼き出さず、東の空も水色を産まず、裾野は暗く物寂しく、風ばかりが灌木を渡ると見え、嘯くような声がした。

岩山の裾に黒々と斑点のような物の見えるのは、おおかた人穴の入口であろう。と、そこから吐き出されたように、二つの人影が現われた。

伴源之丞と園女であろう。しかし四辺が暗いので、はっきり姿は解らなかった。どうやら躊躇っているらしく、人穴の口を背後にして、二人の人影は佇んでいた。と、男の声がした。

「なんだか人里が恋しくなった。……もう恐ろしいものはない。……誰に見られても感付かれはしまい。……今までは恐れて逃げ廻わっていた。これからは進んで近付いてやろう。……」

だが源之丞の声だろうか？　百歳以上の老人の、嗄れ果てた声だのに。

「甲府へ参ろうではございませんか。賑やかな武田家のお城下へ。……妾もなんだか人里が恋しくなってまいりました」園女が云ったに相違ない。しかしその声は百歳以上の、老婆の声としか思われない。

二つの人影は動き出した。二人の歩く足に連れ、サラサラと音を立てるのは、枯草が左右へ分れるからであろう。

二人の姿が消えた頃から、裾野の朝は明け初めた。

その日の真昼のことである。

鍛冶屋街道を片輪者が、二人連立って歩いていた。

一人は男、一人は女、男は若々しい武士姿、女も若々しい女房姿、しかし二人ながら首から上は白髪と皺とに埋められた、醜い尉と姥とであった。

能の仮面の重荷悪尉、そっくり老人の顔であった。蟇の形をした大きな痣、それが額にあるために、一層その顔は凄く見えた。

能の仮面の泣き老女、そっくり老婆の顔であった。左の下眼瞼に小指ほどの、大きな泣き黒子が附いているので、一層その顔は悲しそうに見えた。

心経寺の宿へかかった頃、行手から鉦の音が聞こえて来た。つづいてご詠歌の声がした。と一群の行列が、辻を廻わって現われた。眼の所へだけ穴を穿けた、木綿の白布を顔へ垂れた、それは癩人の行列であった。

二人の片輪者と癩人とが、往来の上で邂逅った時、癩人の方で道を避けた。そんなにも二人の片輪者は、恐ろしく気味悪く見えたのであった。

鍛冶屋街道は飛び飛びに、幾個かの宿場や村を繋ぎ、ウネウネと甲府まで続いていた。もう菜の花は散っていたが、街道の左右の耕地では、麦の葉が微風に戦いでいた。耕地が尽きると丘になり、丘を巡ると林になり、林を抜けると森になり、さらに幾個かの峠となり、河を渡らなければならなかった。

そこを二人は歩いて行った。

白井河原へはいった頃には、永いものの例にされている、春の日も暮れて夜となり、下鍛冶屋宿、上鍛冶屋宿、住吉、畔、高台寺、甲府の城下へはいった頃には、一番鶏の啼くほどの、深い夜となっていた。


依然甲府は火柱の主と、癩人と血吸鬼との巣窟であった。

闇の夜空へ聳えているのは馬場美濃守の大屋敷で、ポッツリ一つ大きな星が、低く屋根棟に懸かっていた。

その屋根棟に腹這いながら、誰か人間がいるらしい。

と、そこから声がした。

「おい右門、大丈夫かな？」

しかしどこからも返辞がない。

しばらく寂然と静かであった。

ややあって返辞が聞こえて来た。

「うん、俺の方は大丈夫だ。……お前はどうだ？　え、小次郎？」

美濃守の屋敷と向かい合い、内藤修理亮の屋敷があった。その屋根棟の一所から、返辞の声は聞こえて来た。やはりそこにも何者か、一人腹這っているらしい。が、姿は解らない。闇が包んでいるからであった。

またもや後は寂然となった。

空へ大きな弧を描き、星が一つ蒼々と流れ、ザーッと風が吹き通った。

ドンドンドン！　ドンドンドン！

槌で門を破壊す音。

「ワーッ」という鬨の声。

バタバタと逃げる足の音。

と、「ヒーッ」という女の悲鳴。

「ワッ」と叫んで仆れる音。誰か斬られでもしたらしい。

躑躅ケ崎の信玄の館が、真北にあたって聳えていた。その方角から一瞬間、消魂しい物音の聞こえたのは、癩人が寄せて行ったからであろう。

が、それもすぐ止んで、またもや後は寂然となった。

と、馬場屋敷の屋根棟から、ふたたび声が聞こえて来た。

「遅いではないか。どうしたんだろう？」

「うん」と答える声がした。「さすがの火柱も疲労（つか）れたかな」

「そんなことはあるまい。今に出よう」

「今夜こそどうともして捕えたいものだ」

ここで話が断ち切られた。

いったい二人は何者だろう？　蜈蚣（むかで）衆の忍術家、一人は琢磨小次郎であり、一人は莫座右門らしい。

二

闇とは云っても星空であった。その薄明を背景にして、不意に内藤家の屋根棟へ、黒々と人の姿が立った。城下の様子を眺めようと、琢磨小次郎が立ち上がったらしい。屋根から見下した甲府の城下の、所々に桃色の火気が、闇を貫いて立っているのは、癩人が焚火(たきび)をしているからであろう。そこから騒音の聞こえるのは、彼らの囁きに相違ない。

内藤屋敷と並び合い、板垣駿河守の屋敷があった。その隣りが勘解由小路、小路を隔てて神明の社、その社の広庭にも、焚火が赤々と燃えていた。立ったり座ったり這い廻わったり、陰影(かげ)のような人影が、火光に照らされて見えるのは、癩人がそこにもいるからであろう。しばらく眺めていた小次郎は、やがて西の方を振り返って見た。眼の前に大館(おおやかた)が立っていた。すなわち三枝勘解由(さえぐさ)の屋敷で、グルリと取り廻わしたは高い土塀、その土塀の東南の角へ、ボッと火光が射したかと思うと、ユラユラと一本の火柱が、土塀に添って北の方へ、蠢めくように歩いて来た。

「右門！　現われたぞ！　火柱が！」

叫ぶと一緒に小次郎は、ピッタリ屋根棟に腹這いになった。

「うむ。……よし来た！　合点だ！」

馬場屋敷の家棟から、すぐに右門の声がした。後は呼吸の音さえしない。

火柱はダンダン近寄って来た。

動くに連れて土塀の面が、光を映してボッと明るみ、通り過ぎるに従って、ふたたび闇に埋もれた。三枝屋敷を通り過ぎると、火柱は暫時(しばらく)立ち止まった。南北に通ずる小路があり、どっちへ行こうかと迷っているらしい。が、どっちへも曲がらずに同じ道を真っ直ぐに、内藤屋敷の方角へ、やがてソロソロと歩いて来た。

その南側は内藤家の土塀、その北側は低い堤、堤の上の松並木、火柱が過ぎるに従って、一つ一つ次々に、松の老幹が輝いた。

内藤屋敷の土塀が尽きると、南北に通っている柳町通りで、その四辻で火柱は、またしばらく佇(たたず)んだ。

風が四辻から吹いて来た。

火柱の主――仮面(めん)の城主！　城主の着ている纐纈の袍(ほう)の袖や裳裾(もすそ)が風に煽られ、グルグルグルグル渦巻く様は、火柱が四方八方へ、あたかも焔を翻(ひるが)えすようであった。裾からニョッキリはみ出しているのは、白布を巻いた二本の足で、袖からダラリと垂れ下がっているのは、白布を巻いた双の腕、火焔の中に蠟燭が四方浮き上がっているようであった。

と、火柱は動き出した。

内藤屋敷と馬場屋敷、二つの屋敷の真ん中を、南の方へ蠢（うご）めいて来る。

三

二軒の屋敷の大門が朦朧（もうろう）と火光に映じた時、内藤屋敷の屋根棟から、気合に充ちた「阿（あ）」という声が、石でも投げたように迸（ほとばし）った。同時に一条の捕り縄が、空を切って投げ下ろされた。それとほとんど間髪を入れず、馬場屋敷の屋根棟から「吽（うん）」という気合の声がした。と、暗中に抛物線（ほうぶつせん）を描き、一筋の捕り縄が投げられた。

先ず火柱は右に揺れ、それから左手へよろめいた。と、にわかに立ち止まった。

一筋の長い捕り縄が、火柱の主の首の辺から、ピンと斜に張り切って、内藤屋敷の屋根棟へまで、一直線に延びていた。と、もう一本の捕り縄が、火柱の主の胴体から、馬場屋敷の屋根棟へまで、ピンと一直線に延びていた。

火柱の主は二条の捕り縄で、ガンジ搦（がら）みにされたのである。

上には垂れ下がった闇の空、左右には立ち並んだ武家屋敷、その真ん中でぼうぼうと、燃え上がっている火の柱、その頂きに無表情に、静止している能の面！……何んと形容すべきだろう？

その時黒々と人の姿が内藤屋敷と馬場屋敷の、屋根棟の上に延び上がった。琢磨小次郎と莫座右門、二人の姿に相違ない。と、にわかに二つの姿が、あたかも呼吸を合わせたように、火柱に向かって及び腰になった。だが、その次の瞬間には、グイと背後（うしろ）へ反り返った。どうやら捕り縄を絞ったらしい。

意外な出来事の起こったのは、実にその次の瞬間であった。

白布を巻いた右の手を、火柱の主はソロソロと、上の方へ上の方へと上げて行った。と、仮面の頤（おとがい）へかかった。

仮面の取れた城主の顔が、内藤屋敷へ向けられたとたん、「うん！」という息詰まる声がした。同時に小次郎の姿が消え、物の仆れる音がした、つづいて屋根の斜面を転がり、黒装束の人間が、ドッと往来へ落ちて来た。

仮面を脱いだ城主の顔が、馬場屋敷へ向けられた時にも、同じことが行われた。息詰まる声、仆れる音、黒装束の人間が、屋根から往来へ落ちて来た。

メズサの顔を見た者は、死の深淵へ落ちなければならない。蜈蚣（むかで）衆の忍術家、琢磨小次郎と莫座右門の、二人の死骸を後にして、首と胴とから捕り縄を垂らし、火柱の主がノロノロと、南に向かって歩き出したのは、それから間もなくの事であった。

小幡尾張守と下条民部、二軒の屋敷に挟まれて、小広い小路が出来ていた。その小路を東へ向け、一条通りの方向へ、忍びやかに歩く人影があった。

小路を抜け出した正面に、原加賀守の屋敷があり、焚きすてられた焚火の火が、尚余焔を上げていた。

その火影に照らされて、しょんぼりと立った人影は、他ならぬ三合目陶器師であった。

何んの変ったところもない。利休茶の十徳に同じ色の頭巾、瀟洒で美しくはあるけれど、表情のない仮面のような顔、これまで通りの彼であった。ただ衣裳の裾や袂に、点々と斑点の付いているのは、返り血を浴びたためだろう。

増山通りを北へとり、蘆田屋敷の裏門の方へやがてフラフラと歩き出した。焚火の光の圏内から、彼の姿が消えた時、闇がワングリとそれを呑んだ。しかし間もなく彼の姿は、八幡の境内へ現われた。

そこには二個所焚火があり癩患者がそれを囲繞み、動物のように蠢めいていた。

だが陶器師は刀を抜かず、二つの焚火の間を通り、跡部大炊の屋敷の方へ、小路伝いに歩いて行った。初鹿源五郎の屋敷を過ぎ、御厩小路へ来た時である。行手に二つの人影が見えた。

焰を上げてはいなかったが、カッと熾っている焚火に照らされ、老人と老婆だということが、陶器師の眼に見てとれた。老人の額には蟇の形をした、大きな痣が印されてあり、老婆の眼瞼には指先ほどの、大きな黒子が附いていた。二人ながら旅姿で、城下の者とは思われなかった。

チラリと陶器師は二人を見た。だがそのまま擦れ違った。彼は殺人に飽きていた。刀を抜くさえ大儀なのであった。

四

一間余り行違った時、ふと陶器師は振り返った。

「む」と彼は呻き声を上げた。「ああ酷似だ！　後ろ姿！」

刀の柄へ手を掛けた。足音を忍ばせスルスルと、二人の背後へ追い逼った。

身に逼る殺気を感じたのであろう、二人の男女は振り返った。焚火の光にぼんやり照らされ、闇に浮き出た二人の顔は、源之丞でもなければ園女でもなく、百歳を過ごした尉（じょう）と姥（うば）の、醜い恐ろしい相好（そうごう）であった。

「何んだこれは！　似ても似つかない！」

刀の柄から手を放し、陶器師は呆然と佇んだ。

闇に消えようとする老人老婆の、背後（うしろ）姿を見送ると、またも陶器師は首を傾げ、考えざるを得なかった。

「間違いはない！　あいつらだ！」

老人老婆の後を尾行（つ）け、陶器師はフラフラと歩いて行った。

広い空地を中に隔て、伝奏屋敷の北方に、武田左典廐の宏大な屋敷が、夜空を抜いて聳えていた。

その土塀の一所から、話の声が聞こえて来た。「どうもこれでは手がつかない」直江蔵人の声らしかった。「神出鬼没というやつだ。出たかと思うと消えてしまう。消えたかと思うとヒョッコリ出る」

「そうさ」と答える声がした。塚原卜伝の声らしかった。「全く変な化物だ。ノロノロとした歩き方だのに、それでどうにも捉えることができない」

「俺はすっかり匙を投げてしまった」

「薬師としては無責任だな」クックッと笑う声がした。

「それもどうも仕方がない。いわば俺の手に余ったのだからな」

「いや俺の手にも余ったよ。と云って火柱の主ではない。得体の知れない例の奴だが、全くあの時は浮雲かった」

「うんあいつか、あいつにも参った」蔵人の声は皮肉に響いた。

「どうやら俺はお前のために、二度命を助けられたらしい」

「礼を云ったがよかろうぜ」卜伝の声は笑っていた。「それにしてもお前は暢気だよ、いかに火柱が現われたと云って、あんな場合に駈け出すなんて、正気の沙汰とは思われないな」

「そうは云ってもあの時は、はじめて火柱を見たのだからな、夢中になるのが当然さ」

「咄嗟の場合、薬箱を投げて、あいつの気勢を反らせたので、お前は斬られずに助かったものの、そうでなかったら今頃は、閻魔の庁に行っているだろう」

「だがお蔭で薬箱は、綺麗に形なしに破壊されてしまった。さて、弁償して貰うかな」

「おやこの爺途方もない、命を助けられて苦情かえ」どうやら卜伝は呆れたらしく、またもクックックッと笑う声がした。

柳町通りの方角で、叫喚の声が湧き起った。

「ははあ今夜も出たらしい」

「おい蔵人、行ってみよう」

「そうさな、ポツポツ行ってみよう」

左典廐屋敷の土塀に添い、闇を縫って東の方へ、二人の者は小走って行った。

曽根下野守の屋敷の方から、真ん丸に塊った一団が、柳町通りの方へ押し出して来た。

鉄砲足軽の群であった。

粉のような火花がパッパッと、闇の空間で明滅するのは、火縄の口火が散るからであろう。

規律正しい武田家の、鉄砲足軽というにも似ず、足並みも揃えず伍も組まず、互いに体をくっ付け合わせ、おどおどしながら歩くのは、恐怖に蝕まれているからであった。

一度城下へ現われるや、悪病を振り蒔き人を殺し、信玄公をして門を閉めさせた、火柱の主というものが、彼ら足軽の輩（やから）にも神秘の物に思われた。うっかりそんなものを撃ち取ろうものなら祟（たたり）があるに相違ない。これが彼らの本心であった。

小路を抜けると柳町通りで、遥か北の方角から、叫喚の声が聞こえて来た。

「出たぞ！」

「出たらしい」

「火柱大明神！」

足軽達は囁き合い、一層足を鈍らせた。

五

神明の社の手前までその一団が来た時であった。行手にあたって煌々（こうこう）と、火の柱が燃え上がった。

「ワーッ」と彼らは声を上げた。バラバラと幾人かが後へ逃げ、幾人かが横へツッ走った。だが十二三人の足軽は、一列に並んで折り敷いた。

ド、ド、ド、ドン——と鉄砲が放された。

すぐにド、ド、ド、ド、——と反響（こだま）が起こり、その反響が止んだ時一時に城下（まち）がひっそりとなった。

何んの変ったこともない。依然として火柱は立っていた。標的（まと）を外して撃った弾丸が、火柱の主に中（あた）る筈がない。

「尾行（つ）いて来るようでございます。……気味の悪い男が……私達の後から……」

「俺は何んだか恐ろしくなった。……早く歩こう……まかなければならない」

跡部大炊の屋敷を過ぎ、今沢石見の家の前を通り、小幡、下条、栗原、長坂、屋敷屋敷の門の前を、老人と老婆は足早に、南へ向かって歩いて行った。

時々振り返って背後を見ると、ボッと黒い人影が、二間の彼方から足音を忍ばせ、どこまでも執念（しゅうね）く追って来た。

大熊備前の屋敷の前、伝奏屋敷の南側に、一筋の小路が通っていた。

つと二人は駈け込んだ。

だが、それも無駄であった。

依然人影は尾行けて来た。

小路を抜けると柳町通り、南北に一筋広い往来が、真っ直ぐに人気なく延びていた。顚倒した二人はその道を、北へ向かって小走った。

やはり二間の背後から、同じ人影が追って来た。呼び掛けもせず、切っても掛からず、いつも同じ間隔を置き、ヒタヒタと尾行けて来る人影から、何んとも云えない一道の殺気が、鬱々として逼るのは、いったいどうしたというのだろう？

神明の社の前まで来た。西に向かって小路がある。駈け込んだ二人は真っ直ぐに、その小路を駈け抜けた。と、すぐに四辻へ出た。それを北の方へ曲がったとたん、カッと眼を射る光物があった。

焔々と燃え上がる火柱が、一間の眼前にユラユラと、揺れながら立っているのであった。

と、真紅の光の中に、蠟燭のような白い物が、二本ソロソロと上へ上がった。

「俺の祝福を受けてくれ。……」嗄れた声が聞こえて来た。「旅人よ、触らせてくれ！」

光に射られた老人と老婆は、両手で顔を蔽いながら、思わず後へよろめいた。

背後から追い逼る殺人鬼！　前からは寄って来る悪病の主！　間に挿まれた老人と老婆は、ベタベタと道へ蹲居（うずくま）った。

道服姿の二老人が、西の辻から走って来たのは、そのキワドイ瞬間であった。

「やッ火柱だ！」

「おッ彼奴（きやつ）だ！」

彼奴だ！　と叫んだ老人は、腰に挿んだ木刀を、スルリとばかり引き抜いた。

ト伝が陶器師へ向かったのである。

「逃げろ逃げろ！　早く逃げろ！」

もう一人の老人——蔵人は老人と老婆へ声を掛け、パッとその間へ身を踴（おど）らせ、ひた、と火柱に向かい合った。

ユラユラと進んで来る火柱の主、ジリジリと後へ退りながら、仔細に観察する直江蔵人、左典廐屋敷と神明の社に、左右を断ち切られた宮小路を、南へ南へと移って行った。

突然光の消えたのは、火柱が辻を廻わったからであろう。ふたたび闇となった小路の中で、呼吸（いき）使いの声の聞こえるのは、人がいるからに相違ない。

三合目陶器師と卜伝とが、向かい合って構えているのであった。二間を隔てた暗中に、物の構えた木刀の切っ先から、卜伝は向こうを隙かして見た。進もうともせず退こうともせず、静まり返って立っている。

姿の見えるのは、陶器師が構えているのであろう。

刀と木刀とが触れ合って、鈍い響を上げたのは、やや久しい後のことで、ほんの一瞬の出来事であった。そうしてその次に起ったのは「むッ」という苦悶の声であり、地に仆れる音であった。

六

山県屋敷を南に眺め、東に続いている鍛冶小路を、夢見山の方へ走って行くのは、例の老人と老婆であった。恐怖のために正気を失い、無我夢中で逃げるらしい。道が消えて熊笹となり灌木の這っている山路となり、行手に森林の聳えているのも、彼ら二人は気が付かないらしい。

山は次第に険しくなり、やがて浅い谷となった。

尚二人は逃げて行く。

谷を越すと丘であり、丘は林に続いていた。もう振り返っても甲府城下は、山に隔てられて見えないだろう。一里以上も来たのだから。

しかし二人は尚逃げた。

と、行手に朦朧と、生白い物が見えて来た。巨岩が連なっているのであった。岩と岩との間を潜り、老人と老婆は向こうへ出た。

これはいったいどうしたのだ？　平坦な人工の往来が、一筋延びているではないか。

だがそれはまだよかった。

その往来を一隊の人数が、粛々と歩いて来るではないか。

松火を持った甲冑武者が、その先頭に立っていた。後に続いた数十人の者は、いずれも究竟の若者であったが、一人残らず縛られていた。そうしてそれらを警護するように、抜き身の槍、抜き身の薙刀、半弓を持った甲冑武者がその左右に附いていた。

二列縦隊に蜒々と、東へ東へとあるいて行く。

正気に返った老人と老婆は、また新しい驚きに、眼を瞠らざるを得なかった。

二人の前まで来た時である、先頭に立った甲冑武者が、

「誰だ！」

と叫んで足を止めた。

と四五人の甲冑武者が、グルグルと二人を取り囲んだ。

「これ、貴様達は何者だ!?　何んと思ってここへ来た？　見れば他国の人間らしい。うん、貴様達は細作(かんじゃ)だな」

一人の武者が威猛高(いたけだか)に云った。

「いえ旅人でございます。うっかり道を取り違えまして」

老人は急いで弁解した。

「いや細作に相違ない。ここは夢見山の間道だ。人の出入りを禁じている。それを承知で入り込んだのだろう。……これ、こいつらをふん縛れ！」

ちょっと小競合(こぜりあい)が行われたが、勝負は問題にはならなかった。

くくし上げられた老人と老婆は、一隊の最後(うしろ)に引き据えられた。

一旦止まった行列は、間もなく粛々と前進を続けた。

甲府に向いた一方の側は、人工の岩と木立であり、反対の側は険しい谷、その間を通っている一間幅(はば)の道を、武器を携えた甲冑武者と、縛られた無数の若者とが、物も云わずに歩いて行く光景(さま)は、一幅の地獄の絵巻物と云えよう。

溜息をする者、啜り泣く者、列を放れてよろめく者、恐怖(おそれ)と疲労(つかれ)とで若者達は、萎(な)え切っているように思われた。

二町余りも歩いた頃であった、逃走しようとしたのであろう一人の若者が列から離れ、谷の中へ飛び込んだ。

と、弓を持った一人の武士が、立ち止って谷を覗き込んだ。ピーンと弦音がしたかと思うと、谷底から悲鳴が聞こえて来た。

何んの動揺も来なかった。

粛々と一隊は進んで行った。

グルリと道が迂廻(うかい)した時、にわかに光景が一変した。岩組も谷も影を隠し、切り立ったような山の斜面が、左右に聳えている真ん中を、ウネウネと道が付いていた。山の左右から道の方に向かい、打ち重なった喬木(きょうぼく)が、枝葉を交えているために、空を見ることが出来なかった。

それは隧道と云うべきである。
隧道の中を行くのであった。
数町歩いた頃である、その隧道の遥か行手に、一点の火光が見えて来た。
と、そこから笛の音が、鋭く一声聞こえて来た。

第二十回

一

甲府を荒らした悪病も、やがて終熄（しゅうそく）する時が来た。

一人の聖者が現われて、犠牲的の行動をしたからである。と云って決してその聖者は、「紫の法衣（ころも）をお召しになり、金襴（きんらん）の袈裟をお懸けになり、片手に数珠、片手に水盤、刺繍（ぬいとり）をした履（くつ）を穿いた」そういう立派な人物ではなく、穢（きたな）いみすぼらしい乞食であった。いつも低く俯向（うつむ）いているので、その容貌は解らない。そうしてどこからやって来たものか、それも誰にも解らなかった。嗄れた声、悩み抜いた態度、慇懃（いんぎん）の調子で云うのであった。

「私にさわらせてくださいまし。かえってご恩でございます」

で、病所へさわるのであった。すると不思議にも悪病は、次第次第に快癒した。

「聖者様が参られた」

「地獄の苦しみもなくなるだろう？」

「だがどう云うお方だろう？」

「立科の方から来たそうだ」

「いや裾野から来たそうだ」

「それにしてもどうしてあのお方は、俯向いてばかりおられるのだろう？」

「なんて悲しそうなご様子だ」

「それにちっともお威張りにならない」

「みんなの罪を背負ってるようだ」

「ただ指の先を触れられるだけだ」

「それだけで病気が癒ってしまう」

町から町、人から人、聖者の噂は伝わった。

聖者の後へは数百人の者が、いつもゾロゾロ従き廻わった。癒された者は感謝のために、病気の者は癒されたいために。

偶像にされるのが厭だからであろう、よく聖者はこう云った。

「病気の癒ったお方には、私は用はございません。私を囲繞てくださるな。向こうへ行ってくださいまし。そうしてお働きなさいまし」

だがそう云えばそういうほど、沢山の人が集って来た。聖者は逃げなければならなかった。逃げても逃げても逃げきれなかった。逃げれば逃げるほど沢山の人が、聖者の行衛(ゆくえ)を探すのであった。

身の振り方を尋ねる者、将来(ゆくすえ)の吉凶を尋ねる者、人相家相手相、などを、占なってくれと頼む者、そういう者まで現われた。

しかし聖者はそういうことには、一言も返辞をしなかった。

饗応しようとする者があれば、「私は乞食でございます。一食で結構でございます」こう云ってそれを辞退した。

黄金(かね)をくれようと苦心しても、聖者は決して取らなかった。

そのため一層その聖者は沢山の人に信仰された。

彼は真理の把持者でもなく、また決して予言者でもなく、そうしてもちろん名医でもなく、彼が自分で云うように、いやいや、みすぼらしい乞食に過ぎなかった。だがどうして、悪病を、ただ指の先で触れるだけで、全快させることが出来るのだろう？　それは奇蹟に相違ない！

奇蹟の出来る人間は？　神の子でなければならないではないか！

それでは彼は神の子か？

いやいや彼は乞食なのであった。

甲府城下は恢復（よみがえ）って来た。あちこちから笑い声が聞こえるようになった。少年達の歌う声にも、犬や、鶏の鳴き声にも、争われない歓喜があった。

恐怖時代が過ぎ去ろうとしている。

春が逝（い）って夏が来た。

四散した甲府の人々も、争って故郷へ帰って来た。活潑に人達は働き出した。商業も繁昌しはじめた。信玄の館の城門を開き、武士達も城下を歩くようになった。武家屋敷の窓も開き、夜な夜な灯火（ともしび）が射すようになった。

これまでの苦痛が大きかっただけに、その喜びも著しかった。

それはある日のことである、崇拝者の群から遁がれたと見え、聖者は一人で歩いていた。

韮崎へ通う野道である。

依然として首を垂れている、依然として襤褸を纏っている、片手に持ったは飯桶で、足には草履さえ履いていない。顔を蔽うた梳らない髪、垢にまみれた足や腕、体には何の威厳もない。

野道はウネウネと蜒っていた。飛び飛びに農家が立っていた。それを避けながら歩いて行く。

夕立でも来そうな日射しであった。小鳥が葉蔭で騒ぐのは、その天性の敏感から、雨の降るのを察したからであろう。雨の前令の穏かさ！　草の葉を戦がす風もない。何んとむしむしと暑いのだろう。旅人一人通っていない。

聖者はいつまでも歩いて行った。放心したような様子である。何か口の中で呟いている。

「力をお与えくださいまし」

聖者は光明優婆塞であった。だがもう今は乞食なのである。

ポツポツ雨が降って来た。と、雷が鳴り出した。

紐のような豪雨が降って来た。嵐が加わって横になぐられ、優婆塞一人へ襲いかかった。だが彼は歩いて行った。

「私をお救いくださいまし」口の中で呟いている。

道が二筋に別れていた。彼は無心に右の方へ辿った。それは細い細い道であった。野宮に通っているらしい。

荒れた野宮の狐格子の中に、一個の生物が蠢めいていた。

纐纈城主、火柱の主、すなわち悪病の持ち主であった。

第二十一回

一

狐格子の中は暗かった。格子を通して外光が、光ということさえ出来ないほど、幽かに鉛色に射し込んでいた。

手枕をし、足を縮め、海老のように寝ている城主の姿が、ボッと薄赤く光っているのは、身に纏っている繧繝の袍(ほう)が、微芒を放っているからであろう。

彼は死んだように動かない。だが死んではいなかった。しかし死にかけてはいるのであった。持ちこたえていた悪病が、いまや勢力を逞(たくま)しゅうし、彼の脳髄を犯し出したのである。なかば意識が失われていた。

「ここはいったいどこだろう?」考えたが解らなかった。そんなにも茫然(ぼんやり)しているのであった。

「遠い昔に城を出た。……本栖湖の水城、俺の城、……五年前だったかしら、もっと前だったかしら？」

いやいや彼が城を出たのは、わずか数ヵ月前なのである。桜の花の咲く頃で、そうして今は木芙蓉の花が、白々と咲く夏なのである。

「どうして城を出たのだろう？　ああそうだ思い出した、故郷の甲府を訪ねようと、ある闇の晩に城を出た筈だ。……うんそういえば湖水へ出る、真鍮の扉の開いた音が、いまだに耳の底に残っている。ああそうして帆鳴りの音が。……それから甲府へ行ったかしら？」

ここで意識が断ち切れてしまった。

彼は気持ちが悪かった。何かウネウネした虫のようなものが、頭の中を這い廻わっていた。そうして鋭い虫の歯が、コチコチと頭蓋骨を噛み砕いているように思われた。そうして絶えず耳もとで、嗄れた声が囁いていた。

「やっと俺は思い出した、たしかに俺は甲府へ来た。躑躅ケ崎のお館を、俺はこの眼で見たような気がする。……だがいったいどうしたんだ、俺がソロソロと歩いて行くと、みんな叫びながら逃げて行ったが……」

嗄れた声が囁いている。何を云っているのか解らない。しかし彼は気持ち悪かった。で手を上げて追い払おうとした。だがその手は動かなかった。

「俺は祝福に来た筈だ。何故みんなは逃げたのだろう？　……ああ五月蠅いな、何故囁くのだ！」

カサ、カサ、カサと嗄れた声が、やっぱり耳もとで聞こえている。

「誰かこいつを追っ払ってくれ！　このお喋舌りの老人を！」叫んだ意りではあったけれど、口から出たのは唸り声だけで、それもほんの一声であった。

「俺はひどく弱ったようだが、病気をしているのではあるまいか？」

奔馬性癩患だということさえ、今の彼には解らなかった。

「俺はいったい誰なんだろう？」驚くべき疑問が湧いて来た。と突然雪が見えた。降りしきっている雪である。つづいて赤いものが見えて来た。ヒラヒラヒラヒラと動いている。それはまさしく篝火であった。その横に一人の武士がいた。まだ若い甲冑武士で、何か不平そうに呟いていた。見覚えのある顔であった。

「ああ我が君だ、晴信君だ！」はっきりそれが思い出された。

雪に蔽われた城が見え、そこへ寄せて行く人数が見えた。と、一つの肉豊かの、坊主首級（くび）が現われた。それを握っている手が見えた。

「高遠城主平賀源心！　あいつの首級（くび）だ、あいつの首級だ！」またはっきりと思い出した。「源心の首級を握っている手！　ああ、あれは俺の手だ！」

それこそ本当に遠い昔、彼がわずか十九歳の頃、晴信を進めて高遠城を攻め、一番乗りをした時のことを、フッと意識へ上せたのであった。

だがそいつはすぐ消えた。そうして何にも見えなくなった。と、女の泣き声が聞こえた。一人の女が浮き出して来た。やはりそれにも見覚えがあった。と、その横に若侍が、悲しそうな顔をして坐っていた。

「妻の妙子、弟の主水！」こう思った時には二人の姿が、だんだんかすれて見えなくなった。

すると、今度は闇の中へ、巨大な鉞（まさかり）が浮かんで来た。鋭い刃がギラギラと光り、それが落ちかかって来そうであった。

「万兵衛の持っている鉞だ！　オイ俺を切ってはいけない！」

だが、鉞も消えてしまった。

グーン！　グーン！　と唸る音！

「地下で調べ革が廻わっている」

するとハッキリ唄声が聞こえた。

　いざ鳥刺が参って候

……………………………

それもたった一声であった。

もう何んにも見えなくなった。トロトロトロトロトロと脳の中で、何かがとろけるような気持ちがした。

「何かが顔の上へ冠さっている」

で、そいつを取ろうとした。苦心してソロソロと手を上げた。手枕をしている右手ではない。床の上に這わしている左手である。纐纈袍の薄赤さと、社殿の暗さに取り巻かれ、白布で巻かれた一本の腕が、上へ上へと上がって行く。と、それが湾曲し、顔を蔽うている仮面の方へ、その指先が泳いで行く。仮面を取り退けようとするのらしい。ブルブル顫えている五本の指！　その母指と食指とが、辛うじて仮面の頤へかかり、しばらく躊躇したかと思うと、ポッと仮面が顔から離れた。

（未完）

本作品中に差別的ともとられかねない表現が見られ、また、癩病（ハンセン病）について、発表当時の誤った医学知識に基づいて不治の病であるかのような描写がなされていますが、著者がすでに故人であることと作品の文学性・芸術性に鑑み、原文のままとしました。

（春陽堂書店編集部）